新世纪高职高专课程与实训系列教材

电工与电子技术基础

（上册）

程荣龙　杨春兰　主　编

齐祥明　孙建领　竺兴妹　曹光跃　副主编

清华大学出版社

北　京

内 容 简 介

本书是为适应应用型人才培养的要求,依据教育部制定的"高职高专教育电工电子技术课程教学基本要求"而编写的。内容以基本、够用为度,面向实践与应用,注重技能培养。

全书分上、下两册。上册共 9 章,内容包括电路的基本概念及基本定律、直流电路分析、正弦交流电路分析、谐振电路、三相电路、动态电路分析、互感耦合电路、异步电动机及其控制、供配电及安全用电知识。下册共 7 章,内容包括半导体二极管及整流滤波电路、晶体管及基本放大电路、集成运算放大器、逻辑门电路、组合逻辑电路、触发器与时序逻辑电路、D/A 和 A/D 转换器。书中每章开始均提出了教学目标,明确了工程应用导航,给出了引导问题以便于学习。书中还配有仿真练习,并在每章最后配有实训和习题,供读者思考和练习。

本书可作为应用型人才培养院校及高职高专院校机电、机制、数控、计算机应用等专业的电工电子技术教材,也可作为相近专业、工程技术人员的参考用书。

图书在版编目(CIP)数据

电工与电子技术基础(上、下册)/程荣龙,杨春兰主编;齐祥明,孙建领,竺兴妹,曹光跃副主编.
--北京:清华大学出版社,2011.9
(新世纪高职高专课程与实训系列教材)
ISBN 978-7-302-26099-8

Ⅰ. ①电… Ⅱ. ①程… ②杨… ③齐… ④孙… ⑤竺… ⑥曹… Ⅲ. ①电工技术—高等职业教育—教材 ②电子技术—高等职业教育—教材 Ⅳ. ①TM ②TN

中国版本图书馆 CIP 数据核字(2011)第 132590 号

责任编辑:章忆文　郑期彤
封面设计:山鹰工作室
版式设计:杨玉兰
责任校对:王　晖
责任印制:杨　艳

出版发行:清华大学出版社　　　　　　　　地　　　址:北京清华大学学研大厦 A 座
　　　　　http://www.tup.com.cn　　　　邮　　　编:100084
　　　　　社　总　机:010-62770175　　　邮　　　购:010-62786544
　　　　　投稿与读者服务:010-62776969,c-service@tup.tsinghua.edu.cn
　　　　　质　量　反　馈:010-62772015,zhiliang@tup.tsinghua.edu.cn
印　装　者:三河市李旗庄少明印装厂
经　　　销:全国新华书店
开　　　本:185×260　印　张:25.75　字　数:613 千字
版　　　次:2011 年 9 月第 1 版　　　印　　　次:2011 年 9 月第 1 次印刷
印　　　数:1~4000
定　　　价:46.00 元(上、下册)

产品编号:035670-01

前　言

本书是根据教育部最新制定的"高职高专教育电工电子技术课程教学基本要求"及高职高专院校应用型人才培养的需要而编写的。

本书内容以基本、够用为度，面向实践与应用，注重技能培养，突出以能力为本的总体思路。书中注意简明阐述电路原理、电工技术的基本理论，突出其技术应用，同时适度地引入电工电子技术方面比较成熟的新知识、新方法和新技术，可使学生掌握基本知识、基本原理，并具有一定的工程实践意识。本书在每章后均有实训项目小结和习题，可帮助学生复习巩固所学知识，建立比较完整的知识结构。书中还引入了 EDA 仿真技术分析，可培养学生的分析和应用能力。

在内容安排上，全书分为上、下两册。本册为上册，内容包括电路的基本概念及基本定律、直流电路分析、正弦交流电路分析、谐振电路、三相电路、动态电路分析、互感耦合电路、异步电动机及其控制、供配电及安全用电知识。书中配有仿真练习，每章还配有实训和习题，供读者思考和练习。全书可供 72～128 学时的教学使用，本册可供 36~64 学时的教学使用。书中标有"*"的章节内容可由教师依据实际情况决定内容的取舍。

本册书的特色如下。

(1) 目标明确，层次分明，以高职高专应用型技术人才的培养为编写目的，条理清晰、结构合理，简洁阐述原理和理论，不做理论推导，重在技术应用。

(2) 每章确定了教学目标，给出应用导航及引导问题，便于引导学习；在每章结尾有工作实训营，使得理论与实际相结合。

(3) 谐振电路部分往往有很多应用，在后续课程中，特别是在电子技术中有很多实际的应用案例，有必要加强该部分的教学，而现行的教材中往往仅用一节的内容简单阐述其谐振原理和特征，本书则加强了对易被忽视的频率特性和应用案例的介绍。

(4) 在电路及电工电子技术的分析过程中适度地引入了 EDA 仿真技术。

(5) 在附录部分主要介绍低压断路器、熔断器及导线的技术参数和电工速算口诀，更加贴合技术应用实际，也更加实用。

本书可作为应用型人才培养院校以及高职高专院校机电、机制、数控、计算机应用等专业的电工电子技术教材，也可作为相近专业、工程技术人员的参考用书。

本册由程荣龙(蚌埠学院)、杨春兰(蚌埠学院)担任主编，齐祥明(安庆职业技术学院)、孙建领(南京化工职业技术学院)、竺兴妹(南京工程高等职业技术学院)、曹光跃(安徽电子信息职业技术学院)担任副主编。程荣龙编写了本册第 1、2、4、8、9 章和附录，齐祥明编写了第 3 章，杨春兰编写了第 5、6 章，孙建领编写了第 7 章。在本书的编写过程中，何光明、王珊珊、吴涛涛、陈海燕、姚昌顺、许勇、杨明、李海、赵明、张伍荣、钱阳勇、陈芳等同志给予了很大的帮助，在此表示衷心的感谢。

由于作者水平有限，书中难免有疏漏和不妥之处，敬请专家、同仁和广大读者给予批评指正。

编　者

前　言

目　　录

第 1 章　电路的基本概念和基本定律

【教学目标】

● 掌握电路的基本物理量及其参考方向。
● 掌握理想电路元件的特性及其仿真分析。
● 掌握电路的基本定律，学会电位和功率的计算方法。
● 能正确识别和检测电阻、电容等元器件。
● 掌握万用表的使用方法。

【工程应用导航】

　　本章主要介绍了电路和电路模型、电路的基本物理量及其参考方向、理想电路元件及其仿真分析、电路的基本定律、电位和功率的计算等内容。其目的是学会如何用理想电路元件表示工程应用中实际电路元件的主要特性，去除其物质因素，建立起电路的模型。例如，典型的电力系统电路可以抽象为如图 1.1(a)所示的电路模型，为工程实际的电路与电子电路的分析建立基础。

【引导问题】

(1) 你知道电路是由哪些部分组成的吗？如何把一个实际的电路抽象为电路模型？
(2) 电路的描述和分析中涉及哪些物理量？
(3) 构成电路的理想电路元件有哪几种？各有什么特性？
(4) 你知道分析电路的基本定律有哪些？电路中的电位应如何计算？
(5) 在工程应用实际中的电路元器件应如何识别？

1.1　电路和电路模型

1.1.1　电路的组成及作用

　　电路是电流流经的路径，它是为了实现某种需要由某些电路元器件或电气设备通过连接导线按一定方式组合起来的。

1. 电路的组成

　　实际电路的繁简不一，电路结构形式多样，但电路必须具有电源(或信号源)、负载和中间环节三个基本组成部分。其中，电源是供应电能的设备，如发电厂、电池等；负载是取用电能的设备，如电灯、电动机等；中间环节是连接电源和负载的部分，起传输和分配电能的作用，如变压器、输电线等。

　　图 1.1(a)所示为最典型的电力系统电路。其中，发电机是电源，是提供电能的设备；

电灯、电动机和电炉是负载，可把电能转化为光能、机械能和热能，是取用电能的设备；变压器和输电线是中间环节，是连接电源和负载的部分，用来传输和控制电能。

图 1.1(b)所示是扩音机电路原理图，话筒是输出信号的设备，称为信号源，相当于电源；扬声器是负载，是用来接收和转换信号的设备；放大器为中间环节，是连接电源和负载的部分。

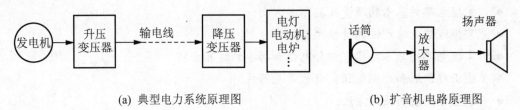

(a) 典型电力系统原理图　　　　　　　　(b) 扩音机电路原理图

图 1.1　电路组成示意图

2．电路的作用

电路的作用按照其所完成的任务可分为两种。一种是实现电能的传输和转换，如电力系统，先把发电机的电能经变压器和输电线传输给负载，负载再把电能转换为光能、机械能和热能等。另一种是实现信号的传递和处理，如扩音机电路先由话筒将声音转换为电信号传递给放大电路处理，然后再传递给扬声器将电信号还原为声音。

1.1.2　电路的模型

实际电路是由电磁性质较为复杂的实际电路元件或器件组成的。如图 1.2(a)所示为简单手电筒的实际电路。

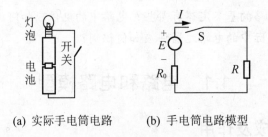

(a) 实际手电筒电路　　　(b) 手电筒电路模型

图 1.2　实际电路及电路模型

由于实际电路元件的特性往往比较复杂，因而为了方便分析和计算，通常采用模型化的方法来表征实际的电路元件，即按照实际电路元件的主要物理性质，用一些理想电路元件来替代。理想电路元件，就是反映某种特定的电磁性质的假想元件。实际电路元件的种类虽然繁多，但有些元件其电磁性质有共同的特点，如各种电阻器、电灯、电炉主要是消耗电能，均可以用理想电阻元件表示；电池和发电机主要是提供电能，可以用理想电源元件表示；电感线圈主要存储磁场能量，电容器的主要性质是储存电场能量，因而可以分别用理想电感元件和电容元件表示。理想电路元件的符号如图 1.3 所示。

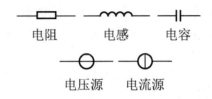

电阻　　　电感　　　电容

电压源　　电流源

图 1.3　理想电路元件的符号

由理想电路元件组成的电路就是实际电路的电路模型，它是对实际电路电磁性质的科学抽象和概括。在图 1.2(a)所示的实际手电筒电路中，干电池是电源元件，可用一个理想电压源和一个内电阻的串联来替代，其参数为电动势 E 和电阻 R_0；灯泡消耗电能，可用一电阻元件替代，其参数为 R；筒体和开关是连接电池和灯泡的中间环节，其电阻可忽略不计，所以用无电阻的导线和开关替代。因此，得到实际手电筒电路的电路模型如图 1.2(b)所示。

1.2　电路中的基本物理量

无论是电能的转换和传输，还是信号的传递与处理，都需要通过电流、电压和电动势来实现，因此在分析与计算电路之前，我们首先要讨论电路的几个基本物理量。

1.2.1　电流及其参考方向

电荷的定向移动形成电流。电流的大小用电流强度表示，单位时间内通过某一导体横截面的电荷量叫做电流强度，简称电流。如果在无限短的时间 $\mathrm{d}t$ 内，通过导体横截面的微小电荷量为 $\mathrm{d}q$，则电流为

$$i = \frac{\mathrm{d}q}{\mathrm{d}t} \tag{1-1}$$

上式表示，电流 i 是电荷 q 对时间的变化率；$\mathrm{d}q$ 为微小电荷量。在国际单位制中，电流的单位为安(A)，$1\mathrm{A} = 10^3\,\mathrm{mA} = 10^6\,\mu\mathrm{A}$。

通常规定正电荷定向移动的方向或负电荷定向移动的反方向为电流实际方向，即电流方向。在分析复杂电路时，电流实际方向往往难以判断，为了分析问题方便，我们通常引入参考方向的概念，即我们可以任意选择一个方向作为参考方向，当实际电流方向与参考方向一致时，如图 1.4(a)所示，其电流为正；反之，如图 1.4(b)所示，则电流为负。

(a) 电流参考方向与实际方向相同　　(b) 电流参考方向与实际方向相反

图 1.4　电流的参考方向

电流参考方向是任意指定的,只有在规定参考方向的前提下,电路中的电流才有正负之分,所以它是一个代数量。有了电流参考方向,在分析电路时,就可从计算结果的正负来确定电流实际方向。

1.2.2　电压及其参考方向

电压是指电路中单位正电荷处在两点时所携带的能量之差,即

$$U = \frac{\mathrm{d}w}{\mathrm{d}q} \tag{1-2}$$

式中,$\mathrm{d}w$ 为 $\mathrm{d}q$ 电荷从一点 a 移动到另一点 b 所释放的能量。在国际单位制中,能量单位是焦[耳](J),电压单位是伏[特](V)。

电路中两点间电压的实际方向是由高电位点指向低电位点,即电位降低的方向。在分析电路时,与电流相类似,也要先为电压选定参考方向。电压参考方向也是任意指定的,可以用箭头、双下标或正(+)、负(−)极性表示,如图 1.5 所示。

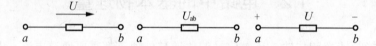

图 1.5　电压参考方向的表示方法

在电路分析中,当电压参考方向与其实际方向一致时,如图 1.6(a)所示,其电压为正值;反之,当电压参考方向与其实际方向相反时,如图 1.6(b)所示,则电压为负值。在选定电压参考方向之后,就可根据电压值计算结果的正负来判断电压实际方向。

(a) 电压参考方向与实际方向相同　　(b) 电压参考方向与实际方向相反

图 1.6　电压的参考方向和实际方向

电流与电压都有大小和方向,但它们都是标量,不是矢量,因为它们的方向并不是指在空间上有一定方向,而是沿着电路或元件的走向。电流与电压参考方向的设定是分析电路的一个必要环节。对一个电路元件,其电流与电压取相同参考方向时,称为关联参考方向,如图 1.7(a)所示;反之,称为非关联参考方向,如图 1.7(b)所示。

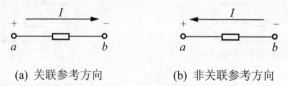

(a) 关联参考方向　　　　　　(b) 非关联参考方向

图 1.7　电压与电流关联参考方向

在电路分析和计算时，还会出现电动势和电位两个物理量。电动势是度量电源内非静电力做功能力的物理量，在数值上等于非静电力把单位正电荷自电源内部从负极移到正极所做的功，用 E 来表示，电动势的正方向与电压的正方向相反。

所谓电位是电路中某点相对于参考点的电压，因此电位是一个相对物理量，它的大小和极性与所选取的参考点有关。参考点选取是任意的，但通常规定参考点电位为零，故参考点又叫做零电位点。习惯上，我们通常取大地为零电位点，用 ⊥ 表示。

1.2.3　电功率和电能

电路是传输和转换能量的装置。在电路工作时，总是伴随着电能与其他形式能量的转换，各种电气设备、元件上的电流、电压和功率都有一定的限制，超出容许值可能会损坏。所以分析电路时要计算电路中各元件的功率。

单位时间内电场力所做的功称为电功率，简称功率，用字母 p 表示，即

$$p = \frac{\mathrm{d}w}{\mathrm{d}t} = \frac{\mathrm{d}w}{\mathrm{d}q}\frac{\mathrm{d}q}{\mathrm{d}t} = ui \tag{1-3}$$

式中，u 和 i 分别表示任一时刻电压和电流瞬时值。电功率是表征电路中能量转换速率的物理量，对某一段电路或一个元件，当电压 u 与电流 i 取关联参考方向时，则 u 和 i 的乘积 p 就是此时刻该段电路或元件的功率，若 p 值为正，表示该元件吸收电能，为负载；若 p 值为负，表示该元件提供电能，为电源。

电能是电路在一段时间内转换的能量之和，用 W 表示，即

$$W = \int_{t_1}^{t_2} p(t)\mathrm{d}t \tag{1-4}$$

在直流电路中，电压与电流均不随时间变化，有 $P = UI$，则在一段时间 t 内转换的电能为

$$W = Pt = UIt \tag{1-5}$$

式中，功率 P 的单位为瓦[特](W)；t 的单位为秒(s)；W 的单位为焦[耳](J)。电能的实际单位为千瓦时(kW·h)。

1.3　理想电路元件及其仿真分析

电路元件是构成电路的基本单元，按其在电路中所起的作用，可分为有源元件和无源元件。常用无源元件有电阻、电感、电容等元件，它们在电路中通常作为负载。本节我们主要介绍无源元件，即电阻、电感和电容元件。

1.3.1　电阻元件

电阻元件可分为线性电阻和非线性电阻两类，若电阻两端电压与通过电阻的电流成正比，即电阻元件的阻值 R 为常数，这样的电阻称为线性电阻；若电阻两端电压与通过的电流不成正比，即电阻元件的阻值 R 不为常数，这样的电阻称为非线性电阻。由线性电阻组成的电路即为线性电路；含有非线性电阻的电路即为非线性电路。

电阻元件 R 的电路符号如图 1.8(a)所示。当其电压 U 和电流 I 取关联参考方向时,根据欧姆定律可得电阻元件的伏安特性关系为

$$U = RI \qquad (1\text{-}6)$$

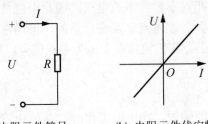

(a) 电阻元件符号　　　(b) 电阻元件伏安特性

图 1.8　电阻元件及其伏安特性

其伏安特性为一条过原点、斜率为 R 的直线,如图 1.8(b)所示。线性电阻元件伏安特性的直流仿真电路如图 1.9 所示。

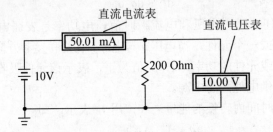

图 1.9　线性电阻元件伏安特性的直流仿真电路

电阻的倒数用 G 表示,称为电导,即

$$G = \frac{1}{R} \qquad (1\text{-}7)$$

用电导表示的伏安特性可写成

$$I = GU \qquad (1\text{-}8)$$

当电压 U 和电流 I 取关联参考方向时,电阻元件消耗的功率为

$$P = UI = RI^2 = \frac{U^2}{R} = GU^2 \qquad (1\text{-}9)$$

由于线性电阻是正值,故其功率 $P > 0$,表示吸收功率。所以电阻元件是一种无源耗能元件。电阻元件从 0 到 t 时间内吸收的电能为

$$W_{\mathrm{R}} = \int_0^t p\mathrm{d}t = \int_0^t UI\mathrm{d}t = \int_0^t I^2 R\mathrm{d}t \qquad (1\text{-}10)$$

电阻单位是欧[姆](Ω),当电阻两端电压为 1V,通过电阻的电流为 1A 时,其电阻值为 1Ω。当电阻的阻值比较大时,通常还以 $k\Omega$($1k\Omega = 10^3\Omega$)、$M\Omega$($1M\Omega = 10^6\Omega$)为单位。

1.3.2　电感元件

电感元件是反映电流周围存在磁场,而且可以存储磁场能量的理想电路元件,是从实际电感线圈抽象出来的理想化模型。用导线绕制一个电阻为零的线圈就是典型的电感元

新世纪高职高专课程与实训系列教材

件，如图 1.10(a)所示为空心电感线圈，图 1.10(b)所示为电感元件的图形符号。

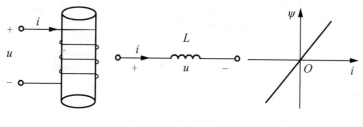

(a) 电感线圈　　　(b) 电感元件符号　　　(c) 电感元件韦安特性

图 1.10　电感元件及其韦安特性

由物理学我们知道，磁场的强弱用磁感应强度 B 表示。无限长密绕载流电感线圈内的磁场为 $B = \mu_0 n i$，则通过电感线圈某一截面的磁通量为 $\Phi = Bs = \mu_0 n s i$。若电感线圈的匝数为 N，那么通过电感线圈的磁通链为

$$\Psi = N\Phi = N\mu_0 n s i = Li \tag{1-11}$$

式中，N 为线圈匝数，μ_0 为真空中的磁导率；n 为线圈绕制密度，s 为线圈横截面积；i 为流过线圈的电流。由式(1-11)可知，磁通链的大小和方向由产生它的电流的大小和方向决定。

线圈的电感量定义为线圈中通过单位电流所产生的磁通链，也称为自感系数，简称电感，是表示电感元件特性的参数，用 L 表示。即

$$L = \frac{\Psi}{i} \tag{1-12}$$

式中，电流 i 的单位为安[培](A)，磁通链 Ψ 的单位为韦[伯](Wb)，电感 L 的单位为亨[利](H)，常用单位还有毫亨(mH)、微亨(μH)，其换算关系为 $1H = 10^3 mH = 10^6 \mu H$。

线圈的电感是由线圈自身结构所决定的，由式(1-11)可知，螺线管线圈的电感为 $L = N\mu_0 n s = \dfrac{N^2 \mu_0 s}{l}$。电感线圈的磁通量 Ψ 与通过电流 i 之间的关系称为韦安特性。空心线圈或周围介质为非磁性物质时，线圈电感为常数，这就是线性电感元件。如图 1.10(c)所示，线圈的韦安特性是过原点的直线，则该线圈为线性电感。

如图 1.10(b)所示的线性电感元件，当流过线圈的电流发生变化时，磁通链也相应发生变化。根据电磁感应定律，电感元件两端的感应电动势为 $e = -\dfrac{d\Psi}{dt} = -L\dfrac{di}{dt}$，即感应电动势的大小与电流变化率成正比，负号表示自感电动势的参考方向与磁通链成右手法则，即电动势的参考方向与电流参考方向相同。

当电感元件两端电压 u 与电流 i 取关联参考方向时，其伏安特性的微分关系为

$$u = -e = L\frac{di}{dt} \tag{1-13}$$

由上式可见，电感两端的电压与通过电流的变化率成正比，即受微分关系约束。当电流不随时间发生变化时(直流电流)，则电感元件两端电压为零，这时电感元件相当于短路。线性电感元件伏安特性的直流仿真电路如图 1.11 所示。

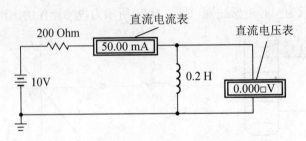

图 1.11 线性电感元件伏安特性的直流仿真电路

在电压与电流取关联参考方向时，由 $u = L\dfrac{\mathrm{d}i}{\mathrm{d}t}$ 可得，伏安特性的积分关系为

$$i = \frac{1}{L}\int_{-\infty}^{t} u\mathrm{d}t = \frac{1}{L}\int_{-\infty}^{0} u\mathrm{d}t + \frac{1}{L}\int_{0}^{t} u\mathrm{d}t = i_0 + \frac{1}{L}\int_{0}^{t} u\mathrm{d}t \tag{1-14}$$

式中，i_0 为电流的初始值，即在 $t=0$ 时电感元件中通过的电流。若 $i_0 = 0$，则

$$i = \frac{1}{L}\int_{0}^{t} u\mathrm{d}t \tag{1-15}$$

如果将式(1-13)两边同时乘以电流 i 并积分，可得磁场能量为

$$W = \int_{0}^{t} ui\mathrm{d}t = \int_{0}^{i} Li\mathrm{d}i = \frac{1}{2}Li^2 \tag{1-16}$$

由上式可知，当流过电感的电流增大时，磁场能量增大，在此过程中，电感从电源取用电能转换为磁场能量；当流过电感的电流减小时，磁场能量减小，电感释放能量，磁场能量转换为电能。

1.3.3 电容元件

电容元件是反映电荷产生电场、存储电场能量这一物理现象的理想电路元件，是从实际电容器抽象出来的理想化模型，如图 1.12(a)所示为电容元件的图形符号。电容器在工程技术中应用广泛，我们知道，两块金属极板间填充绝缘介质可组成电容器，根据介质不同，可分为云母电容器、油浸电容器、纸质电容器、电解电容器等。当两极板接通电源后，正、负电荷分别在两个极板上集聚，在极板间建立电场，将能量存储于电场中。

(a) 电容元件符号　　　　　(b) 电容元件库伏特性

图 1.12 电容元件及其库伏特性

由物理学我们知道，电容器极板集聚的电荷量与外加电压成正比，即 $q = Cu$，其中比例常数 C 是表示电容元件特性的参数，称为电容量，简称电容。其定义为

$$C = \frac{q}{u} \tag{1-17}$$

新世纪高职高专课程与实训系列教材

式中，q 为每个极板上的电荷量；u 为极板间电压。当电荷量单位为库[仑](C)，电压单位为伏[特](V)时，电容 C 的单位为法[拉](F)。由于法拉单位太大，实际应用中常用微法(μF)或皮法(pf)作为电容的单位。其换算关系为 $1F = 10^6 \mu F = 10^{12} pF$。

电容的大小取决于电容器的结构及极板间介质的绝缘性能，平行板电容器的电容为

$$C = \frac{\varepsilon S}{d} \tag{1-18}$$

式中，ε 为绝缘介质的介电常数；S 为每个极板的面积；d 为两极板间的距离。

电容器极板上的电荷量 q 与极板间电压 u 之间的关系称为库伏特性。线性电容 C 为常数，所以其库伏特性是过原点的直线，如图 1.12(b)所示。若电容库伏特性不是直线，则此电容是非线性电容。电容元件伏安特性的直流仿真电路如图 1.13 所示。

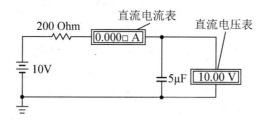

图 1.13　电容元件伏安特性的直流仿真电路

对于线性电容元件，当电容两端电压升高时，对电容器充电；当电容两端电压降低时，电容器放电。也就是说当电容器充放电时，电容两端电压发生变化，其电荷量也发生了变化，这时电荷在电路中移动，形成电流。当电压 u 与电流 i 取关联参考方向时，如图 1.12(b)所示，电容的伏安关系为

$$i = \frac{dq}{dt} = C\frac{du}{dt} \tag{1-19}$$

由上式可知，电容电流与其两端电压的变化率成正比，即只有当电容上电压随时间变化时，电容上才有电流流过，因此电容为动态元件。当电容两端电压不变时，则电流为零，故在直流稳态电路中，电容相当于开路，这就是电容器的隔直作用。

在电压与电流取关联参考方向时，由 $i = C\dfrac{du}{dt}$ 可得，伏安特性的积分关系为

$$u = \frac{1}{C}\int_{-\infty}^{t} idt = \frac{1}{C}\int_{-\infty}^{0} idt + \frac{1}{C}\int_{0}^{t} idt = u_0 + \frac{1}{C}\int_{0}^{t} idt \tag{1-20}$$

式中，u_0 为电压的初始值，即在 $t = 0$ 时电容元件两端的电压。若 $u_0 = 0$，则

$$u = \frac{1}{C}\int_{0}^{t} idt \tag{1-21}$$

如果将式(1-19)两边同时乘以电容两端电压 u 并积分，可得电场能量为

$$W = \int_{0}^{t} uidt = \int_{0}^{u} Cudu = \frac{1}{2}Cu^2 \tag{1-22}$$

由上式可知，当电容两端的电压增大时，电场能量增大，在此过程中，电容从电源取用电能转换为电场能量；当电容两端的电压减小时，电场能量减小，电容释放能量，电场能量转换为电能。

1.4 电路中的电源

电源是将非电能转换为电能的元件或装置，其作用是给外电路提供电能或电信号。干电池、蓄电池、发电机和电子稳压源等都是常见的实际电源。

任何一个电源可以用两种不同的电路模型来表示。一种是用电压的形式来表示，称为电压源；另一种是用电流的形式来表示，称为电流源。

1.4.1 电压源

1. 理想电压源

在理想状态下，电源内阻为零，因此其端电压不随流过它的电流而变化。或者说，无论外电路的负载如何变化，电源均对外电路提供一个恒定的电压，我们把这种电源称为理想电压源，简称恒压源。理想电压源的符号如图 1.14(a)所示，其伏安特性如图 1.14(b)所示。

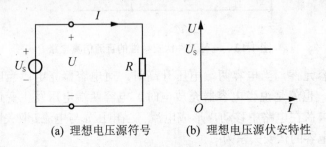

(a) 理想电压源符号   (b) 理想电压源伏安特性

图 1.14　理想电压源符号及其伏安特性

理想电压源的特点是：输出电压 U 是由其本身确定的定值，与输出电流和外电路的情况无关；而输出电流 I 不是确定的值，其取决于与之相连的外电路负载大小。注意：理想电压源不能短路，因为其内阻为零，若短路，则输出电流为无穷大。

如图 1.14(b)所示，理想电压源的伏安特性是一条不通过原点且平行于电流轴的直线。理想电压源实际上是不存在的，但如果电源内阻远小于负载电阻，则端电压基本恒定，可以忽略其内阻的影响，认为是一个理想电压源。

2. 电压源模型

一个实际的电源可以用一个理想电压源与一个内阻相串联的理想电路元件组合来代替。这种电源的电路模型称为实际电源的电压源模型，如图 1.15 所示。图中 U 是电源端电压，R_L 是负载电阻，I 是负载电流。

由图 1.15 所示的电路可得

$$U = U_S - R_0 I \tag{1-23}$$

上式为电压源外特性方程，其中 U 为电压源的输出电压；U_S 为理想电压源的端电压；R_0 为电压源内阻；I 为电压源输出的电流。由式(1-23)可作出电压源的外特性曲线，如图 1.16 所示。

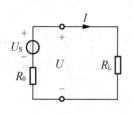

图 1.15　电压源模型

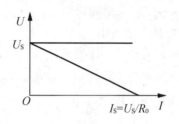

图 1.16　电压源外特性

当 $I=0$ 时，$U=U_\mathrm{S}$，这种电路状态叫开路，这时的电压叫开路电压。当电压源有负载时，输出电压 $U<U_\mathrm{S}$，其差值是内阻上的压降。当外电路电阻减小时，输出电流 I 增大，输出电压 U 随之下降。当 $U=0$ 时，$I_\mathrm{S}=\dfrac{U_\mathrm{S}}{R_0}$，这种电路状态叫短路，这时的电流叫短路电流。

1.4.2　电流源

1．理想电流源

电流源是电源的另一种形式，主要向外电路提供电流。若不论外电路负载大小，电源始终向外电路提供一个恒定的电流，则把这种电源称为理想电流源，简称恒流源。理想电流源的符号如图 1.17(a)所示，其伏安特性如图 1.17(b)所示。

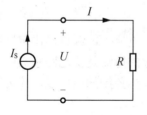
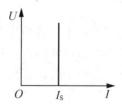

(a) 理想电流源符号　　　　(b) 理想电流源伏安特性

图 1.17　理想电流源符号及其伏安特性

理想电流源的特点是：输出电流 I 是由其本身确定的定值，与输出电压和外电路的情况无关；而输出电压 U 不是由其本身确定的定值，是由与之相连的外电路负载的大小确定的。

如图 1.17(b)所示，理想电流源的伏安特性是一条不通过原点且平行于电压轴的直线。同样，理想电流源实际上也是不存在的，但如果电源内阻远大于外电路的负载电阻，则电流基本恒定，可以认为是理想电流源。

2．电流源模型

由电压源伏安特性方程 $U=U_\mathrm{S}-R_0 I$，可得

$$I=\frac{U_\mathrm{S}}{R_0}-\frac{U}{R_0}=I_\mathrm{S}-\frac{U}{R_0} \tag{1-24}$$

式中，$I_S = U_S/R_0$ 是电源短路电流，也叫电激流；I 是电源输出给负载的电流；U 是电源端电压；R_0 是电源内阻。

由此可以看出，一个实际电源也可以用一个理想电流源 I_S 与电阻 R_0 相并联的电路模型来表示，这种电源的电路模型就是电流源模型，如图 1.18 所示。由式(1-24)可得电流源的外特性曲线如图 1.19 所示。

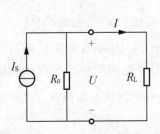

图 1.18　电流源模型

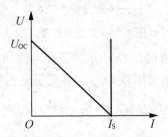

图 1.19　电流源外特性

当 $U = 0$ 时，电流源短路，这时电激流 I_S 全部成为输出电流，即 $I = I_S$。当电流源有负载时，电激流 I_S 不能全部输出，$I < I_S$，其差值是通过内阻 R_0 的电流。当外电路电阻增大时，通过内阻的电流增大，内阻上电压增大，电流源输出电压 U 随之增大，其输出电流减小。当 $I = 0$ 时，电流源开路，I_S 全部通过内电阻，内电阻电压最大，即开路电压 $U_{OC} = R_0 I_S$。

1.4.3　受控电源

上面所讨论的电压源、电流源的输出电压、电流由电源自己决定，称为独立电源。在电子电路中还将会遇到，电压源的电压和电流源的电流是受电路中其他部分的电流或电压控制的，这种电源称为受控电源，简称受控源。当控制的电压或电流为零时，受控电源的电压或电流也为零。

受控电源也可分为受控电压源和受控电流源两大类，每一类按其控制量是电压还是电流又可分两种情况，所以受控电源共分为电压控制电压源(VCVS)、电流控制电压源(CCVS)、电压控制电流源(VCCS)、电流控制电流源(CCCS)四种类型。为了与独立电源区别，我们用菱形符号表示受控电源，四种理想受控电源模型如图 1.20 所示。图中 u_1、i_1 称为控制量，μ、γ、g、β 称为控制系数。当控制系数为常数时，这种受控电源称为线性受控电源。

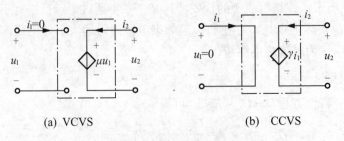

(a) VCVS　　　　　　　　　(b) CCVS

图 1.20　理想受控电源模型

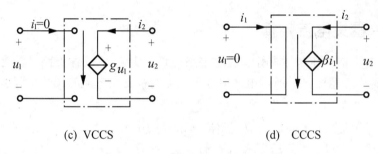

(c) VCCS   (d) CCCS

图 1.20　理想受控电源模型(续)

例 1.1　在图 1.21 所示的电路中，设电流源 $I_S = 1A$，计算电压 U_2。

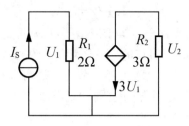

图 1.21　例 1.1 电路图

解：控制电压为 $\qquad U_1 = 1 \times 2V = 2V$

受控电流源电流为 $\qquad 3U_1 = 3 \times 2A = 6A$

所求电压为 $\qquad U_2 = -6 \times 3V = -18V$

1.5　基尔霍夫定律

基尔霍夫定律是电路中电压和电流必须遵循的基本定律，是分析电路的依据，它由电流定律和电压定律组成。为了表述电路的基尔霍夫定律，我们先介绍几个电路中常用的名词术语。

1.5.1　电路中常用的名词

支路：是指电路中没有分支的一段电路，如图 1.22 所示电路中的 *ab*、*acb*、*adb*。同一支路上的各元件流过相同的电流。

节点：是指电路中三条或三条以上支路的汇集点或连接点，如图 1.22 所示电路中共有两个节点，即 *a* 和 *b* 点。

回路：是指电路中由一条或多条支路所组成的闭合电路，如图 1.22 所示电路中共有三条回路，即 *adbca*、*adba* 和 *abca*。

网孔：是指回路中不含有支路的回路，如图 1.22 所示电路中的回路 *adba* 和回路 *abca*。

1.5.2　基尔霍夫电流定律

基尔霍夫电流定律(KCL)是用以描述电路中通过某一节点各支路电流之间关系的定律，表述为在某一任意时刻，通过电路中任一节点的各支路电流的代数和等于零，即

$$\sum I = 0 \tag{1-25}$$

上式中根据电流参考方向，一般规定流入节点的电流为正，流出节点的电流为负。在图 1.22 所示电路中，对节点 a 应用 KCL，有

$$I_1 + I_2 - I_3 = 0$$

上式可写为

$$I_1 + I_2 = I_3$$

此式表明，流入节点 a 的支路电流等于流出节点 a 的支路电流。因此 KCL 也可理解为，任意时刻，在电路中流入某一节点的电流之和等于从该节点流出的电流之和。

基尔霍夫电流定律不仅适用于电路中任一节点，还可以推广应用于电路中任一假设的闭合面。例如，图 1.23 所示的闭合面包围的是一个三角形电路，对其三个节点应用 KCL，有下列方程：

$$I_1 = I_4 - I_6$$
$$I_2 = I_5 - I_4$$
$$I_3 = I_6 - I_5$$

上述三式相加得

$$I_1 + I_2 + I_3 = 0$$

由于此闭合面具有与节点相同的性质，因此称此闭合面为广义节点。

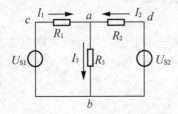

图 1.22　基尔霍夫电流定律

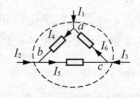

图 1.23　电路广义节点

例 1.2　在图 1.23 所示的部分电路中，若已知 $I_1 = 3\text{A}$，$I_4 = -5\text{A}$，$I_5 = 8\text{A}$，试求电流 I_2、I_3 和 I_6。

解：根据图中标出的电流参考方向，应用基尔霍夫电流定律，分别对节点 a、b、c 列出 KCL 方程得：

$$I_6 = I_4 - I_1 = (-5 - 3)\text{A} = -8\text{A}$$
$$I_2 = I_5 - I_4 = [8 - (-5)]\text{A} = 13\text{A}$$
$$I_3 = I_6 - I_5 = (-8 - 8)\text{A} = -16\text{A}$$

求得 I_2 后，I_3 也可以通过广义节点求得，其结果相同，即

$$I_3 = -I_1 - I_2 = (-3 - 13)\text{A} = -16\text{A}$$

1.5.3　基尔霍夫电压定律

基尔霍夫电压定律(KVL)是用以描述电路中闭合回路各支路电压之间关系的定律，表述为在某一任意时刻，在电路中沿任一闭合回路的各支路电压的代数和等于零，即

$$\sum U = 0 \tag{1-26}$$

上式中根据电压参考方向，一般规定电位下降为正，电位上升为负。在图 1.24 所示的电路中，从 a 点出发，沿回路 I 以顺时针方向绕行一周。因为电阻 R_3 上电流 I_3 的参考方向与回路的绕行方向一致，所以从 a 点到 b 点电位下降为 $R_3 I_3$；因为电源电压 U_{S1} 的参考方向逆回路方向，电动势参考方向沿回路方向，从"–"极指向"+"极，所以从 b 点到 c 点电位升高为 U_{S1}；从 c 点到 a 点电位下降为 $R_1 I_1$。根据基尔霍夫电压定律，回路 I 的回路电压方程为

$$R_1 I_1 + R_3 I_3 - U_{S1} = 0$$

同理可得回路 II 的回路电压方程为

$$U_{S2} - R_2 I_2 - R_3 I_3 = 0$$

上述回路 I 和回路 II 的电压方程还可以写成

$$U_{S1} = R_1 I_1 + R_3 I_3$$

$$U_{S2} = R_2 I_2 + R_3 I_3$$

因此 KVL 也可表示为，以顺时针方向或逆时针方向沿回路绕行一周，回路中电位升之和等于电位降之和。

基尔霍夫电压定律不仅适用于电路中任一闭合回路，还可以推广应用于电路中任一假设闭合的一段电路。例如在图 1.25 所示的电路中，如果将 AB 两点间的电压作为电阻电压降一样考虑，按照图中选取的绕行方向可看成回路 II，根据基尔霍夫电压定律可写出回路电压方程为

$$U_{AB} - U_{S2} + R_2 I_2 = 0$$

或

$$U_{AB} + R_2 I_2 = U_{S2}$$

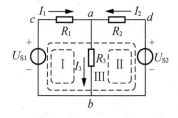

图 1.24　基尔霍夫电压定律

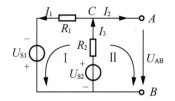

图 1.25　电路广义回路

例 1.3　已知图 1.25 所示电路中，$R_1 = 10\Omega$，$R_2 = 20\Omega$，$U_{S1} = 6\text{V}$，$U_{S2} = 6\text{V}$，试求 U_{AB}。

解：对节点 C，根据 KCL 列电流方程为

$$-I_1 - I_2 + I_3 = 0$$

因为 AB 端开路，故 $I_2=0$，则 $I_1=I_3$。

对回路 I 列出 KVL 方程为

$$R_2I_3+R_1I_1-U_{S1}-U_{S2}=0$$

即

$$I_1=I_3=\frac{U_{S1}+U_{S2}}{R_1+R_2}=\frac{6+6}{10+20}\text{A}=0.4\text{A}$$

对回路 II 列出 KVL 方程为

$$U_{AB}-U_{S2}+R_2I_3=0$$

则

$$U_{AB}=U_{S2}-R_2I_3=6\text{V}-20\times0.4\text{V}=-2\text{V}$$

1.6　电位的计算与仿真分析

在电路分析时，经常要用到电位的概念，特别是电子电路中经常要分析电位的高低，以判断二极管或晶体管的工作状况。

在分析计算电路中各点电位时，必须选定电路中某一点作为参考点，参考点的电位称为参考电位，通常设为零(用符号"⊥"标记)。电路中其他各点电位都与参考点电位相比较，高于参考点电位为正，低于参考点电位为负。

电路中任意某点电位等于该点与参考点(零电位点)之间的电压。而某两点间的电压即电位差，只是说明一点电位比另一点电位的高或低。对于某一点电位的计算，我们可通过例题进行说明。

例如在图 1.26 中，我们可以计算出如下电压：

$$U_{ab}=(6\times10)\text{V}=60\text{V}$$
$$U_{ca}=(20\times4)\text{V}=80\text{V}$$
$$U_{da}=(5\times6)\text{V}=30\text{V}$$
$$U_{db}=90\text{V}$$
$$U_{cb}=140\text{V}$$

如果设 a 点为参考点，即 $V_a=0$，如图 1.27 所示，则根据电位与电压的关系，得出

$V_b-V_a=U_{ba}$	$V_b=U_{ba}=-60\text{V}$
$V_c-V_a=U_{ca}$	$V_c=U_{ca}=80\text{V}$
$V_d-V_a=U_{da}$	$V_d=U_{da}=30\text{V}$

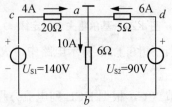

图 1.26　电路举例　　　　图 1.27　$V_a=0$V

如果设 b 点为参考点，即 $V_b=0$，如图 1.28 所示，则根据电位与电压的关系，得出

$$V_a - V_b = U_{ab} \qquad V_a = U_{ab} = 60V$$
$$V_c - V_b = U_{cb} \qquad V_c = U_{cb} = 140V$$
$$V_d - V_b = U_{db} \qquad V_d = U_{db} = 90V$$

由此可以看出，若参考点的选择不同，电路中各点的电位值将不同，但是任意两点间的电压不变，所以某点电位高低是相对的，而其与其他节点间的电压值则是绝对的。

在电子电路中，为简化电路常采用电位标注法，即不画电源，各端标以电位值，如图 1.29 所示。

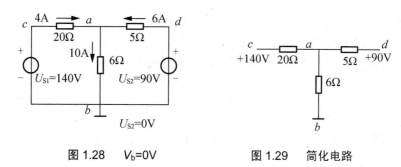

图 1.28　$V_b=0V$　　　　　图 1.29　简化电路

例 1.4　电路如图 1.30 所示，用 EDA 仿真软件求解 a、b、c 点的电位值。

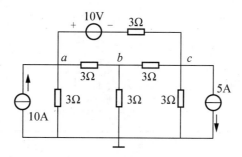

图 1.30　例 1.4 电路

解：在电子仿真软件 EWB(Electronics Workbench)上创建仿真电路，直接用电压表测量各点电位，其电路和仿真结果如图 1.31 所示。

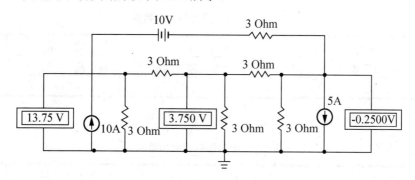

图 1.31　例 1.4 仿真电路及结果

1.7　工作实训营

1.7.1　训练实例 1

1．训练内容

电阻器与电容器的识别、检测及万用表的使用。

2．训练目的

(1) 熟悉电阻器、电容器的外形、型号和命名方法。

(2) 学习用万用表检测电阻器、电容器的方法。

(3) 了解万用表的基本原理，学会万用表的基本应用。

3．训练要点

(1) 掌握万用表的基本原理。

(2) 学会万用表的正确使用。

4．实训过程

1) 实训准备

(1) 万用表，1 只。

(2) 不同型号的电阻器、电容器，若干。

2) 实训内容与步骤

(1) 电阻的识别和检测，将相应结果填入表 1.1 中。

表 1.1　电阻的识别和检测

序 号	标 志	识 别				测 量		是否合格
		材 料	阻 值	允许误差	功 率	量 程	阻 值	

(2) 色环电阻的识别和检测，将相应结果填入表 1.2 中。

表 1.2　色环电阻的识别和检测

序 号	色环颜色 (按顺序填写)	识 别			测 量		是否合格
		阻 值	允许误差	功 率	量 程	阻 值	

(3) 电容器的识别和检测，将相应结果填入表 1.3 中。

表 1.3　电容器的识别和检测

序 号	标 志	识 别			测量漏电电阻		是否合格
		材 料	容 量	耐 压	量 程	阻 值	

(4) 直流电压和电流的测量。按图 1.32 所示的电路连接线路，用万用表测量电源电压、电阻 R 的电压及电路中的电流，将结果记录于表 1.4 中。

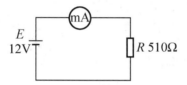

图 1.32　直流电压和电流测量电路

表 1.4　直流电压和电流测量

电源电压		电阻电压		电流	
挡　位	测 量 值	挡　位	测 量 值	挡　位	测 量 值

1.7.2　训练实例 2

1．训练内容

基尔霍夫定律的验证。

2．训练目的

(1) 通过实验验证基尔霍夫定律的正确性，加深对其的理解。
(2) 熟悉直流稳压电源、电压表、电流表的使用方法。

3．训练要点

(1) 用电流插头测量各支路电流，或者用电压表测量电压降时，应注意仪表的极性，并应正确判断测得值的+、−号。
(2) 注意仪表量程的及时更换。

4．实训过程

1)　实训准备

(1) 可调直流稳压电源(0～30V)，1 台(DG04)。
(2) 可调直流恒流源(0～500mA)，1 台(DG04)。
(3) 直流数字电压表(0～200V)，1 只(D31)。
(4) 直流数字毫安表(0～200mA)，1 只(D31)。
(5) 基尔霍夫定律/叠加原理实验电路板，1 块(DG05)。

2)　实训内容与步骤

实验线路如图 1.33 所示。按图连接电路，其中 I_1、I_2、I_3 是电流插孔。先断开电路调节稳压电源，使 E_1=6V，E_2=12V(E_1 为+6V、+12V 切换电源，把 E_1 切换到 6V；E_2 为 0～+30V 可调电源，调节到 E_2=12V)。

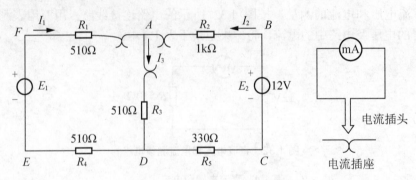

图 1.33　基尔霍夫定律线路图

(1) 基尔霍夫电流定律实验。

测试前先任意设定三条支路的电流参考方向，如图 1.23 中的 I_1、I_2、I_3 所示。熟悉线路结构，掌握各开关的操作使用方法。

用毫安表分别测量电流 I_1、I_2、I_3，测量时以 B 点为测量节点。电流表可通过电流插头插入各支路的电流插座中，即可测量该支路的电流。若电流表指针反偏，说明极性相反，应将正负极对调后再重新读数。测量数据记入表 1.5 中。

表 1.5　测量数据记录表

被测量	I_1/mA	I_2/mA	I_3/mA	U_{AB}/V	U_{BC}/V	U_{CD}/V	U_{DE}/V	U_{EF}/V	U_{FA}/V
计算值									
测量值									
相对误差									

(2) 基尔霍夫电压定律实验。

用直流电压表或万用表测量电压 U_{AB}、U_{BC}、U_{CD}、U_{DE}、U_{EF}、U_{FA} 的值。注意，万用表的黑表笔应放在低电位点，若指针反偏，说明极性相反。测量数据记入表 1.5 中。

1.7.3　工作实践常见问题解析

【问题】识别和鉴别元器件时，应如何正确使用万用表？

【答】(1) 正确使用转换开关和表笔插孔。

万用表有红与黑两只表笔，表笔可插入万用表的"+"、"−"两个插孔里，注意一定要将红表笔插入"+"插孔里，黑表笔插入"−"插孔里。测量直流电流、电压等物理量时，必须注意正负极性。根据测量对象，将转换开关旋转至所需位置，在被测量大小未知时，应先选用较大的高挡位量程测量，如不合适再逐步改用较低挡位，以表头指针移动到满刻度的 2/3 左右位置为宜。

(2) 正确读数。

万用表有数条供测量不同物理量读数使用的标尺，读数前一定要根据被测量的种类、性质和所用量程认清所对应的读数标尺。

(3) 正确测量电阻值。

在使用万用表的欧姆挡测量电阻之前,应首先把红、黑表笔短接,调节指针到欧姆尺的零位置,并要正确选择电阻倍率挡。测量电阻时,要使被测电阻不与其他电路有任何接触,也不要用手接触表笔的导电部分,以免影响测量结果。当利用欧姆表内部电池作为测量电源时,要注意到:黑表笔接的是电源正极,红表笔接的是电源负极。

(4) 测量高电压时的注意事项。

在测量高电压时要务必注意人身安全,应首先将黑表笔固定在被测电路的地电位处,然后再用红表笔去接触被测点。操作者一定要站在绝缘良好的地方,并且用单手操作,以防触电。在测量较高电压或较大电流时,不能在测量时带电转动转换开关改变量程或挡位。

(5) 万用表应水平放置使用,要防止受震动、受潮热,使用前首先要看指针是否在机械零位上,如果不在,应调至零位。每次测量完毕,要将转换开关置于空挡或最高电压挡位。在测量电阻时,如果将两只表笔短接后指针仍调整不到欧姆标尺的零位,则说明应更换万用表内部电池。长期不用万用表时,应将电池取出,以防止电池受腐蚀而影响表内其他元件。

1.8 习　　题

1. 电路一般是由_____、_____和_____三个基本部分组成的。其中,_____是供应电能的设备;_____是取用电能的设备;_____是连接_____和_____的部分,起传输和分配电能的作用。

2. 在分析复杂电路时,电流的实际方向往往难以判断,我们通常引入参考方向的概念,当实际电流方向与参考方向一致时,该电流值为_____;反之,该电流值为_____。

3. 图 1.34 所示为某一电路中取出的一条支路 AB,图 1.34(a)所示支路的电流实际方向为_____,图 1.34(b)所示支路的电流实际方向为_____,图 1.34(c)所示支路的电流实际方向为_____。

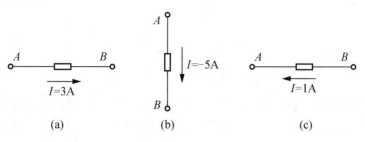

图 1.34　题 3 电路图

4. 图 1.35 所示为某电路中取出的一条支路 AB,图 1.35(a)所示支路的电压实际方向为_____,图 1.35(b)所示支路的电压实际方向为_____,图 1.35(c)所示支路的电压实际方向为_____。

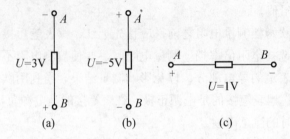

图 1.35　题 4 电路图

5. 如果一个电感元件两端电压为零，其储存的能量(　　)；如果一个电容元件中的电流为零，其储存的能量(　　)。

(a) 为零　　　　　　　　(b) 不为零　　　　　　　　(c) 不一定为零

6. 在图 1.36(a)所示的电路中，已知电压 $U_{ab}= -10V$，那么 a、b 两点中，_____点电位高。

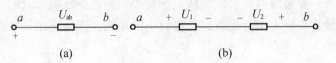

图 1.36　题 6、题 7 电路图

7. 图 1.36(b)所示电路中，已知 $U_1=10V$，$U_2=12V$，则 U_{ab} 等于_____V。

8. 根据图 1.37 所示电路中的参考方向，判断各元件是吸收还是输出功率，图 1.37(a)中的元件是_____功率，其功率为_____；图 1.37(b)中的元件是_____功率，其功率为_____；图 1.37(c)中的元件是_____功率，其功率为_____；图 1.37(d)中的元件是_____功率，其功率为_____。

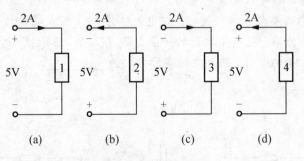

图 1.37　题 8 电路图

9. 一个理想电压源向外电路供电时，若再并联一个电阻，这个电阻将_____理想电压源对原来外电路的供电情况；一个理想电流源向外电路供电时，若再串联一个电阻，这个电阻将_____理想电流源对原来外电路的供电情况。(会影响，不会影响)

10. 在图 1.38 所示的电路中，已知：$I = 2A$，$U_{S1} = 48V$，$R_{01} = R_{02} = 0.5\Omega$，$R_1 = 6\Omega$，$R_2 = 5\Omega$。求 U_{S2} 的大小和方向，并说明在这个电路中哪个电源是吸收功率的，哪个电源是输出功率的？

11．如图 1.39 所示，已知：$I_S = 2\text{A}$，$U_S = 10\text{V}$。分别求理想电流源和理想电压源的功率，并说明功率平衡关系。

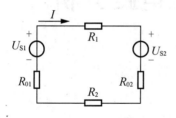

图 1.38　题 10 电路图

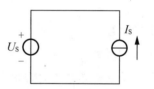

图 1.39　题 11 电路图

12．在图 1.40 所示的电路中，已知：$R_C = 3\text{k}\Omega$，$R_E = 1.5\text{k}\Omega$，$I_B = 40\mu\text{A}$，$I_C = 1.6\text{mA}$，求 I_E、U_{CE} 和 C 点的电位 V_C。

13．在图 1.41 所示的电路中，已知：$I = 2\text{A}$，$U_{AB} = 6\text{V}$，求电阻 R 的值。

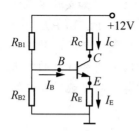

图 1.40　题 12 电路图

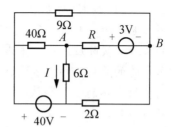

图 1.41　题 13 电路图

第2章　直流电路分析

【教学目标】

- 掌握电压源与电流源的等效互换。
- 掌握复杂电路分析的常用原理和方法。
- 掌握直流电路分析的基本定律和分析方法。
- 能正确进行电压、电位的测定。

【工程应用导航】

本章主要介绍直流电路的分析方法。首先介绍基于"等效"概念的电源等效变换法，然后介绍建立在 KCL 和 KVL 基础上的其他电路分析方法，如支路电流法、节点电位法，以及建立在线性电路和"等效"基础上的叠加原理和戴维南定理的分析方法。

在电路的设计及实际应用中常常需要使电路满足一定的电流、电压及功率要求，这就需要我们学习电路的分析和计算方法。本章介绍的电路分析和计算的方法主要应用于各种控制电路中的直流电路的分析和计算。通过分析和计算，即可选择合适的电路参数，以满足电路的性能和功能需要。

【引导问题】

(1) 你了解直流电路有哪些分析和计算的基本原理和方法吗？

(2) 电压源与电流源可以等效互换吗？

(3) 你知道支路电流法主要应用了哪些基本电路的基本定律吗？

(4) 在电路分析中如何通过电位的计算来分析求解支路电流？

(5) 你了解线性电路的叠加性和二端网络的概念吗？如何应用电源模型对有源二端网络进行等效简化？

2.1　电源等效变换法

第 1 章我们已经知道，电源是将非电能转换为电能的元件或装置，其作用是给外电路提供电能或电信号。干电池、蓄电池、发电机和电子稳压源等都是常见的实际电源。

任何一个实际电源既可以用一个电压源模型表示，也可以用一个电流源模型表示。如果一个电压源模型和一个电流源模型对外电路具有相同的伏安特性，亦即它们对任意给定的外电路具有相同的作用效果，那么，对外电路而言，这个电压源和这个电流源就是等效的。在满足一定条件时，它们可以等效互换。

比如，两个电路分别如图 2.1(a)、(b)所示，虚线框内分别为一个电压源和一个电流源。如果当两个电路的负载相等时，负载两端的电压和负载中流过的电流也相等，那么，对于负载来说，这个电压源与电流源是等效的。

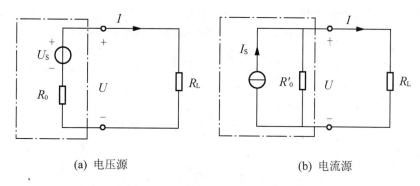

(a) 电压源　　　　　　　　　　　　(b) 电流源

图 2.1　两种电源模型的等效变换

对于图 2.1(a)和图 2.1(b)，我们可以分别得到如下表达式：

对于图 2.1(a)有

$$U = U_S - IR_0 \tag{2-1}$$

对于图 2.1(b)有

$$I = I_S - \frac{U}{R_0'} \tag{2-2}$$

将式(2-2)进行变换得

$$U = I_S R_0' - IR_0' \tag{2-3}$$

比较式(2-1)和式(2-3)可以看出，若 $R_0 = R_0'$，则

$$I_S = \frac{U_S}{R_0} \,(\text{或}\, U_S = I_S R_0) \tag{2-4}$$

这两种电源模型对外电路具有相同的伏安特性，即对外等效。式(2-4)就是电压源和电流源的等效变换关系，等效变换时要注意电压源的正极与电流源的电流流出方向一致。

例 2.1　在图 2.2(a)所示的电路中，已知：$I_S = 2.8\text{A}$，$R_1 = R_2 = R_3 = 5\Omega$，$U_{S1} = 12\text{V}$，$U_{S2} = 20\text{V}$，求 R_3 上的电压 U_3。

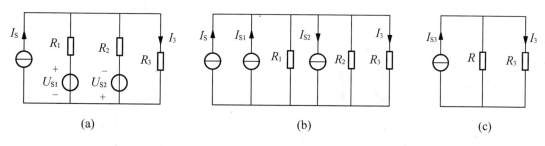

(a)　　　　　　　　　　　(b)　　　　　　　　　　　(c)

图 2.2　例 2.1 电路图

解：首先将图 2.2 (a)中的 U_{S1} 支路和 U_{S2} 支路等效为电流源，如图 2.2(b)所示。其中

$$I_{S1} = \frac{U_{S1}}{R_1} = \frac{12\text{V}}{5\Omega} = 2.4\text{A}$$

$$I_{S2} = \frac{U_{S2}}{R_2} = \frac{20\text{V}}{5\Omega} = 4\text{A}$$

再将图 2.2(b)等效为图 2.2(c)所示的电路，其中

$$I_{S3} = I_S + I_{S1} - I_{S2} = 2.8\text{A} + 2.4\text{A} - 4\text{A} = 1.2\text{A}$$

$$R = \frac{R_1 R_2}{R_1 + R_2} = \frac{5 \times 5}{5 + 5}\Omega = 2.5\Omega$$

由图 2.2(c)可求得

$$I_3 = \frac{R}{R + R_3} I_{S3} = \frac{2.5}{2.5 + 5} \times 1.2\text{A} = 0.4\text{A}$$

所以得

$$U_3 = R_3 I_3 = 5 \times 0.4\text{V} = 2\text{V}$$

例 2.2　用电源等效变换，求图 2.3(a)所示电路中 1Ω 电阻支路上的电流 I。

解：等效变换分析过程如图 2.3(b)～图 2.3(f)所示。

经电源等效变换可求得

$$I = \frac{2}{2 + 1} \times 3\text{A} = 2\text{A}$$

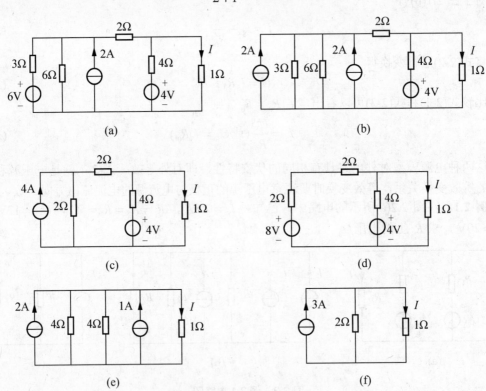

图 2.3　例 2.2 电路图

2.2　支路电流法

支路电流法是指以支路电流为未知量，应用基尔霍夫定律，对电路中的节点列出 KCL 方程，对回路列出 KVL 方程，再联立方程求解各支路电流的方法。

支路电流法是一种最基本的电路分析方法。现以图 2.4 所示的电路为例说明应用支路电流法分析电路的方法。

在图 2.4 所示的电路中，设各电阻和恒压源为已知，其参考方向如图 2.4 所示，欲求各支路电流。由图 2.4 可知，电路的支路数 $b = 6$，节点数 $n = 4$，回路数 $l = 7$，网孔数 $m = 3$。显然，要求解这 6 条支路的电流，需要列出 6 个方程。

对节点①～④应用基尔霍夫电流定律，得到节点电流方程为

节点① $\qquad\qquad I_1 - I_4 - I_5 = 0$

节点② $\qquad\qquad I_2 + I_5 - I_6 = 0$

节点③ $\qquad\qquad I_3 + I_4 + I_6 = 0$

节点④ $\qquad\qquad -(I_1 + I_2 + I_3) = 0$

在上述四个节点电流方程中，可以发现其中只有三个是独立的，另一个方程可以由这三个独立方程得到。可见，在有 n 个节点的电路中，只可能有 $(n-1)$ 个节点是独立的，通常可列出 $(n-1)$ 个独立的 KCL 方程。

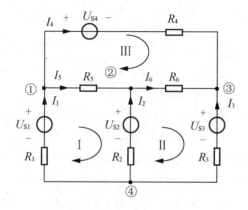

图 2.4　复杂电路的特例

为了求解 b 个支路电流，还需要根据基尔霍夫电压定律列出 $m = b - (n-1)$ 个独立回路电压方程：

回路 I $\qquad I_1 R_1 - I_2 R_2 + I_5 R_5 = U_{S1} - U_{S2}$

回路 II $\qquad I_2 R_2 - I_3 R_3 + I_6 R_6 = U_{S2} - U_{S3}$

回路 III $\qquad U_{S4} + I_4 R_4 - I_6 R_6 - I_5 R_5 = 0$

由以上三个独立节点电流方程和三个独立回路电压方程联立求解，即可得出 I_1、I_2、I_3、I_4、I_5 和 I_6。

因此，支路电流法直接应用基尔霍夫定律求解未知量，其关键在于列出足够而独立的 KCL 和 KVL 方程。一般来说，对于有 b 条支路、n 个节点的电路，应用 KCL 可以列出 $(n-1)$ 个独立的 KCL 方程，应用 KVL 可以列出 $m = b - (n-1)$ 个独立的 KVL 方程，独立方程的总数为 $(n-1) + [b-(n-1)] = b$ 个，正好等于未知支路电流的数目，从而可解出 b 个未知的支路电流。

例 2.3　计算如图 2.5 所示的电路中各支路电流。

解：电路中共有 5 条支路，其中一条支路为电流源，输出电流为 3A，因此只需列出 4

个独立方程即可求解。对节点①、②列出 KCL 方程为

$$I_1 - I_2 + I_3 = 0$$
$$I_S - I_3 - I_4 = 0$$

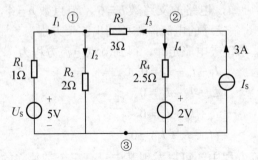

图 2.5　例 2.3 电路图

对左边两个网孔列出 KVL 方程为

$$R_1 I_1 + R_2 I_2 = U_S$$
$$-R_2 I_2 - R_3 I_3 + R_4 I_4 = -2$$

代入数据，得以下方程组

$$\begin{cases} I_1 - I_2 + I_3 = 0 \\ 3 - I_3 - I_4 = 0 \\ I_1 + 2I_2 = 5 \\ -2I_2 - 3I_3 + 2.5I_4 = -2 \end{cases}$$

解方程组得 $I_1 = 1A$，$I_2 = 2A$，$I_3 = 1A$，$I_4 = 2A$。

2.3　节点电位法

　　节点电位法是分析电路的常用方法。在支路电流法的分析中，以支路电流作为待求量，当支路数较多时，求解的难度明显增大。节点电位法就是在支路电流法的基础上，从减少未知量的思路中得出的一种分析方法。

　　在图 2.6 所示的电路中，各元件参数已知，若能求出各节点电位，则各支路的电流可根据欧姆定律得出。图 2.6 所示的电路中只有 3 个节点，设 C 为参考点，则 A、B 的电位(即 A、B 两点分别与参考点 C 之间的电压)分别为 V_A 和 V_B。

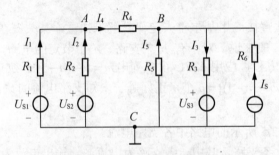

图 2.6　节点电位法示意图

分别对节点 A、B 列出 KCL 方程为

$$I_1 + I_2 - I_4 = 0$$

$$I_4 + I_5 - I_3 + I_S = 0$$

应用基尔霍夫电压定律和欧姆定律，则各支路的电流为

$$I_1 = \frac{U_{S1} - V_A}{R_1}, \quad I_2 = \frac{U_{S2} - V_A}{R_2}, \quad I_3 = \frac{V_B - U_{S3}}{R_3}$$

$$I_4 = \frac{V_A - V_B}{R_4}, \quad I_5 = -\frac{V_B}{R_5}$$

将各支路电流代入节点 A、B 的 KCL 方程，并整理得

$$\begin{cases} V_B\left(\dfrac{1}{R_4}\right) - V_A\left(\dfrac{1}{R_1} + \dfrac{1}{R_2} + \dfrac{1}{R_4}\right) + \dfrac{U_{S1}}{R_1} + \dfrac{U_{S2}}{R_2} = 0 \\ V_A\left(\dfrac{1}{R_4}\right) - V_B\left(\dfrac{1}{R_3} + \dfrac{1}{R_4} + \dfrac{1}{R_5}\right) + \dfrac{U_{S3}}{R_3} + I_S = 0 \end{cases} \tag{2-5}$$

可见，上述方程中只有 V_A 和 V_B 两个未知量，只需要解两个方程即可。如果在电路中有 n 个节点，则有 $(n-1)$ 个未知电位，需列 $(n-1)$ 个方程，因此节点电位法适用于节点数比较少的电路。其电路分析的步骤可归纳如下。

(1) 给节点编号并选择参考点，将各节点相对于参考点的电位设为未知量。

(2) 按式(2-5)列节点电位方程。

(3) 解方程求得各节点电位。

(4) 计算需要计算的各量。

例 2.4　用节点电位法计算如图 2.7 所示的电路中各支路电流。

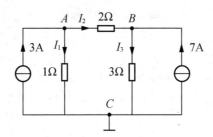

图 2.7　例 2.4 电路图

解： 取 C 点为参考点，V_A、V_B 分别是节点 A、B 两点的电位，为未知量，其节点电位方程为

$$\begin{cases} \left(\dfrac{1}{1} + \dfrac{1}{2}\right)V_A - \dfrac{1}{2}V_B - 3 = 0 \\ -\dfrac{1}{2}V_A + \left(\dfrac{1}{2} + \dfrac{1}{3}\right)V_B - 7 = 0 \end{cases}$$

解得 $V_A = 6\text{V}$，$V_B = 12\text{V}$。

从而可求得各支路的电流为

$$I_1 = \frac{V_A}{1} = \frac{6}{1}\text{A} = 6\text{A}$$

$$I_2 = \frac{V_A - V_B}{2} = \frac{6-12}{2}\text{A} = -3\text{A}$$

$$I_3 = \frac{V_B}{3} = \frac{12}{3}\text{A} = 4\text{A}$$

2.4 叠 加 原 理

叠加原理是线性电路的一个重要定理,它反映了线性电路的一个重要性质,即叠加性。在具有多个电源共同作用的线性电路中,任何一条支路上的电流(或电压)等于各个电源单独作用时在该支路上所产生的电流(或电压)的代数和。这就是叠加原理。

应用叠加原理,可以把一个复杂电路分解成若干个简单电路。所谓电源独立作用,是指每个简单电路中仅有一个电源作用,其他电源都除去。除源方法是:将各个不作用的理想电压源短路,使其电动势为零;将各个不作用的理想电流源开路,使其电流为零。若是实际电源模型,则在除源时须保留其电阻。现以图 2.8 所示电路为例,来说明叠加原理的正确性。

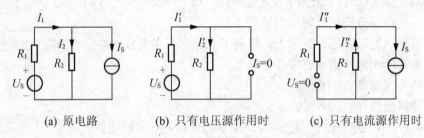

(a) 原电路   (b) 只有电压源作用时   (c) 只有电流源作用时

图 2.8 叠加原理图

首先由支路电流法可求得

$$I_1 = \frac{U_S}{R_1 + R_2} + \frac{R_2}{R_1 + R_2}I_S, \quad I_2 = \frac{U_S}{R_1 + R_2} - \frac{R_1}{R_1 + R_2}I_S$$

根据叠加原理,当电压源 U_S 单独作用时,电流源 I_S 应置零,即 $I_S = 0$,故电流源开路,如图 2.8(b)所示,可得

$$I_1' = I_2' = \frac{U_S}{R_1 + R_2}$$

当电流源 I_S 单独作用时,电压源 U_S 应置零,即 $U_S = 0$,故电压源短路,如图 2.8(c)所示,可得

$$I_1'' = \frac{R_2}{R_1 + R_2}I_S, \quad I_2'' = \frac{R_1}{R_1 + R_2}I_S$$

则有

$$I_1 = I_1' + I_1'' = \frac{U_S}{R_1 + R_2} + \frac{R_2}{R_1 + R_2}I_S, \quad I_2 = I_2' - I_2'' = \frac{U_S}{R_1 + R_2} - \frac{R_1}{R_1 + R_2}I_S$$

即各支路电流等于各电源单独作用时各支路电流的代数和,与支路电流法的计算结果一致。

新世纪高职高专课程与实训系列教材

例 2.5　用叠加原理计算图 2.9 所示电路中的电流 I 。

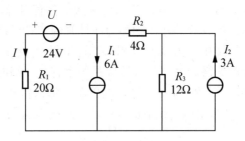

图 2.9　例 2.5 电路图

解：当 24V 电压源单独作用时，电流源 I_1 、I_2 开路，其电路如图 2.10(a)所示，由此电路可求得

$$I' = \frac{U}{R_1 + R_2 + R_3} = \frac{24}{20 + 12 + 4}A = \frac{2}{3}A$$

当 6A 电流源单独作用时，电压源 U 短路、电流源 I_2 开路，其电路如图 2.10(b)所示，由此电路可求得

$$I'' = -\frac{R_2 + R_3}{R_1 + R_2 + R_3} I_1 = -\frac{12 + 4}{20 + 12 + 4} \times 6A = -2\frac{2}{3}A$$

当 3A 电流源单独作用时，电压源 U 短路、电流源 I_1 开路，其电路如图 2.10(c)所示，由此电路可求得

$$I''' = \frac{R_3}{R_1 + R_2 + R_3} I_3 = \frac{12}{20 + 12 + 4} \times 3A = 1A$$

根据叠加原理，得

$$I = I' + I'' + I''' = \left(\frac{2}{3} - 2\frac{2}{3} + 1 \right)A = -1A$$

负号表示电流的实际方向与参考方向相反。

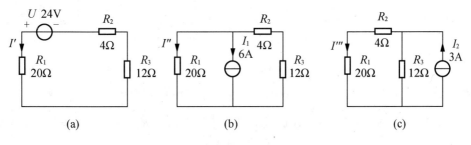

(a)　　　　　　　　　　(b)　　　　　　　　　　(c)

图 2.10　例 2.5 电路解图

2.5　戴维南定理

戴维南定理是电路分析的又一种重要方法，尤其是分析电路网络中的一条支路的响应或者求最大功率传输问题时，常常采用此方法。

电工与电子技术基础(上册)

若一个电路只通过两条出线端与外部电路相连接，则称该电路为二端网络。若二端网络中不含有电源，则称为无源二端网络。若二端网络中含有电源，则称为有源二端网络。若有源二端网络中的元件都是线性元件，则称为线性有源二端网络。

在如图 2.11(a)所示的电路中，若我们只想求流过电阻 R_4 支路的电流 I_4，那么可把电路分成两部分，一部分为待求支路，另一部分看成是一个有源二端网络。

假设该有源二端网络能够简化为一个等效电压源，那么待求电路就变成了一个电压源和待求支路相串联的简单电路，如图 2.11(b)所示，支路电流 I_4 为

$$I_4 = \frac{U_S}{R_4 + R_0}$$

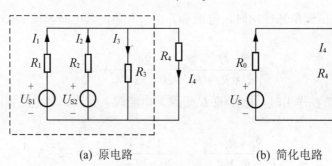

(a) 原电路　　　　　　　　(b) 简化电路

图 2.11　戴维南定理电路

戴维南定理可表述为：任何一个有源二端线性网络都可以用一个等效的电压源来代替，这个电压源的电动势等于有源二端网络的开路电压 U_{OC}，其内阻 R_0 等于除源二端网络的等效电阻。所谓除源是指将有源二端网络中的电压源短路、电流源开路后的等效电阻。

例 2.6　试用戴维南定理，求如图 2.12(a)所示电路中流过 4Ω 电阻的电流 I。

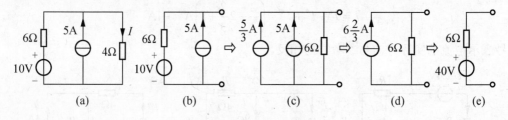

(a)　　　　　(b)　　　　　(c)　　　　　(d)　　　　　(e)

图 2.12　例 2.6 电路图

解： (1) 求开路电压 U_{OC}，用等效电源变换法求电源的端电压 U_S，$U_{OC} = U_S$。

先把 10V 电压源(见图 2.12(b))等效变换为电流源，有 $R_0 = 6\Omega$，$I_{S2} = \frac{10}{6}A = \frac{5}{3}A$，如图 2.12(c)所示。

两电流源并联，其总电激流为 $I_S = I_{S1} + I_{S2} = (\frac{5}{3} + 5)A = 6\frac{2}{3}A$，如图 2.12(d)所示。

再把电流源变换为电压源，即 $U_S = R_0 I_S = 6 \times 6\frac{2}{3}V = 40V$，则 $U_{OC} = U_S = 40V$，如图 2.12(e)所示。

(2) 求内阻 R_0，即除源二端网络的等效电阻。把 10V 的电压源短路，5A 的电流源开

新世纪高职高专课程与实训系列教材

路，则内阻为 $R_0 = 6\Omega$ 。

(3)　求流过 4Ω 电阻的电流 I，有

$$I = \frac{U_{OC}}{R_0 + R_L} = \frac{40}{6+4}\text{A} = 4\text{A}$$

例 2.7　在如图 2.13(a)所示的电路中，如果电阻 R 可变，求电阻 R 为何值时，电阻 R 从电路中吸收的功率最大，该最大功率是多少？

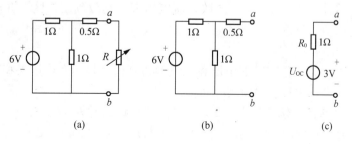

(a)　　　　　　　　　(b)　　　　　　　　(c)

图 2.13　例 2.7 电路图

解： 应用戴维南定理将二端网络等效为一条含源支路，即等效为一电压源，如图 2.13(b)和图 2.13(c)所示。

(1)　求开路电压 U_{OC} 和内阻 R_0。在图 2.13(b)中可求得

$$U_{OC} = \frac{1}{1+1} \times 6\text{V} = 3\text{V}$$

$$R_O = \left(0.5 + \frac{1}{2}\right)\Omega = 1\Omega$$

则流过电阻 R 的电流为

$$i = \frac{U_{OC}}{R_0 + R}$$

(2)　电阻 R 吸收的功率为

$$P_R = Ri^2 = \frac{U_{OC}^2 R}{(R_0 + R)^2}$$

如果 R 可变，则 P_R 的最大值发生在 $\dfrac{\mathrm{d}P_R}{\mathrm{d}R} = 0$ 的情况，即令 $\dfrac{\mathrm{d}P_R}{\mathrm{d}R} = 0$ ，有

$$\frac{\mathrm{d}P_R}{\mathrm{d}R} = \frac{U_{OC}^2(R_0 + R)^2 - 2U_{OC}^2 R(R_0 + R)}{(R_0 + R)^4} = 0$$

即 $R = R_0 = 1\Omega$ 时，电阻 R 获得最大功率，其最大功率为

$$P_{R\max} = \frac{U_{OC}^2}{(R_0 + R)^2} = \frac{9}{4}\text{W} = 2.25\text{W}$$

2.6　直流电路的仿真分析

前面介绍了运用电源等效变换法、支路电流法、节点电位法、叠加原理和戴维南定理等对直流电路进行分析的方法。同时我们还可以利用 EWB (Electronics Workbench)对不同

电路分析方法得到的直流电路进行仿真,从而直观反映了电路分析方法的正确性。

利用 EWB 对直流电路进行仿真分析的具体步骤如下。

(1) 在 EWB 工作平台上创建电路。启动 EWB,分别从基本器件库(Basic)和电源器件库(Sources)中选取电阻和电源,把选取的器件拖放到工作区。双击元器件符号,打开属性对话框,选中 Value(参数值)选项卡,设置电阻和电源的参数值,然后按照电路结构连接元件。

(2) 从指示器件库(Indicators)中选取直流电压表,拖放到工作区,并联在支路中,显示仿真支路的电压值;选取直流电流表,拖放到工作区,串联在支路中,显示仿真支路的电流值。

(3) 打开仿真开关,各支路的电压和电流的仿真值将显示在电压表和电流表中,可将仿真结果与理论值进行比较,检验其一致性。

例 2.8 利用 EWB 对例 2.3 进行分析,仿真出支路电流 I_1、I_2、I_3 及 I_4 的值。

解: 在 EWB 中创建仿真电路。首先从基本元件库(Basic)中选取电阻,双击元件符号,打开属性对话框,选中 Value(参数值)选项卡,设置各电阻参数值。再从电源器件库(Sources)中选取电压源和电流源,双击元件符号,打开属性对话框,选中 Value(参数值)选项卡,设置各电源参数值。连接电路如图 2.14(a)所示。

从指示器件库(Indicators)中选择直流电流表,拖放到工作区适当位置,串联在相应支路中,连接时注意电流表的极性。连接好的电路如图 2.14(b)所示。

打开 EWB 界面右上角的仿真开关,系统开始仿真,电路各支路的仿真结果如图 2.14(c)所示。

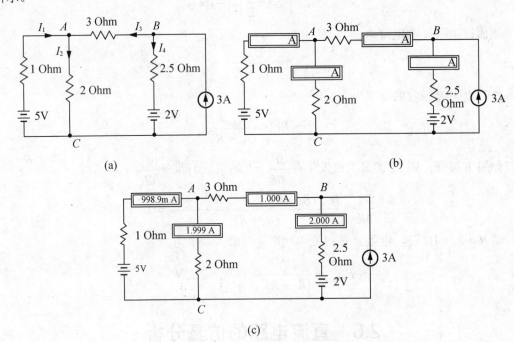

图 2.14　例 2.8 仿真电路图

将仿真结果与例 2.3 利用支路电流法对电路进行分析求解的结果相比较,可以得出仿真结果基本等于理论值。

例 2.9　使用例 2.5 中的电路，在 EWB 中验证叠加原理分析法。

解： 在 EWB 中创建 24V 电压源单独作用时的等效电路，打开电路仿真开关，其仿真结果如图 2.15(a)所示。同理创建 6A 电流源单独作用时的等效电路，打开电路仿真开关，其仿真结果如图 2.15(b)所示。创建 3A 电流源单独作用时的等效电路，打开电路仿真开关，其仿真结果如图 2.15(c)所示。电压源和电流源共同作用时，仿真电路及仿真结果如图 2.15(d)所示。

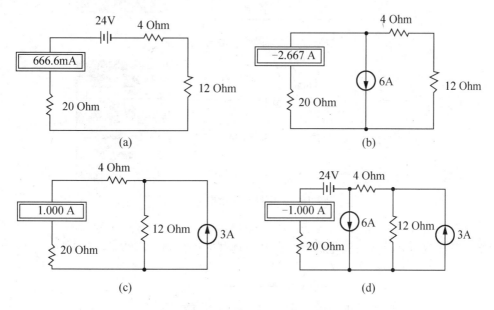

图 2.15　例 2.9 仿真电路图

由仿真结果可以看出，电压源与电流源共同作用时的电流等于各电源单独作用时电流的代数和，并且和例 2.5 计算的理论值一致。

例 2.10　使用 2.16 所示的电路，在 EWB 中验证戴维南定理分析法，并计算电路中的电流 I。

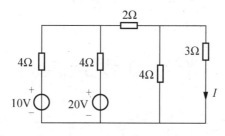

图 2.16　例 2.10 电路图

解：(1)　求开路电压 U_{OC}。根据图 2.16 所示电路，在 EWB 中创建如图 2.17 所示的仿真电路，在端口处接入万用表，直接测量开路电压 U_{OC}。

(2)　求等效电阻 R_0。在 EWB 中创建的电路中，把电压源短路、电流源开路，从仪器库选取万用表接于端口处，可测量其等效电阻 R_0。本例中的二端网络等效电阻仿真电路如图 2.18 所示。

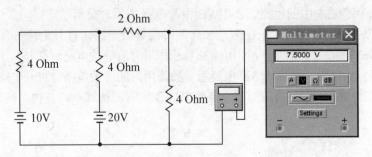

图 2.17　二端网络开路电压仿真图

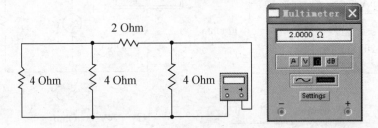

图 2.18　二端网络等效电阻仿真图

(3)　根据仿真得出的开路电压 U_{OC} 和等效电阻 R_0，在 EWB 中创建如图 2.19 所示的仿真电路，在其端口处接入直流电流表，打开仿真开关可得到仿真结果，I = 1.5A。

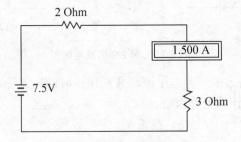

图 2.19　电路仿真结果图

通过理论计算可得，通过 3Ω 支路的电流 I 为 1.5A，与仿真结果一致。

2.7　工作实训营

2.7.1　训练实例 1

1. 训练内容

电压、电位的测定。

2. 训练目的

(1)　掌握电压的绝对性、电位的相对性。

(2)　学习电路中电位的测定方法。

3．训练要点

(1)　学会万用表的正确使用方法。

(2)　注意确定电路中电位的参考点，测量过程中参考点不能改变。

4．实训过程

1)　实训准备

(1)　万用表，1 只。

(2)　双输出稳压电源，1 台。

(3)　电压电位测量电路板，1 块。

2)　实训内容与步骤

(1)　电压、电位测量电路如图 2.20 所示，把双路稳压电源分别调到 6V 和 12V，并将 E_1=6V，E_2=12V 接入电路。

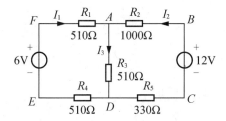

图 2.20　电压、电位实训电路图

(2)　在图 2.20 电路中，以 A 点为零电位参考点，将万用表的黑表笔固定在 A 点，红表笔分别放在 B、C、D、E、F 点，分别测出各点的电位(即与 A 点之间的电压。若指针反偏，则需交换表笔位置，其电位读数为负值)，将所测数值填入表 2.1 中。

表2.1　以 A 点为参考点时各点电位值

电位参考点	V 与 U	V_A	V_B	V_C	V_D	V_E	V_F	U_{AB}	U_{BC}	U_{CD}	U_{DE}	U_{EF}	U_{FA}
	计算值												
A	测量值												
	误差												

(3)　再以 D 点为零电位参考点重复上述步骤，将所测数据填入表 2.2 中。

表2.2　以 D 点为参考点时各点电位值

电位参考点	V 与 U	V_A	V_B	V_C	V_D	V_E	V_F	U_{AB}	U_{BC}	U_{CD}	U_{DE}	U_{EF}	U_{FA}
	计算值												
D	测量值												
	误差												

2.7.2 训练实例2

1．训练内容

戴维南定理的验证。

2．训练目的

(1) 验证戴维南定理的正确性，加深对戴维南定理的理解。
(2) 掌握有源二端网络等效电路参数的测量方法。

3．训练要点

(1) 在实训中，令稳压电源为零时，不可直接将稳压电源短接。
(2) 改接电路时，要在断开电源的情况下进行。

4．训练过程

1) 训练准备
(1) 电工实验装置，1套。
(2) 数字万用表，1块。
(3) 戴维南定理测量电路板，1块。
2) 训练内容与步骤

被测有源二端网络如图 2.21 所示，即 "戴维南定理/诺顿定理" 线路。

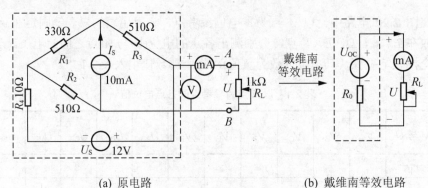

(a) 原电路　　　　　　　　　　(b) 戴维南等效电路

图 2.21　戴维南定理实训电路图

(1) 用开路电压、短路电流法测定戴维南等效电路的 U_{OC} 和 R_0。在图 2.21(a)所示的电路中，接入稳压电源 U_s=12V 和恒流源 I_s=10mA，不接入 R_L。分别测定 U_{OC} 和 I_{SC}，并计算出 R_0，将结果填入表 2.3 中(测 U_{OC} 时，不接入 mA 表)。

表 2.3　开路电压及短路电流值记录表

U_{OC}/V	I_{SC}/mA	$R_0=U_{OC}/I_{SC}/\Omega$

(2) 负载实验：按图 2.21(a)接入 R_L。改变 R_L 的阻值，测量不同 R_L 时的端电压和电流

值，记于表 2.4 中，并据此画出有源二端网络的外特性曲线。

表 2.4 负载实验数据记录表

U/V								
I/mA								

(3) 验证戴维南定理：从电阻箱上取得按步骤(1)所得的等效电阻 R_0 之值，然后令其与直流稳压电源(调到步骤(1)时所测得的开路电压 U_{OC} 之值)相串联，如图 2.21(b)所示，仿照步骤(2)测其外特性，对戴维南定理进行验证，将结果填入表 2.5 中。

表 2.5 戴维南定理验证数据记录表

U/V							
I/mA							

(4) 有源二端网络等效电阻(又称入端电阻)的直接测量法。如图 2.21(a)所示，将被测有源网络内的所有独立源置零(去掉电流源 I_s 和电压源 U_s，并在原电压源所接的两点间用一根短路导线相连)，然后用伏安法或者直接用万用表的欧姆挡去测定负载 R_L 开路时 A、B 两点间的电阻，此即为被测网络的等效内阻 R_0，或称网络的入端电阻 R_i。

(5) 用半电压法和零示法测量被测网络的等效内阻 R_0 及其开路电压 U_{OC}，线路及数据表格自拟。

2.7.3 工作实践常见问题解析

【问题 1】在实际工作中测量某一支路的电压和电流时，常常会因电压表跨接在电流表内侧或跨接在电流表外侧而得到不同的测量数据，那么哪一种接法测量的数据更准确呢？

【答】在实际测量某支路的电压和电流时，为了使测量的数据更准确，即减小测量误差，除了应根据技术要求正确选择电流表和电压表的规格、精度等级外，接线时还要注意把电流表、电压表接在电路的正确位置上，主要要考虑电流表的分压作用和电压表的分流作用。如果仪表接线不当，会造成较大的测量误差。

在测量过程中，若使用数字仪表，一般不考虑其内阻的影响，近似地认为电压表内阻为无穷大，而电流表的内阻为无穷小。而在使用机械式指示仪表测量时，当负载阻值比电流表的内阻大得多时，电压表宜接在电流表外侧；当电压表的内阻比负载阻值大得多时，电压表宜接在电流表内侧。

【问题 2】在实际测量电路中的电压和电流时，常有同学在未断开电源的情况下改接电路。请问是否可行？

【答】不可行。在实验操作规程中明确规定，在测量实验的过程中要在断开电源的情况下改接电路，以保障设备及人身安全。发生这类问题往往是由于实验初期，学生的意识不足，且教师的强调和指导不足。

2.8 习　题

1. 电压源与电流源之间的等效变化是对_____来说的,而对电压源和电流源本身来说是不等效的;理想电压源和理想电流源之间_____进行等效变换。

2. 实际电压源转换成实际电流源时,若电压源的端电压为 U_S,内电阻为 R_0,则变换后的电流源的电激流为_____,并联的电阻为_____。

3. 某电路有 3 个节点和 5 条支路,若采用支路电流法求解各支路电流,应列出的 KCL 方程数为_____个,KVL 方程数为_____个,列出的总方程数应为_____个。

4. 叠加原理适用于有_____个电源作用时的_____电路。

5. 在进行线性电路的分析和计算时,应用叠加原理可以计算线性电阻电路的_____和_____ ,不能计算线性电阻电路的_____。

6. 分别将图 2.22 所示的电路转化成等效电流源电路。

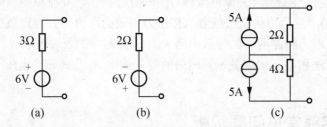

图 2.22　题 6 电路图

7. 分别将图 2.23 所示的电路转化成等效电压源电路。

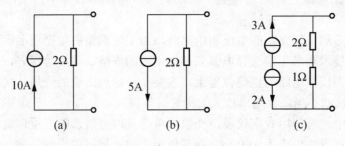

图 2.23　题 7 电路图

8. 用等效电源变换将图 2.24 所示电路中的 ab 端以左的二端网络化成最简单的等效电压源。

9. 用等效电源变换求图 2.25 所示电路的戴维南等效电路。

10. 用支路电流法求图 2.26 所示电路中的未知电流和电压。

11. 用支路电流法求图 2.27 所示电路中的支路电流 I_1、I_2 和 I_3。

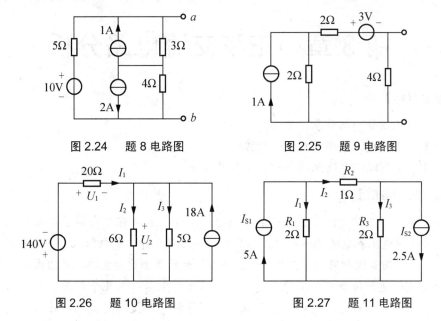

图 2.24　题 8 电路图　　　　　图 2.25　题 9 电路图

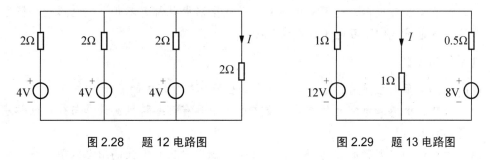

图 2.26　题 10 电路图　　　　　图 2.27　题 11 电路图

12. 用节点电位法求如图 2.28 所示电路中的电流 I。

13. 用叠加原理求图 2.29 所示电路中的 I。

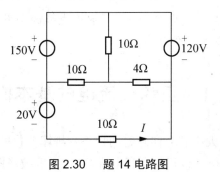

图 2.28　题 12 电路图　　　　　图 2.29　题 13 电路图

14. 用戴维南定理求图 2.30 所示电路中的电流 I。

图 2.30　题 14 电路图

15. 用 EWB 仿真求解题 10。

16. 用 EWB 仿真求解题 12。

17. 用 EWB 仿真求解题 13。

18. 用 EWB 仿真求解题 14。

第3章　正弦交流电路分析

【教学目标】
- 掌握正弦量的相量表示方法。
- 掌握正弦交流电路的相量分析方法。
- 学会安装照明电路及提高功率因数的方法。

【工程应用导航】

本章主要介绍正弦交流电的表示和电路分析方法。本章首先介绍了正弦交流电的相量表示方法及正弦电压和电流的特征量；然后介绍了电路元件，如电阻、电感和电容在交流电路中的特性，以及如何利用相量分析的方法来分析和计算由这些电路元件组成的复杂电路。

由于交流电便于传输且传输效率高，所以工业和生活用电几乎都是交流电。例如在我们的工作场所中，各种电气设备、电子仪器、计算机等都使用交流电；再如在我们的家庭生活中，日光灯、电视机、洗衣机、电磁炉等也都使用的是交流电。我们使用的照明灯具由白炽灯改变为日光灯，现在逐步换为节能灯，主要是为了提高电能的利用效率。

同时，在交流放大器、运算放大器和信号发生器中也都离不开交流电路的分析原理和分析方法，这也是我们学习电子技术的基础。

【引导问题】

(1) 你知道每天在使用的正弦交流电在工程计算与分析中的表示方法吗？

(2) 电阻、电感和电容元件在正弦交流电路中具有哪些特性？计算与分析电路基本定律的相量形式如何？

(3) 你知道功率因数的概念吗？在工程实际应用中应如何提高用电效率，减少电能的损耗呢？

(4) 你了解日常荧光灯照明电路的功率因数和电能的利用效率吗？

(5) 如何利用 EWB 仿真软件仿真交流电路？

3.1　正弦交流电的基本概念

在正弦交流电路中，大小和方向随时间按正弦规律变化的电流、电压和电动势等统称为正弦交流电，简称交流电。以正弦交流电流 i 为例，其波形图如图 3.1 所示，也可以用三角函数式表示为

$$i = I_m \sin(\omega t + \varphi_i) \tag{3-1}$$

式中，I_m 为振幅；ω 为角频率；φ_i 为初相位。由正弦量的表达式可以看出，正弦量的变化取决于以上三个量。通常把 I_m、ω、φ_i，即幅值、角频率和初相位称为正弦量的三要素。

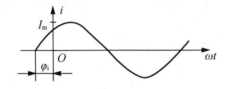

图 3.1   正弦交流电流波形图

3.1.1   频率、周期和角频率

正弦量每秒变化的次数称为频率 f ，单位是赫[兹](Hz)。正弦量变化一周所需要的时间称为周期 T ，单位是秒(s)。频率和周期互为倒数，即

$$f = \frac{1}{T} \tag{3-2}$$

正弦量每秒相位角的变化称为角频率 ω ，单位为弧度每秒(rad/s)。由于正弦量在一个周期内变化了 2π 弧度(rad)，所以正弦量的周期 T 、频率 f 和角频率 ω 之间的关系为

$$\omega = \frac{2\pi}{T} = 2\pi f \tag{3-3}$$

已知我国工频电源频率为 $f = 50\text{Hz}$ ，则可求出其周期和角频率分别为

$$T = \frac{1}{50}\text{s} = 0.02\text{s}$$

$$\omega = 2\pi f = 2 \times 3.14 \times 50 \text{rad/s} = 314 \text{rad/s}$$

3.1.2   幅值与有效值

正弦量瞬时值中最大的值称为最大值或幅值，用带下标 m 的大写字母来表示，如 I_m 表示电流最大值。瞬时值和幅值都是正弦量某一特定时刻的数值，它们不能表明正弦量发热和做功的能力。为此，常用有效值来计量交流电。

正弦交流电流 i 在一个周期 T 内通过某一电阻 R 产生的热量若与某一直流电流 I 在相同时间和相同电阻上产生的热量相等，那么这个直流电流 I 就是该正弦交流电流 i 的有效值。

根据定义

$$\int_0^T i^2 R \text{d}t = I^2 R T$$

由此可得出正弦电流 i 的有效值为

$$I = \sqrt{\frac{1}{T} \int_0^T i^2 \text{d}t} \tag{3-4}$$

可见，正弦电流 i 的有效值为其方均根值。若把 $i = I_\text{m} \sin \omega t$ (令 $\varphi_\text{i} = 0$)代入式(3-4)中，则有

$$I = \sqrt{\frac{1}{T} \int_0^T I_\text{m}^2 \sin^2 \omega t \text{d}t}$$

$$= \sqrt{\frac{I_\text{m}^2}{T} \int_0^T \frac{1 - \cos 2\omega t}{2} \text{d}t} = \frac{I_\text{m}}{\sqrt{2}} \tag{3-5}$$

同理可得正弦电压 $u = U_{\mathrm{m}} \sin \omega t$ 和正弦电动势 $e = E_{\mathrm{m}} \sin \omega t$ 的有效值分别为

$$U = \frac{U_{\mathrm{m}}}{\sqrt{2}} \tag{3-6}$$

$$E = \frac{E_{\mathrm{m}}}{\sqrt{2}} \tag{3-7}$$

3.1.3 相位和初相位

$(\omega t + \varphi)$ 是正弦量随时间变化的角度，称为相位角，简称相位。$t = 0$ 时的相位 φ 称为初相位角或初相位。初相位决定了计时起点 $t = 0$ 时正弦量的大小，计时起点不同，正弦量的初相位也不相同。

在同一正弦电路中，两个正弦量的频率相同，但初相位不一定相同。设波形如图 3.2 所示的两个同频率的正弦量为

$$u = U_{\mathrm{m}} \sin(\omega t + \varphi_{\mathrm{u}})$$
$$i = I_{\mathrm{m}} \sin(\omega t + \varphi_{\mathrm{i}})$$

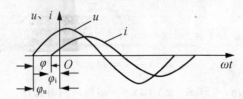

图 3.2 同频率正弦量的相位差

两个同频率正弦量的相位之差称为相位差，u 和 i 之间的相位差为

$$\varphi = (\omega t + \varphi_{\mathrm{u}}) - (\omega t + \varphi_{\mathrm{i}}) = \varphi_{\mathrm{u}} - \varphi_{\mathrm{i}}$$

即相位差也是两个同频率正弦量的初相位之差。

由图 3.2 可见，由于 $\varphi_{\mathrm{u}} > \varphi_{\mathrm{i}}$，所以 u 比 i 先到达正的最大值。此时，称在相位上电压超前电流 φ 相位角，或者说电流滞后电压 φ 相位角。如果两正弦量的相位差 $\varphi = 0$，则称两正弦量同相位；如果 $\varphi = \pm\pi$，则称两正弦量反相；如果 $\varphi = \pm\pi/2$，则称两正弦量正交，如图 3.3 所示。

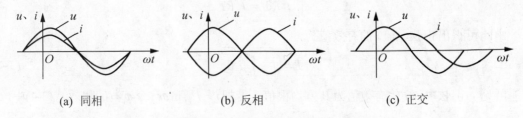

(a) 同相   (b) 反相   (c) 正交

图 3.3 同频率正弦量的相位关系

3.2 正弦量的相量表示法

交流电的瞬时值表达式是以三角函数形式表示交流电的变化规律；从交流电的波形图

中可看出交流电的变化情况；而交流电的相量表示则是为了便于交流电的分析和计算。

3.2.1　复数及其运算

1. 复数的表示形式

一个复数可以有多种表示形式，常见的有代数形式、三角函数形式、指数形式和极坐标形式 4 种。现设 A 为一复数，其 4 种表示形式分别如下。

1) 代数形式

利用代数形式，复数 A 可表示为

$$A = a_1 + \mathrm{j}a_2$$

式中，$\mathrm{j} = \sqrt{-1}$ 为虚数的单位，且 $\mathrm{j}^2 = -1$，$\mathrm{j}^3 = -\mathrm{j}$，$\mathrm{j}^4 = 1$。复数的代数形式便于对复数进行加减运算。

2) 三角函数形式

若复数 A 的模 $|A|$ 等于 a，其值为正；φ 为复数 A 的辐角，则 A 的三角函数形式为

$$a_1 = a\cos\varphi$$
$$a_2 = a\sin\varphi$$
$$a = \sqrt{a_1^2 + a_2^2}, \quad \tan\varphi = \frac{a_2}{a_1}$$
$$A = a(\cos\varphi + \mathrm{j}\sin\varphi)$$

3) 指数形式

根据欧拉公式 $\mathrm{e}^{\mathrm{j}\varphi} = \cos\varphi + \sin\varphi$，则复数 A 的指数形式为

$$A = a\mathrm{e}^{\mathrm{j}\varphi}$$

4) 极坐标形式

复数的极坐标形式是其指数形式的简写，书写较为方便，即为

$$A = a\angle\varphi$$

2. 复数的运算

复数的加减运算需要用代数形式进行，或者在复平面上用平行四边形法则作图完成；而乘除运算则一般采用指数(或极坐标)形式较为方便。

1) 加减运算

两个复数做加减运算时，其实部与实部相加减，虚部与虚部相加减。如，有复数 $A = a_1 + \mathrm{j}a_2$ 和 $B = b_1 + \mathrm{j}b_2$，则有

$$A \pm B = (a_1 \pm b_1) + \mathrm{j}(a_2 \pm b_2)$$

2) 乘法运算

两个复数相乘时，其模相乘，辐角相加。如，有两个复数 $A = a\mathrm{e}^{\mathrm{j}\varphi_a} = a\angle\varphi_a$ 和 $B = b\mathrm{e}^{\mathrm{j}\varphi_b} = b\angle\varphi_b$，则有

$$A \cdot B = ab\mathrm{e}^{\mathrm{j}(\varphi_a + \varphi_b)} = ab\angle(\varphi_a + \varphi_b)$$

3) 除法运算

两个复数相除时，其模相除，辐角相减。如，有两个复数 $A = a\mathrm{e}^{\mathrm{j}\varphi_a} = a\angle\varphi_a$ 和

$$B = be^{j\varphi_b} = b\angle\varphi_b \text{，则}$$

$$\frac{A}{B} = \frac{a}{b}e^{j(\varphi_a - \varphi_b)} = \frac{a}{b}\angle(\varphi_a - \varphi_b)$$

3.2.2 正弦量的相量表示

对于任意一个正弦量，都能找到一个与之相对应的复数，由于这个复数与一个正弦量相对应，我们就把这个复数称作相量。我们通常在大写字母上加一点来表示正弦量的相量。如电流、电压的最大值相量表示为 $\dot{I}_m$、$\dot{U}_m$，有效值相量表示为 $\dot{I}$、$\dot{U}$。用一个复数来表示正弦量的方法就称为正弦量的相量表示法。

现有正弦电流 $i = I_m\sin(\omega t + \varphi_i)$，若用相量表示如图 3.4 所示，则在复平面内有复数 $I_m\angle\varphi_i$，以不变的角速度 ω 沿逆时针方向旋转，在虚轴上的投影为 $i = I_m\sin(\omega t + \varphi_i)$，即表示了正弦电流的瞬时值。

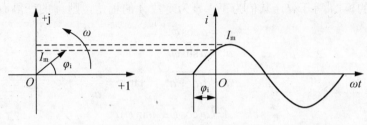

(a) 以角速度 ω 旋转的复数   (b) 旋转复数在虚轴上的投影

图 3.4　正弦量的相量表示法

正弦电流 $i = I_m\sin(\omega t + \varphi_i)$ 的相量为

$$\dot{I}_m = I_m(\cos\varphi_i + j\sin\varphi_i) = I_m e^{j\varphi_i} = I_m\angle\varphi_i$$

或

$$\dot{I} = I(\cos\varphi_i + j\sin\varphi_i) = Ie^{j\varphi_i} = I\angle\varphi_i \tag{3-8}$$

相量 $\dot{I}_m$ 的模是电流 i 的最大值，称为该电流的最大值相量；$\dot{I}$ 的模是电流 i 的有效值，称为有效值相量。

将同频率的正弦量画在同一复平面内，叫相量图。从相量图中可以方便地看出各个正弦量的大小及其相互间的相位关系，如图 3.5 所示。

例 3.1　设有两个正弦量 $u_1 = 100\sqrt{2}\sin(\omega t + 30°)\text{V}$，$u_2 = 40\sqrt{2}\sin(\omega t - 45°)\text{V}$，试求这两个正弦量的最大值相量和有效值相量，并画出其相量图。

解：因为两个正弦量的最大值分别为

$$U_{1m} = 100\sqrt{2}\text{V}，\quad U_{2m} = 40\sqrt{2}\text{V}$$

两个正弦量的有效值分别为

$$U_1 = 100\text{V}，\quad U_2 = 40\text{V}$$

两个正弦量的初相位为

$$\varphi_1 = 30°，\quad \varphi_2 = -45°$$

所以两个正弦量的最大值相量为
$$\dot{U}_{1m} = 100\sqrt{2}e^{j30^\circ}\,V，\quad \dot{U}_{2m} = 40\sqrt{2}e^{-j45^\circ}\,V$$
两个正弦量的有效值相量为
$$\dot{U}_1 = 100e^{j30^\circ}\,V，\quad \dot{U}_2 = 40e^{-j45^\circ}\,V$$
两个正弦量的相位差为
$$\varphi = \varphi_1 - \varphi_2 = 30^\circ - (-45^\circ) = 75^\circ$$
它们的相量图如图 3.6 所示，可见电压 u_1 比 u_2 超前 75°。

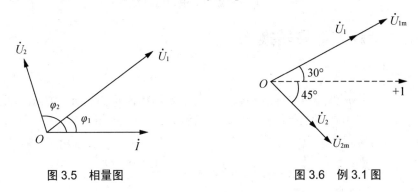

图 3.5　相量图　　　　　　　　　图 3.6　例 3.1 图

3.3　正弦交流电路中的电阻元件

单个电阻、电感或电容元件组成的电路称为单一参数电路，掌握它们的伏安关系、功率消耗及能量转换是分析正弦交流电路的基础。在日常生活中所接触到的单一参数电路，如白炽灯、电炉等都属于电阻性负载，在这类电路中影响电流大小的主要是负载的电阻 R。本节我们先分析正弦交流电路中的电阻元件。

3.3.1　伏安关系

设在正弦交流电路中，有一线性电阻 R，其电流 i 与电压 u 的参考方向如图 3.7(a)所示。在一般情况下，其满足伏安关系
$$u = Ri \tag{3-9}$$
若电阻元件流过的电流为 $i = I_m \sin(\omega t + \varphi_i)$，并作为参考正弦量，代入式(3-9)可得
$$u = Ri = RI_m \sin(\omega t + \varphi_i) = U_m \sin(\omega t + \varphi_u) \tag{3-10}$$
由此可见，正弦交流电路中电阻元件的 u 与 i 之间的关系(伏安关系)可表述如下。

(1) $\varphi = \varphi_u - \varphi_i = 0$，$u$ 与 i 是同频率同相位的正弦量。

(2) 电压与电流的幅值关系为 $U_m = RI_m$，有效值关系为 $U = RI$，满足线性关系。

(3) u 与 i 的波形如图 3.7(b)所示。

(4) u 与 i 伏安关系的相量形式为 $\dot{I} = Ie^{j\varphi_i} = I\angle\varphi_i$，$\dot{U} = Ue^{j\varphi_u} = U\angle\varphi_u$，$\dot{U} = R\dot{I}$。

(5) u 与 i 的相量图如图 3.7(c)所示。

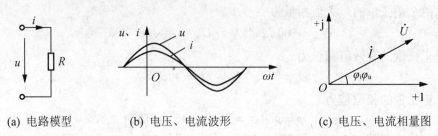

(a) 电路模型   (b) 电压、电流波形   (c) 电压、电流相量图

图 3.7   正弦交流电路中的电阻元件

3.3.2   功率消耗与能量转换

1. 瞬时功率

在任一瞬时，某元件瞬时电压 u 与瞬时电流 i 的乘积，称为该元件的瞬时功率，用小写字母 p 表示。若电阻元件两端电压 u 与电流 i 参考方向相关联，且 $u = U_m \sin \omega t$，$i = I_m \sin \omega t$，则其瞬时功率为

$$p = ui = U_m I_m \sin^2 \omega t = U_m I_m \frac{1 - \cos 2\omega t}{2}$$

$$= UI(1 - \cos 2\omega t) \qquad (3\text{-}11)$$

由式(3-11)可知，电阻的瞬时功率是由两部分组成的：第一部分是恒定值 UI，第二部分的幅值为 UI，并以 2ω 的角频率随时间变化。这说明电阻瞬时功率 p 的变化频率是电源频率的两倍，并且电阻在任一瞬时所吸收的功率总是大于等于零($p \geqslant 0$)，即电阻元件在正弦电路中是消耗功率的，其瞬时功率 p 的波形如图 3.8 所示。

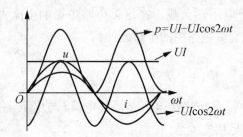

图 3.8   电阻元件瞬时功率的波形图

2. 平均功率

瞬时功率 p 在一个周期内的平均值称为平均功率，用大写字母 P 表示，即

$$P = \frac{1}{T} \int_0^T p\,\mathrm{d}t = \frac{1}{T} \int_0^T UI(1 - \cos 2\omega t)\mathrm{d}t$$

$$= UI = I^2 R = \frac{U^2}{R} \qquad (3\text{-}12)$$

平均功率亦称有功功率，单位是瓦或千瓦(W 或 kW)。

3. 能量转换

由 $p \geqslant 0$ 可知，电阻元件是消耗功率的，它吸收电源的电能，并转化为热能散发掉，

是一种不可逆的转换。电阻元件在一个周期内转换的热能为

$$W_{\mathrm{R}} = \int_0^T p\,\mathrm{d}t = UIT = I^2RT = \frac{U^2}{R}T \tag{3-13}$$

3.4　正弦电路中的电感元件

当一个线圈的电阻小到可以忽略不计时，该线圈可以看成是一个纯电感。由于空心线圈的电感 L 为常数，所以一个电阻可以忽略不计的空心线圈可以看成是线性电感。

3.4.1　伏安关系

在正弦交流电路中，若线性电感 L 中的电流 i 和电压 u 的参考方向关联如图 3.9(a)所示，那么，在一般激励情况下，线性电感的瞬时伏安关系为

$$u = -e = L\frac{\mathrm{d}i}{\mathrm{d}t}$$

若设电流 $i = I_{\mathrm{m}}\sin(\omega t + \varphi_{\mathrm{i}})$ 为参考相量，则电感 L 的端电压为

$$\begin{aligned}
u &= L\frac{\mathrm{d}i}{\mathrm{d}t} = I_{\mathrm{m}}\omega L\cos(\omega t + \varphi_{\mathrm{i}}) \\
&= I_{\mathrm{m}}\omega L\sin(\omega t + \varphi_{\mathrm{i}} + \frac{\pi}{2}) \\
&= U_{\mathrm{m}}\sin(\omega t + \varphi_{\mathrm{u}})
\end{aligned} \tag{3-14}$$

那么

$$\varphi = \varphi_{\mathrm{u}} - \varphi_{\mathrm{i}} = \frac{\pi}{2}$$

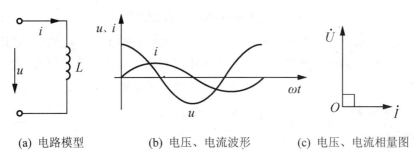

|(a) 电路模型|(b) 电压、电流波形|(c) 电压、电流相量图|

图 3.9　正弦交流电路中的电感元件

由此可知：

(1) u 与 i 是同频率的正弦量。

(2) 在相位上，u 比 i 超前 $\dfrac{\pi}{2}$ 相位。

(3) 电压与电流的幅值关系为 $U_{\mathrm{m}} = I_{\mathrm{m}}\omega L = I_{\mathrm{m}}X_{\mathrm{L}}$，有效值关系为 $U = I\omega L = IX_{\mathrm{L}}$，其中 $X_{\mathrm{L}} = \omega L = 2\pi fL$ 为线圈的感抗。

(4) u 与 i 的波形如图 3.9(b)所示。

(5) u 与 i 的相量之比称为复感抗，用 Z_{L} 表示，有

$$Z_{\mathrm{L}} = \frac{\dot{U}}{\dot{I}} = \mathrm{j}X_{\mathrm{L}} = \mathrm{j}2\pi fL$$

(6) u 与 i 的相量图如图 3.9(c)所示。

3.4.2 功率消耗与能量转换

1. 瞬时功率及能量转换

在正弦交流电路中,若任一瞬时通过电感元件的电流为 $i = I_{\mathrm{m}}\sin\omega t$,电感两端的电压为 $u = U_{\mathrm{m}}\sin(\omega t + \frac{\pi}{2})$,则由瞬时功率的定义可得

$$\begin{aligned} p_{\mathrm{L}} &= ui = U_{\mathrm{m}}I_{\mathrm{m}}\sin(\omega t + \frac{\pi}{2})\sin\omega t \\ &= U_{\mathrm{m}}I_{\mathrm{m}}\sin\omega t\cos\omega t = \frac{U_{\mathrm{m}}I_{\mathrm{m}}}{2}\sin 2\omega t \\ &= UI\sin 2\omega t \end{aligned} \tag{3-15}$$

由上式可知,电感元件的瞬时功率是一个幅值为 UI,并以 2ω 角频率随时间变化的正弦量,其波形如图 3.10 所示。

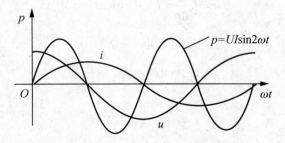

图 3.10　电感元件瞬时功率的波形图

电感元件的瞬时功率有正有负,在第一和第三个 1/4 周期内,功率为正,说明电感 L 从电源吸取电能,转换为磁能存储在线圈的磁场中;在第二和第四个 1/4 周期内,功率为负,说明电感 L 将存储的磁能转换为电能返回给电源。从能量的观点看,这是电能和磁场能的相互转换,而电感线圈不消耗能量。

2. 平均功率

同理,电感元件的瞬时功率在一个周期内的平均值即为平均功率,有

$$P_{\mathrm{L}} = \frac{1}{T}\int_0^T p_{\mathrm{L}}\mathrm{d}t = \frac{1}{T}\int_0^T UI\sin 2\omega t\,\mathrm{d}t = 0 \tag{3-16}$$

上式说明,电感元件在一个周期内从电源吸取的电能等于其返回给电源的能量,因此,理想电感元件在正弦交流电路中不消耗能量。

3. 无功功率

电感元件 L 虽然不消耗有功功率,但需要与电源间进行能量交换,这种能量交换的规模用瞬时功率的最大值表示,称为无功功率,即

$$Q_{\mathrm{L}} = UI = I^2 X_{\mathrm{L}} = \frac{U^2}{X_{\mathrm{L}}} \tag{3-17}$$

电感是储能元件，虽自身不消耗能量，但需要占用电源的容量，并与之进行能量交换，所以对电源来说它仍然是一种负载。

3.5　正弦电路中的电容元件

3.5.1　伏安关系

在正弦交流电路中，若通过线性电容 C 的电流 i 和其两端电压 u 参考方向关联如图 3.11(a) 所示。那么，在一般激励情况下，线性电容的瞬时伏安关系为

$$i = \frac{\mathrm{d}Q}{\mathrm{d}t} = C \frac{\mathrm{d}u}{\mathrm{d}t}$$

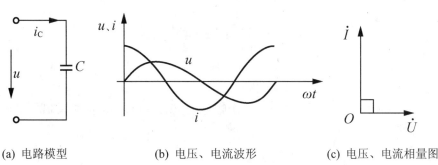

(a) 电路模型　　　　　(b) 电压、电流波形　　　　　(c) 电压、电流相量图

图 3.11　正弦交流电路中的电容元件

若电容两端电压 $u = U_{\mathrm{m}} \sin(\omega t + \varphi_{\mathrm{u}})$ 为参考相量，则流过电容 C 的电流为

$$
\begin{aligned}
i &= C \frac{\mathrm{d}u}{\mathrm{d}t} = C \frac{\mathrm{d}\left[U_{\mathrm{m}} \sin(\omega t + \varphi_{\mathrm{u}})\right]}{\mathrm{d}t} \\
&= \omega C U_{\mathrm{m}} \cos(\omega t + \varphi_{\mathrm{u}}) \\
&= \omega C U_{\mathrm{m}} \sin(\omega t + \varphi_{\mathrm{u}} + \frac{\pi}{2}) \\
&= I_{\mathrm{m}} \sin(\omega t + \varphi_{\mathrm{u}} + \frac{\pi}{2})
\end{aligned} \tag{3-18}
$$

那么

$$\varphi = \varphi_{\mathrm{u}} - \varphi_{\mathrm{i}} = -\frac{\pi}{2}$$

由此可知：

(1)　i 与 u 是同频率的正弦量。

(2)　在相位上，u 比 i 落后 $\dfrac{\pi}{2}$ 相位。

(3)　电压与电流的幅值关系为 $\omega C U_{\mathrm{m}} = I_{\mathrm{m}} = \dfrac{U_{\mathrm{m}}}{X_{\mathrm{C}}}$，有效值关系为 $\omega C U = I = \dfrac{U}{X_{\mathrm{C}}}$；电压

与电流的有效值(或最大值)之比称为容抗，即 $X_C = \dfrac{U}{I} = \dfrac{U_m}{I_m} = \dfrac{1}{\omega C} = \dfrac{1}{2\pi f C}$ 为电容的容抗。

(4) u 与 i 的波形如图 3.11(b)所示。

(5) u 与 i 的相量之比称为复容抗，用 Z_C 表示，有

$$Z_C = \frac{\dot{U}}{\dot{I}} = -jX_C = -j\frac{1}{\omega C} = \frac{1}{j2\pi fc}$$

(6) u 与 i 的相量图如图 3.11(c)所示。

3.5.2 功率消耗与能量转换

1. 瞬时功率及能量转换

在正弦交流电路中，若任一瞬时电容两端的电压为 $u = U_m \sin \omega t$ ，通过电容的电流为 $i = I_m \sin(\omega t + \dfrac{\pi}{2})$ ，则由瞬时功率的定义可得

$$
\begin{aligned}
p_C = ui &= U_m I_m \sin(\omega t + \frac{\pi}{2})\sin \omega t \\
&= U_m I_m \sin \omega t \cos \omega t \\
&= UI \sin 2\omega t
\end{aligned}
\tag{3-19}
$$

由上式可知，电容元件的瞬时功率是一个幅值为 UI，并以 2ω 角频率随时间变化的正弦量，其波形如图 3.12 所示。

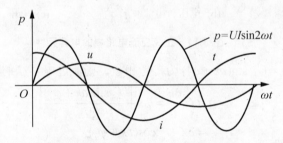

图 3.12　电容元件瞬时功率的波形图

电容元件的瞬时功率也是有正有负，在第一和第三个 1/4 周期内，功率为正，说明电容 C 从电源吸取电能，转换为电场能量存储在电场中；在第二和第四个 1/4 周期内，功率为负，说明电容 C 将存储的电场能量转换为电能返回给电源。从能量的观点看，这是电能和电场能的相互转换，而电容不消耗能量。

2. 平均功率

同理，电容元件的瞬时功率在一个周期内的平均值即为平均功率，有

$$P_C = \frac{1}{T}\int_0^T p_C \mathrm{d}t = \frac{1}{T}\int_0^T UI\sin 2\omega t\mathrm{d}t = 0 \tag{3-20}$$

上式说明，电容元件在一个周期内从电源吸取的电能等于其返回给电源的能量，因此，理想电容元件在正弦交流电路中不消耗能量。

3. 无功功率

电容元件 C 虽然不消耗有功功率，但需要与电源间进行能量交换，其无功功率用来表示电容元件与电源间能量交换的规模大小，即

$$Q_C = -UI = -I^2 X_C = -\frac{U^2}{X_C} \tag{3-21}$$

电容也是储能元件，对电源来说它也是一种负载。

3.6 RLC 串联电路及仿真分析

在工程实际中所遇到的电路并非是单一参数的电路，往往同时具有两种或三种电路参数。因此，研究含有多个参数的电路更具有实际意义。本节我们以 RLC 串联电路为例，分析其电路，并讨论功率关系。

3.6.1 RLC 串联电路电压与电流关系

若 RLC 串联电路如图 3.13 所示，在正弦交流电源的作用下，各元件流过相同的电流，并分别在各元件上产生电压 u_R、u_L 和 u_C。若电压和电流的参考方向相关联，并设电流为 $i = I_m \sin \omega t$，则电压 u 为

$$u = u_R + u_L + u_C = Ri + L\frac{\mathrm{d}i}{\mathrm{d}t} + \frac{1}{C}\int i \mathrm{d}t \tag{3-22}$$

由于各元件上的电压均为同频率的正弦量，因此电压 u 也是同频率的正弦量，有

$$u = U_m \sin(\omega t + \varphi)$$

因正弦量的代数运算非常复杂，所以我们通常把正弦量转换为相应的相量进行运算。各元件上的电压相量为 $\dot{U}_R = R\dot{I}$，$\dot{U}_L = \mathrm{j}X_L\dot{I} = \mathrm{j}\omega L\dot{I}$，$\dot{U}_C = -\mathrm{j}X_C\dot{I} = -\mathrm{j}\frac{1}{\omega C}\dot{I}$，则电压 u 与电流 i 的相量关系为

$$\begin{aligned}\dot{U} &= \dot{U}_R + \dot{U}_L + \dot{U}_C = R\dot{I} + \mathrm{j}X_L\dot{I} - \mathrm{j}X_C\dot{I} \\ &= [R + \mathrm{j}(X_L - X_C)]\dot{I} \\ &= \left[R + \mathrm{j}(\omega L - \frac{1}{\omega C})\right]\dot{I} = Z\dot{I}\end{aligned} \tag{3-23}$$

RLC 串联电路电压和电流有效值之间的关系为

$$U = |Z|I = I\sqrt{R^2 + (X_L - X_C)^2} = \sqrt{U_R^2 + (U_L - U_C)^2} \tag{3-24}$$

电路中电压与电流的相位差为

$$\varphi = \arctan\frac{U_L - U_C}{U_R} = \arctan\frac{X_L - X_C}{R} \tag{3-25}$$

根据 X_L 和 X_C 的大小，φ 的值以下有三种情况。

(1) 当 $X_L > X_C$ 时，$\varphi > 0$，电压 u 比电流 i 超前 φ 相位，此时电路为感性电路。

(2) 当 $X_L = X_C$ 时，$\varphi = 0$，电压 u 与电流 i 同相位，此时电路为电阻性电路。

(3) 当 $X_L < X_C$ 时，$\varphi < 0$，电压 u 比电流 i 落后 $|\varphi|$ 相位，此时电路为容性电路。

若以电流 $\dot{I}$ 为参考相量,可作出 $\dot{U}_R$、$\dot{U}_L$ 和 $\dot{U}_C$ 的相量图,用相量求和法则求出电压 $\dot{U}$ 的相量可以看出,电压 $\dot{U}$ 与相量 $\dot{U}_R$、$(\dot{U}_L + \dot{U}_C)$ 构成直角三角形,称为电压三角形,其相量图如图 3.14 所示。

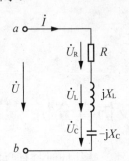

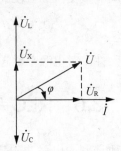

图 3.13　RLC 串联电路　　　　图 3.14　串联电路电压相量图

例 3.2 已知如图 3.15 所示电路中,第一只电压表读数为15V,第二只电压表读数为80V,第三只电压表的读数为100V,求电路的端电压有效值(电压表的读数表示有效值)。

解: 通过相量图,运用多边形法则进行求解。

设 $\dot{I}$ 为参考正弦量,如图 3.16 所示。

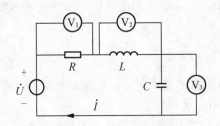

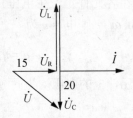

图 3.15　例 3.2 电路图　　　　图 3.16　相量求解图

$\dot{U}_R$ 与 $\dot{I}$ 同方向($\varphi = 0$),$\dot{U}_L$ 超前 $\dot{I}$ 90°,$\dot{U}_C$ 落后 $\dot{I}$ 90°,则

$$U = \sqrt{15^2 + (80-100)^2}\,\text{V} = 25\text{V}$$

电路呈容性,电流 $\dot{I}$ 超前电压 $\dot{U}$,端电压有效值等于 25V。

注意: $U \neq U_R + U_L + U_C$,而应该是 $\dot{U} = \dot{U}_R + \dot{U}_L + \dot{U}_C$,即相量相加。

3.6.2　复阻抗与复导纳

所谓复阻抗是指元件两端的电压相量与流过元件的电流相量之比,用 Z 表示,简称为阻抗,单位为欧[姆](Ω)。根据阻抗的定义,由式(3-23)可知,RLC 串联电路的复阻抗为

$$Z = \frac{\dot{U}}{\dot{I}} = R + \text{j}(X_L - X_C) = R + \text{j}X = |Z|\angle\varphi \tag{3-26}$$

式中,$|Z|$ 是复阻抗的模,有

$$|Z| = \sqrt{R^2 + (X_L - X_C)^2} \tag{3-27}$$

复阻抗 Z 是一个计算用的复数,并不代表正弦量,不可视为相量。阻抗 Z 的实部 R 称为电阻,其虚部 $X = X_L - X_C$ 称为电抗。从电路的构成来看,阻抗是由电阻和电抗串联组

成，可看成是一个电路元件，其参数为复数 Z。阻抗 Z 的实部 R、虚部 X 和阻抗模 $|Z|$ 之间的关系也构成一个直角三角形，如图 3.17 所示，这个三角形称为阻抗三角形。

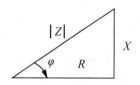

图 3.17　阻抗三角形

阻抗 Z 的倒数定义为复导纳，简称导纳，用符号 Y 表示，即

$$Y = \frac{1}{Z} = \frac{\dot{I}}{\dot{U}} = G + jB \tag{3-28}$$

导纳 Y 的单位为西[门子](S)，其实部 G 称为电导，虚部 B 称为电纳。从电路的构成来看，导纳是由电导和电纳串联组成，可看成是一个电路元件，其参数为复数 Y。

阻抗串、并联电路的计算在形式上与电阻的串、并联电路相似。对于由 n 个阻抗串联的电路，其等效阻抗为

$$Z = Z_1 + Z_2 + \cdots + Z_n = \sum_{k=1}^{n} Z_k \tag{3-29}$$

各串联阻抗流过相同的电流相量，串联支路的总电压相量等于各串联阻抗的电压相量之和，各个阻抗上的电压分配为

$$\dot{U}_k = \frac{Z_k}{Z}\dot{U} = \frac{Z_k}{Z_1 + Z_2 + \cdots + Z_n}\dot{U} \tag{3-30}$$

式中，$\dot{U}$ 为串联阻抗的总电压；$\dot{U}_k$ 为第 k 个阻抗 Z_k 的电压。

同理，对于 n 个导纳并联的电路，其导纳

$$Y = Y_1 + Y_2 + \cdots + Y_n = \sum_{k=1}^{n} Y_k$$

各并联导纳具有相同的电压相量，并联支路的总电流相量等于各并联导纳的电流相量之和，各个导纳上的电流分配为

$$\dot{I}_k = \frac{Y_k}{Y}\dot{I} = \frac{Y_k}{Y_1 + Y_2 + \cdots + Y_n}\dot{I}$$

式中，$\dot{I}$ 为并联导纳的总电流，$\dot{I}_k$ 为第 k 个导纳 Y_k 的电流。

3.6.3　RLC 串联电路的功率

1. 瞬时功率

在如图 3.13 所示的 RLC 串联电路中，若电流 $i = I_{\mathrm{m}}\sin\omega t$，电压为 $u = U_{\mathrm{m}}\sin(\omega t + \varphi)$，由瞬时功率的定义可得

$$\begin{aligned} p = ui &= U_{\mathrm{m}}\sin(\omega t + \varphi)I_{\mathrm{m}}\sin\omega t \\ &= 2UI\sin(\omega t + \varphi)\sin\omega t \\ &= UI\cos\varphi - UI\cos(2\omega t + \varphi) \end{aligned} \tag{3-31}$$

由式(3-31)可以看出，瞬时功率 p 由两部分组成，第一部分是恒定分量，不随时间发生变化；第二部分是以 2ω 角频率随时间变化的正弦量。

2. 平均功率(有功功率)

由平均功率的定义可知

$$P = \frac{1}{T}\int_0^T p\,\mathrm{d}t = \frac{1}{T}\int_0^T \big[UI\cos\varphi - UI\cos(2\omega t)\big]\mathrm{d}t$$
$$= UI\cos\varphi \tag{3-32}$$

由电压三角形可得 $U\cos\varphi = U_R$，则

$$P = U_{\mathrm{R}}I = I^2 R = \frac{U_{\mathrm{R}}^2}{R}$$

平均功率即是电阻元件上消耗的有功功率。对于有多个电阻元件的电路，总的有功功率等于各电阻元件消耗的有功功率之和。式 3-32 中的 $\cos\varphi$ 称为电路的功率因数，φ 称为功率因数角。

3. 无功功率

无功功率是电路与电源间进行能量交换的最大值，用 Q 表示，单位为(var)。在 RLC 串联电路中，电感和电容流过相同的电流，而其电压 U_L 和 U_C 反相，则电路中无功功率为

$$Q = Q_{\mathrm{L}} - Q_{\mathrm{C}} = U_{\mathrm{L}}I - U_{\mathrm{C}}I$$
$$= (U_{\mathrm{L}} - U_{\mathrm{C}})I = U_{\mathrm{X}}I \tag{3-33}$$

再由电压三角形可知 $U_{\mathrm{X}} = U\sin\varphi$，则

$$Q = UI\sin\varphi$$

4. 视在功率

电压与电流有效值的乘积即为视在功率，用 S 表示，单位为伏安(V·A)，即

$$S = UI = |Z|I^2 = \frac{U^2}{|Z|}$$

视在功率描述了电路在电压、电流有效值确定的情况下消耗功率的最大值，故一般电力设备的容量都用视在功率表示，即设备的容量定义为其额定电压与额定电流的乘积。

例3.3 在三个复阻抗串联电路中，已知 $Z_1 = (2 + j1)\Omega$，$Z_2 = (5 - j3)\Omega$，$Z_3 = (1 - j4)\Omega$，作用电压 $u = 20\sqrt{2}\sin 314t\,\mathrm{V}$，试求电流 i 和电路的功率 P、Q、S，并说明电路的性质。

解：电流 i 为

$$\dot{I} = \frac{\dot{U}}{Z} = \frac{20\angle 0^\circ\,\mathrm{V}}{Z_1 + Z_2 + Z_3} = \frac{20\angle 0^\circ\,\mathrm{V}}{(2 + j1 + 5 - j3 + 1 - j4)\Omega}$$

$$= 2\angle 36.86^\circ\,\mathrm{A}$$

$$i = 2\sqrt{2}\sin(314t + 36.86^\circ)\,\mathrm{A}$$

电流超前电压为 36.86°，是容性电路。

电路的功率为

$$P = UI\cos(-36.86)^\circ = 20 \times 2 \times 0.8\,\mathrm{W} = 32\,\mathrm{W}$$

新世纪高职高专课程与实训系列教材

或
$$P = I^2(R_1 + R_2 + R_3) = 2^2(2+5+1)\mathrm{W} = 32\mathrm{W}$$

$$Q = UI\sin(-36.86^\circ) = 20 \times 2 \times (-0.6)\,\mathrm{var} = -24\,\mathrm{var}$$

或
$$Q = I^2(X_1 + X_2 + X_3) = 2^2(1-3-4)\,\mathrm{var} = -24\,\mathrm{var}$$

无功功率是负值也说明电路是容性电路。

电路的视在功率为

$$S = UI = 20 \times 2\,\mathrm{V \cdot A} = 40\,\mathrm{V \cdot A}$$

3.6.4　实例及仿真分析

利用 EWB 虚拟电子工作平台对电路进行仿真分析，可使分析结果更加直观，具有一定实验仿真效果。

例 3.4　一个 20W 的荧光灯电路中，镇流器是一个铁芯线圈，可等效为 $R_1 = 60\Omega$ 和 $L = 1.87\mathrm{H}$ 的串联电路，若灯管在工作时的等效电阻是 $R_2 = 170\Omega$，电源的电压 $u = 220\sqrt{2}\sin 314t\,\mathrm{V}$。试用 EWB 软件仿真观测荧光灯的工作电流，及灯管和镇流器两端的电压。

解：在 EWB 工作区建立仿真电路如图 3.18 所示。打开仿真开关，可得到仿真结果，荧光灯工作电流为 344.8mA，灯管两端的电压为 58.61V，镇流器两端的电压为 206.2V，如图 3.19 所示。电源电压与灯管电压的仿真电路及仿真波形如图 3.20 所示。

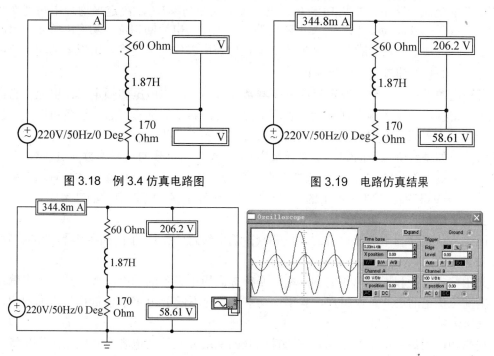

图 3.18　例 3.4 仿真电路图　　　　　图 3.19　电路仿真结果

图 3.20　灯管电压仿真波形图

例 3.5　某工厂变电所经配电线向一车间供电，若该车间一相负载的等效电阻 $R_2 = 10\Omega$，等效电抗 $X_2 = 10.2\Omega$，配电线的电阻 $R_1 = 0.5\Omega$，电抗 $X_1 = 1\Omega$。为了保证车间的电压 $U_2 = 220\mathrm{V}$，需用 EWB 仿真求出电源电压 U 和线路上压降 U_1。

解：在 EWB 工作区建立仿真电路如图 3.21 所示。设置电源电压为220V，打开仿真开关进行仿真，并不断调整电源电压使车间电压为220V，可得到仿真结果如图 3.21 所示。其电源电压为241.6V，线路上压降为21.57V。

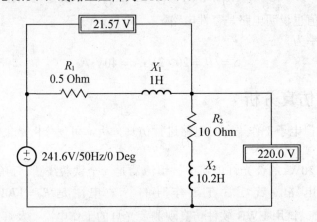

图 3.21   例 3.5 仿真电路图

3.7   功率因数的提高

在正弦交流电路中，平均功率 P 一般不等于视在功率 UI，决定平均功率与视在功率关系的是功率因数 $\cos\varphi$。只有在纯电阻电路中，电压与电流同相位，功率因数才为 1。对于其他负载，功率因数一般介于 0 与 1 之间，电路中发生能量交换，出现无功功率 Q，这将增加电源的负担和输电线路的损耗。

各种电源设备，如交流发电机或变压器都标有额定工作电压和额定工作电流，它们的乘积为额定视在功率。额定视在功率表示电源设备的容量，标志着这台设备可以输出的最大有功功率。然而，在实际使用中，其容量能否得到充分的利用，还与它所连接的负载的性质有关。如某台变压器的额定功率容量为12kV·A，当负载的功率因数为 1 时，变压器传输的功率最大为12kV·A；若负载的功率因数为 0.8，则变压器传输的实际有功功率只有 $12\times0.8\text{kW}=9.6\text{kW}$。工业生产中的一般设备多为感性负载，感性负载的功率因数小于 1，这样负载所得到的有功功率仅是视在功率的一部分。

因此，从充分利用电源设备的容量和减少输电线路的损耗两个方面来看，都应当尽量提高功率因数。

为了节省电能和提高电源的利用率，必须提高用电设备的功率因数。按照供电管理规则，需高压供电的工业企业用户，其平均功率因数应不低于 0.95；需低压供电的用户，其平均功率因数应不低于 0.9。

提高功率因数最常用的方法是在感性负载的两端并联补偿电容，其电路图和相量分析图如图 3.22 所示。

电容的作用是补偿了一部分感性负载所需要的无功功率，从而使负载与电源间的能量交换减少，提高了电源设备的利用率。因此，我们所讲的提高功率因数是指提高电源或电网的功率因数，而不是提高某个感性负载的功率因数。

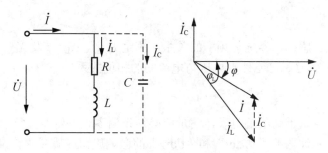

图 3.22　功率因数的提高

例 3.6　某 RL 串联电路，在正弦交流电压 $u = 220\sqrt{2}\sin 314t\,\text{V}$ 的作用下，测得有功功率 $P = 40\text{W}$，电阻上的电压 $U_R = 110\text{V}$。

(1)　试求电路的功率因数。

(2)　若将电路的功率因数提高到 0.85，则应并联多大的电容？

解：(1) 根据题意可画出如图 3.23 所示的电路。

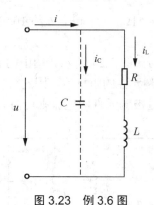

图 3.23　例 3.6 图

对于原 RL 串联电路，有

$$\cos\varphi_L = \frac{U_R}{U} = \frac{110}{220} = 0.5$$

(2)　由 $\cos\varphi_L = 0.5$ 得，$\tan\varphi_L = 1.73$；并联电容后 $\cos\varphi = 0.85$，即 $\tan\varphi = 0.62$，所以

$$C = \frac{P}{U^2\omega}(\tan\varphi_L - \tan\varphi)$$

$$= \frac{40}{314 \times 220^2} \times (1.73 - 0.62)\text{F}$$

$$= 2.93\mu\text{F}$$

3.8　工作实训营

3.8.1　训练实例 1

1. 训练内容

元件阻抗特性的测定。

2．训练目的

(1) 验证电阻、感抗、容抗与频率的关系，测定 $R\sim f$、$X_L\sim f$ 及 $X_C\sim f$ 特性曲线。

(2) 加深理解 R、L、C 元件端电压与电流间的相位关系。

3．训练要点

(1) 交流毫伏表属于高阻抗电表，测量前必须先调零。

(2) 测 φ 时，示波器的"V/div"和"t/div"的微调旋钮应旋置"校准位置"。

4．训练过程

1) 实训准备

(1) 函数信号发生器，1 台(DG03)。

(2) 交流毫伏表(0～600V)，1 台。

(3) 双踪示波器，1 台。

(4) 频率计，1 台(DG09)。

(5) 实验线路元件(R=1kΩ，r=51Ω，C=1μF，L 约 10mH)，1 套。

2) 实训内容与步骤

元件阻抗频率特性的测量电路如图 3.24 所示。图中的 r 是提供测量回路电流用的标准小电阻，由于 r 的阻值远小于被测元件的阻抗值，因此可以认为 AB 之间的电压就是被测元件 R、L 或 C 两端的电压，流过被测元件的电流则可由 r 两端的电压除以 r 得到。

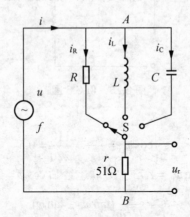

图 3.24　元件阻抗频率特性的测量电路

若用双踪示波器同时观察 r 与被测元件两端的电压，可显示出被测元件两端的电压和 r 两端的电压波形，从而可在荧光屏上测出电压与电流的相位差。

(1) 测量 R、L、C 元件的阻抗频率特性。

通过电缆线将函数信号发生器输出的正弦信号接至如图 3.24 所示的电路，作为激励源 u，并用交流毫伏表测量，使激励电压的有效值为 U＝3V，并保持不变。

使信号源的输出频率从 200Hz 逐渐增至 5kHz(用频率计测量)，并使开关 S 分别接通 R、L、C 三个元件，用交流毫伏表测量 U_r，并计算各频率点时的 I_R、I_L 和 I_C(即 U_r/r)以及 R＝U/I_R、X_L＝U/I_U 及 X_C＝U/I_C 之值。

注意： 在接通 C 测试时，信号源的频率应控制在 $200 \sim 2500\text{Hz}$ 之间。

(2) 用双踪示波器观察在不同频率下各元件阻抗角的变化情况，并计算出 φ。

(3) 测量 R、L、C 元件串联时的阻抗角频率特性。

3.8.2　训练实例 2

1．训练内容

照明电路及功率因数的提高。

2．训练目的

(1) 熟悉日光灯照明电路的接线，了解日光灯的工作原理。

(2) 了解提高功率因数的意义和方法。

3．训练要点

(1) 了解日光灯电路的组成，学会线圈参数的测量。

(2) 注意学习功率表的使用。

4．训练过程

1) 实训准备

(1) 万用表，1 块。

(2) 交流毫安表(0～50mA)，1 块。

(3) 多量程功率表，1 块。

(4) 日光灯照明电路板，1 块。

(5) 自耦调压器，1 台。

2) 实训内容与步骤

(1) 日光灯电路参数的测量。

日光灯电路由灯管(A)、镇流器(L)、启辉器(S)三部分组成，如图 3.25 所示。测量时利用"30W 日光灯实验器件"、按图 3.26 所示进行接线。经指导教师检查后接通实验台电源，调节自耦调压器的输出，使其输出电压缓慢增大，直到日光灯刚启辉点亮为止，记下三表的指示值。然后将电压调至 220V，测量功率 P、电流 I、电压 U、U_L、U_A 等值，验证电压、电流相量关系。将测量数据填入表 3.1 中。

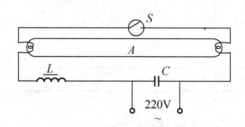

图 3.25　日光灯电路图

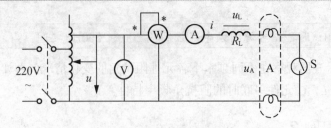

图 3.26　日光灯参数测量电路接线图

表 3.1　日光灯参数测量实验数据记录表

	测量数值					计 算 值	
	P/W	$\cos\varphi$	I/A	U/V	U_L/V	U_A/V	R/Ω	$\cos\varphi$
启辉值								
正常工作值								

(2)　并联电路功率因数的改善。

利用主屏上的电流插座，按图 3.27 所示组成实验线路。

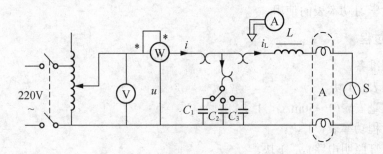

图 3.27　日光灯参数测量电路接线图

经指导老师检查后，接通实验台电源，将自耦调压器的输出调至 220V，记录功率表、电压表的读数。通过一只电流表和三个电流插座分别测得三条支路的电流，改变电容值，进行三次重复测量，将结果填入表 3.2 中。

表 3.2　功率因数改善测量数据记录表

电容值/μF	测量数值						计 算 值	
	P/W	$\cos\varphi$	U/V	I/A	I_L/A	I_C/A	I'/A	$\cos/\varphi$
0								
1								
2.2								
4.7								

3.8.3　工作实践常见问题解析

【问题 1】在实际工作中，如果启辉器上的电容被击穿，启辉器是否还可以使用？或者在启辉器完全损坏的情况下，日光灯还能否被触发启动？

【答】启辉器中的电容主要用于补偿日光灯电路的功率因数，当电容被击穿后，可将电容剪去，启辉器仍可使用，只是不能再补偿功率因数。在启辉器完全损坏时，可暂时借用开关或者导线代替，同样可起到触发启动的作用。

【问题 2】在实际工作中常出现日光灯管不能发光的现象，这种故障的原因是什么？如何检修？

【答】日常生活中出现的日光灯管不发光的原因主要有：①灯座或启辉器底座接触不良；②灯管漏气或灯丝断路；③镇流器线圈断路；④电源电压过低；⑤新装日光灯接线错误。主要的检修方法是：①转动灯管，使灯管四极和灯座四夹座接触，使启辉器两极与底座二铜片接触，找出原因并修复；②用万用表检查或观察荧光粉是否变色，若确认灯管坏损，可换新灯管；③修理或调换镇流器；④若确认电源电压过低，不必修理；⑤检查线路并正确接线。

3.9　习　　题

1. 已知 $u(t)=100\sin\left(2\pi t+\dfrac{\pi}{2}\right)\text{V}$，则 u 的幅值为_____、有效值为_____、其周期为_____、频率为_____、角频率为_____、初相位为_____，并画出波形图。

2. 已知 $i_1=8\sqrt{2}\sin(\omega t+60°)\text{A}$，$i_2=6\sqrt{2}\sin(\omega t-30°)\text{A}$，试用复数计算 $i=i_1+i_2$，得到 $i=$_____，并画出其相量图。

3. 写出同频率正弦交流电压 $u_A=220\sqrt{2}\sin314t\text{V}$，$u_B=220\sqrt{2}(\sin314t-120°)\text{V}$ 和 $u_C=220\sqrt{2}\sin(314t+120°)\text{V}$ 的相量极坐标式和代数式，并画出相量图。

4. 在电视机的电源滤波电路中有一个电感为 0.6mH 的线圈，试计算它对 50Hz 电源的感抗和对 100kHz 微波干扰信号的感抗。

5. 有一风扇电动机的电感为 0.1H，电阻忽略不计，接在工频 220V 电源上，求电动机的电流和无功功率，并画出以电流为参考量的电压与电流相量图。

6. 为了提高功率因数，将一个 4.7μF 的电容与感性负载并联在工频 220V 的电源上，求电容上的电流和电容的无功功率，并画出以电压为参考量的电容上的电压与电流的相量图。

7. 将一个电感线圈接在 12V 的直流电源上，通过的电流为 0.8A，改接在 1kHz、12V 的交流电源上，通过的电流为 0.6A，求此线圈的电阻和电感。

8. 图 3.28 所示的电路是利用功率表、电流表和电压表测量交流电路参数的方法。现测出功率表的读数为 940W，电压表的读数为 220V，电流表的读数为 5A，电源频率为 50Hz，试求线圈的 R 和 L 的值。

9. 在如图 3.29 所示的电路中，已知 $\dot{I}=2\angle0°\text{A}$，$u=100\sqrt{2}\sin(314t+45°)\text{V}$，电压表 V_1 为 $50V$，试问 P 是由哪两个元件串联而成的，确定其参数值。

10. 将一个感性负载接于 110V、50Hz 的交流电源时，电路中的电流为 10A，消耗的功率为 $P=600\text{W}$，求负载的 $\cos\varphi$、R、X。

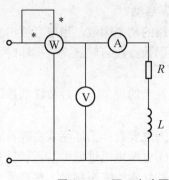

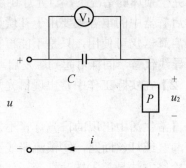

图 3.28　题 8 电路图　　　　　　图 3.29　题 9 电路图

11. 有一阻抗为 $Z=(4+j3)\Omega$ 的负载，接于 $u=220\sqrt{2}\sin314t\,\text{V}$ 的电源上，若电源只允许提供 38A 的电流，则应在负载上并联多大的电容？

12. 已知 $R=30\Omega$，$L=127\text{mH}$，$C=40\mu\text{F}$ 串联，流过电流为 $i=4.4\sqrt{2}\sin314t\,\text{A}$。试求：(1) 感抗、容抗和阻抗的模。
(2) 各元件上电压的有效值及总电压的瞬时值表达式。
(3) 有功功率、无功功率和视在功率。
(4) 画出阻抗三角形、电压三角形和功率三角形。

13. 某工厂有一个 220V、50Hz 的交流电源同时供给照明和动力用电，如图 3.30 所示。已知照明设备为 200 盏 40W 的白炽灯，动力负载为 5 台 1.7kW 的电动机，其功率因数为 $\cos\varphi=0.8$，$\varphi>0$。试求总电流可能达到的最大值 I_m。现有保险丝规格为 75A、100A 和 150A，应选哪种？若全部用电设备同时工作 8 小时，共耗多少电？

14. 有一日光灯电路如图 3.31 所示，灯管与镇流器串联接在工频 220V 的交流电源上，灯管的电阻 $R_1=300\Omega$、镇流器的线圈电感 $L=1.5\text{H}$、电阻 $R=20\Omega$。试求：
(1) 电路中的电流 I。
(2) 灯管两端的电压 U_R1、镇流器两端的电压 U_LR。
(3) 电路消耗的有功功率 P 和无功功率 Q 及功率因数 $\cos\varphi$。
(4) 画出以电流 $\dot{I}$ 为参考相量的相量图。
(5) 如果要将功率因数提高到 0.95，应并联多大的电容？

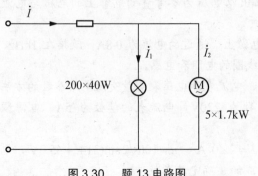

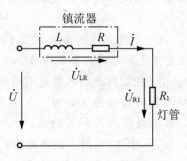

图 3.30　题 13 电路图　　　　　　图 3.31　题 14 电路图

第4章 谐振电路

【教学目标】

- 掌握电路谐振的条件和特征。
- 了解谐振电路的频率特性和通频带的概念。
- 掌握谐振电路的应用方法。
- 掌握谐振电路测量的基本方法。

【工程应用导航】

谐振现象是正弦交流电路中一种非常重要的现象。本章主要介绍了谐振电路中谐振的概念，以及电路产生串联和并联谐振的条件和谐振时的特点；阐述了电路发生谐振时的频率特性和通频带。

谐振在工程实际中得到了极为广泛的应用。在电力系统中，由于串联谐振电路中电感或电容两端易于产生高压，造成设备损坏、影响人身安全，因此在电力系统中，应避免串联谐振的发生。在电子技术中，串联谐振的应用非常广泛，如在无线电接收机中，利用串联谐振的阻抗最小的特点，可得到最大谐振信号电流，达到信号选择(选频)的目的。在无线电工程及电子仪器中，并联谐振也得到了广泛的应用，如利用电路并联谐振时的高阻抗可得到最大电压，从而实现选频的目的。同时，通频带在信号传输中也被广泛的应用。

【引导问题】

(1) 你了解电路的谐振吗？产生电路谐振的条件和特征如何？

(2) 根据电路谐振的特征，你认为电路的谐振有危害吗？

(3) 你知道在实际生活或工程实际应用中应该如何利用谐振来选择我们需要的频段和电视广播节目吗？

4.1 串联电路的谐振

4.1.1 谐振的概念

在同时具有电感和电容的电路中，一般电路的电压与电流是不同相位的，当调节电路参数或改变电源的频率，使其满足一定的条件时，电路中的电压与电流同相，电路呈电阻性，这时电路就发生了谐振现象。

谐振现象在工程实际中既有可利用的一面，又会有造成危害的一面，因而我们应该了解电路产生谐振的条件及谐振电路的特点。按发生谐振的电路组成不同，谐振可分为串联谐振和并联谐振两种，发生在串联电路中的谐振现象称为串联谐振，发生在并联电路中的谐振现象称为并联谐振，下面将分别进行讨论。

4.1.2　串联谐振的条件

在如图 3.13 所示的 RLC 串联电路中，电路复阻抗为

$$Z = R + \mathrm{j}(\omega L + \frac{1}{\omega C})$$

根据谐振的概念可知，当满足一定的条件时，电路中电压与电流同相位，电路呈电阻性，复阻抗的虚部为零，即

$$\omega L = \frac{1}{\omega C} \tag{4-1}$$

这就是 RLC 串联电路的谐振条件。保持电源频率 ω 不变，调节电路参数 L、C，或者保持 L、C 不变，改变电源频率 ω 都可以满足式(4-1)，使电路发生谐振。电路发生串联谐振时的角频率用 ω_0 表示，谐振频率用 f_0 表示，由式(4-1)可得，其谐振角频率 ω_0 和谐振频率 f_0 分别为

$$\omega_0 = \frac{1}{\sqrt{LC}} \tag{4-2}$$

$$f_0 = \frac{1}{2\pi\sqrt{LC}} \tag{4-3}$$

由式(4-2)和式(4-3)可见，电路的谐振频率仅与电路的参数 L、C 有关，当电路参数 L、C 一定时，其谐振频率 f_0 也为一定值，因此又称为固有频率。

4.1.3　串联谐振的基本特征

串联谐振电路具有以下特征。

(1) 电路总电压与电流同相位，电路呈电阻性。

(2) 电路的阻抗最小，电路中电流最大。其阻抗和电流分别为

$$Z_0 = \sqrt{R^2 + (X_L - X_C)^2} = R \tag{4-4}$$

$$I_0 = \frac{U}{Z_0} = \frac{U}{R} \tag{4-5}$$

(3) 电源与电路中的 L、C 间不进行能量交换，但在 L 和 C 之间存在能量交换，且相互完全补偿。

(4) 串联谐振又称电压谐振，此时电感 L、电容 C 上电压大小相等，相位相反，电阻 R 上的电压等于电源电压，有

$$U_L = I_0 X_L = \omega_0 L \frac{U}{R} \tag{4-6}$$

$$U_C = I_0 X_C = \frac{U}{\omega_0 CR} \tag{4-7}$$

$$U_R = I_0 R = U \tag{4-8}$$

串联谐振时电感(电容)上的电压与电路总电压之比称为电路的品质因数，用 Q 表示，有

$$Q = \frac{U_L}{U} = \frac{U_C}{U} = \frac{\omega_0 L}{R} = \frac{1}{\omega_0 CR} \tag{4-9}$$

在 RLC 串联谐振电路中，R 一般很小，只是线圈的内阻，因此 $Q \gg 1$。也就是说，电路在发生串联谐振时，电感、电容两端的电压值比电源总电压大很多倍。这一现象一般在电力系统中要尽力避免，以防高电压损坏电气设备；但其在无线电工程上广泛应用于调谐选频，例如调谐选频电路可以通过调节 C（或 L）的参数，使电路谐振于某一频率，从而使这一频率的信号被接收，其他频率的信号被抑制。

4.2 串联电路的谐振曲线及通频带

学习研究谐振电路时，我们不仅要了解电路谐振的条件和谐振的特点，还要考虑电源频率不是谐振频率时的情况。因此，我们有必要讨论谐振电路的频率特性。所谓频率特性，指的是当外加电压的有效值不变时，电路中的电压、电流、复阻抗的模及阻抗角随频率变化的规律。本节我们主要研究电流随频率变化的情况。

4.2.1 串联谐振的幅频曲线

用于描述电流与频率关系的曲线称为电流的频率特性，又称为谐振曲线。在串联谐振电路中，电路的复阻抗为

$$Z = R + j\left(\omega L - \frac{1}{\omega C}\right) = R + jX$$

电路电流为

$$\dot{I} = \frac{\dot{U}}{Z} = \frac{\dot{U}}{R + j\left(\omega L - \frac{1}{\omega C}\right)} = I \angle(-\varphi)$$

其中

$$I = \frac{U}{|Z|} = \frac{U}{\sqrt{R^2 + \left(\omega L - \frac{1}{\omega C}\right)^2}} \tag{4-10}$$

$$\varphi = \arctan \frac{\omega L - \frac{1}{\omega C}}{R} \tag{4-11}$$

式(4-10)表明了电流有效值与频率的关系，即电流的频率特性。在外加电压有效值保持不变的情况下，由此式可得电流的谐振曲线，也叫幅频特性曲线，如图 4.1 所示。式(4-11)表明了电流、电压间的相位差与频率的关系，称为电流的相频特性。

从图 4.1 所示电流的谐振曲线中可以看出，只有在谐振频率附近的一段范围内，电路的电流才有较大的幅值(或有效值)，而在谐振频率($\omega = \omega_0$)上会出现峰值。当 ω 偏离谐振频率时，由于电抗 $|X|$ 增大，电流将从谐振时的最大值(U/R)下降，表明电路逐渐增加了对电流的抑制能力。所以串联谐振电路具有选择最接近于谐振频率附近电流的特性，这种性能在无线技术中称为选择性。电路的选择性与品质因数有关，由式(4-10)可得

$$I = \frac{U_0}{\sqrt{R^2 + \left(\omega L - \frac{1}{\omega C}\right)^2}} = \frac{U_0 / R}{\sqrt{1 + \left(\frac{\omega_0 \omega L}{\omega_0 R} - \frac{\omega_0}{\omega_0 \omega C R}\right)^2}}$$

电工与电子技术基础（上册）

$$= \frac{1}{\sqrt{1+\left(\dfrac{\omega}{\omega_0}Q-\dfrac{\omega_0}{\omega}Q\right)^2}}I_0 = \frac{1}{\sqrt{1+Q^2\left(\dfrac{\omega}{\omega_0}-\dfrac{\omega_0}{\omega}\right)^2}}I_0$$

$$\frac{I}{I_0} = \frac{1}{\sqrt{1+Q^2\left(\dfrac{\omega}{\omega_0}-\dfrac{\omega_0}{\omega}\right)^2}} \qquad (4\text{-}12)$$

式(4-12)为串联谐振电路电流相对值 I/I_0 与频率相对值 ω/ω_0 的关系式，表明电路在 ω 偏离谐振频率时对非谐振电流的抑制能力。由式(4-12)可得，对应不同的 Q 值将得到 I/I_0 相对 ω/ω_0 的一组曲线，如图 4.2 所示，该曲线称为串联电路的通用谐振曲线。

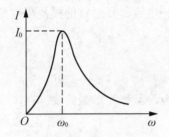

图 4.1　串联电路电流的谐振曲线　　　　图 4.2　串联通用谐振曲线

由图 4.2 可以看出，Q 值越大，谐振曲线越尖锐，偏离谐振点时电流值下降得越快，电路的选择性越好；Q 值越小，曲线越平缓，电路的选择性越差。

4.2.2　串联谐振电路的通频带

1. 通频带的概念

谐振曲线中 $I/I_0 \geqslant 1/\sqrt{2}$ 的频率范围定义为电路的通频带。在图 4.3 中，对应 $I/I_0 \geqslant 1/\sqrt{2}$ 的频率分别是 ω_1 和 ω_2，且 $\omega_2 > \omega_1$，则通频带范围在 ω_1 和 ω_2 之间，通频带宽度为 $\omega_2 - \omega_1$。显然，越尖锐的曲线其通频带越窄。可见，对于一个实用的选频电路而言，良好的选择性和较宽的通频带是一对矛盾。Q 值越大，电路的选择性越好，但通频带越窄。因此，并非 Q 值越大越好。在实际应用中，常根据具体问题进行考虑。

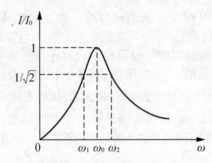

图 4.3　通频带示意图

2．通频带带宽的计算

根据通频带的定义，有

$$\frac{I}{I_0} = \frac{1}{\sqrt{1 + Q^2 \left(\dfrac{\omega}{\omega_0} - \dfrac{\omega_0}{\omega} \right)}} = \frac{1}{\sqrt{2}} \tag{4-13}$$

求解得 ω 的两个根为

$$\omega_{1,2} = \left(\sqrt{1 + \frac{1}{4Q^2}} \pm \frac{1}{2Q} \right) \omega_0 \tag{4-14}$$

则通频带的带宽为

$$\Delta \omega = \omega_2 - \omega_1 = \frac{1}{Q} \omega_0 \tag{4-15}$$

用频率表示的通频带带宽为

$$\Delta f = \frac{\Delta \omega}{2\pi} = \frac{\omega_0}{2\pi Q} = \frac{f_0}{Q} = \frac{\dfrac{1}{2\pi\sqrt{LC}}}{\sqrt{\dfrac{L}{C}} \Big/ R} = \frac{R}{2\pi L} \tag{4-16}$$

式(4-16)表明，串联谐振电路的通频带宽度是由电路的参数 R 和 L 决定的。

4.2.3　串联谐振的应用

串联谐振主要应用于无线电工程及通信电路中，例如收音机的调谐电路就是利用串联谐振的原理来选台的。在图 4.4(a)中，由线圈 L 和可变电容 C 组成串联电路，L_1 是天线线圈。天线接收到的所有不同频率的信号都会在 LC 谐振电路中感应出 e_1、e_2、e_3、$\cdots$。调节可变电容 C，使电路与某一电台的信号频率发生串联谐振，此时所需电台信号在电容两端电压最高，其他电台信号由于没有谐振而电压很小。这样就达到了选择信号和抑制干扰的作用。

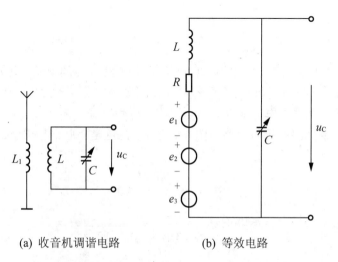

(a) 收音机调谐电路　　　　　(b) 等效电路

图 4.4　收音机输入电路及其等效电路

例 4.1 在如图 4.5 所示电路中，求：

(1) 通频带的宽度。

(2) 通频带的上、下限频率。

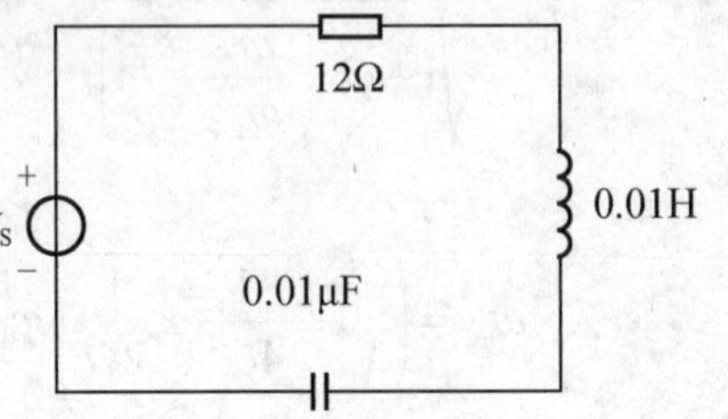

图 4.5 例 4.1 图

解：(1) 由式(4-16)，可求出通频带的带宽为

$$\Delta f=\frac{R}{2\pi L}=\frac{12}{2\times 3.14\times 0.01}\text{Hz}=191\text{Hz}$$

或

$$\Delta\omega=2\pi\Delta f=1200\text{rad/s}$$

(2) 求上、下限频率。先计算谐振频率和品质因数分别为

$$\omega_0=\frac{1}{\sqrt{LC}}=\frac{1}{\sqrt{0.01\times 0.01\times 10^{-6}}}\text{rad/s}=10^5\text{rad/s}$$

$$Q=\frac{1}{R}\sqrt{\frac{L}{C}}=\frac{1}{12}\sqrt{\frac{0.01}{0.01\times 10^{6}}}=83.33$$

由式(4-14)可求得通频带边界处的两频率分别为

$$\omega_1=\left(\sqrt{1+\frac{1}{4Q^2}}-\frac{1}{2Q}\right)\omega_0=\left(\sqrt{1+\frac{1}{4\times 83.33^2}}-\frac{1}{2\times 83.33}\right)\times 10^5\text{rad/s}$$

$$=99402\text{rad/s}$$

$$\omega_2=\omega_1+\Delta\omega=(99402+1200)\text{rad/s}=100602\text{rad/s}$$

则

$$f_1=\frac{\omega_1}{2\pi}=15820\text{Hz}，\quad f_2=\frac{\omega_2}{2\pi}=16011\text{Hz}$$

例 4.2 某收音机调谐电路如图 4.4(a)所示，若天线线圈的电感 $L=0.3\text{mH}$，电阻 R=16Ω。欲收听 640kHz 电台广播，可变电容 C 应调到多少皮法？若各频率信号在 L 中感应出的电压为 $U=2\mu\text{V}$，试求该电台信号在回路中的电流和电容两端的电压。

解：收音机调谐回路的等效电路如图 4.4(b)所示，这是串联谐振电路。则

$$f_0=\frac{1}{2\pi\sqrt{LC}}$$

代入参数得

$$640\text{kHz}=\frac{1}{2\times 3.14\times\sqrt{0.3\times 10^{-3}C}}\text{Hz}$$

解得

$$C=204\text{pF}$$

这时，回路中的电流为

$$I_0 = \frac{U}{R} = \frac{2 \times 10^{-6}}{16}\text{A} = 0.13\mu\text{A}$$

则有

$$X_C = X_L = 2\pi f_0 L = 2 \times 3.14 \times 640 \times 10^3 \times 0.3 \times 10^{-3}\,\Omega$$
$$= 1200\,\Omega$$
$$U_C = U_L = I_0 X_L = 0.13 \times 10^{-6} \times 1200\text{V} = 156\mu\text{V}$$

4.3　并联电路的谐振

为了提高谐振电路的选择性，常需要较高的品质因数 Q 值，当信号源内阻较小时，可采用串联谐振电路。如信号源内阻很大，则采用串联谐振 Q 值很低，选择性明显变差。在这种情况下，可采用并联谐振电路。

4.3.1　并联谐振的条件

当 L 和 C 并联连接时，若电路的总电压和总电流同相位，则电路会发生并联谐振。在如图 4.6 所示的线圈 R、L 与电容 C 的并联电路中，电路的复导纳为

$$Y = \text{j}\omega C + \frac{1}{R + \text{j}\omega l}$$
$$= \frac{R}{R^2 + \omega^2 L^2} + \text{j}\left(\omega C - \frac{\omega L}{R^2 + \omega^2 L^2}\right) \tag{4-17}$$

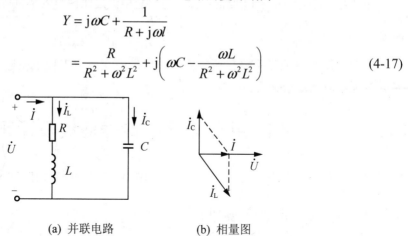

(a) 并联电路　　　　　(b) 相量图

图 4.6　R、L 与 C 的并联电路及相量图

根据谐振的概念可知，当满足一定的条件时，电路中的电压与电流同相位，电路呈电阻性，其复导纳的虚部为零，即

$$\omega C - \frac{\omega L}{R^2 + \omega^2 L^2} = 0 \tag{4-18}$$

由于 R 是线圈电阻，一般很小，特别是在频率较高时 $R \ll \omega L$，故有

$$\omega C - \frac{1}{\omega L} = 0 \tag{4-19}$$

上式即为并联电路的谐振条件。其谐振角频率 ω_0 和谐振频率 f_0 分别为

$$\omega_0 = \frac{1}{\sqrt{LC}} \tag{4-20}$$

$$f_0 = \frac{1}{2\pi\sqrt{LC}} \tag{4-21}$$

在 $R \ll \omega L$ 的情况下，并联谐振电路与串联谐振电路有相同的谐振频率。

4.3.2　并联谐振的基本特征

并联谐振电路具有以下特征。

(1) 电路总电压与总电流同相位，电路呈电阻性。

(2) 电路的电导最小(或纯阻性阻抗 $|Z|$ 最大)，电路中的总电流最小。其导纳和电流分别为

$$G_0 = \frac{RC}{L} \tag{4-22}$$

$$I_0 = UG_0 = \frac{UR}{R^2 + \omega_0^2 L^2} = U\frac{RC}{L} \tag{4-23}$$

(3) 并联谐振的总电流和支路电流 $\dot{I}_L$ 和 $\dot{I}_C$ 的相量关系如图 4.6(b)所示。并联谐振各支路电流大于总电流，所以并联谐振又称电流谐振。

并联谐振时电感(电容)支路的电流与电路总电流之比称为电路的品质因数，用 Q 表示，有

$$Q = \frac{I_{L0}}{I_0} = \frac{I_{C0}}{I_0} = \frac{\omega_0 L}{R} = \frac{1}{\omega_0 CR} \tag{4-24}$$

并联谐振在电子线路中有着广泛的应用，而在电力工程中应避免并联谐振给电气设备带来过大电流而造成损害。

4.4　并联电路的谐振曲线及通频带

对于并联谐振电路，我们以其电压为例讨论并联谐振电路的频率特性。

4.4.1　并联谐振的幅频曲线

如图 4.7 所示的并联谐振电路的复导纳为

$$Y = G + j\left(\omega C - \frac{1}{\omega L}\right) = G + jB \tag{4-25}$$

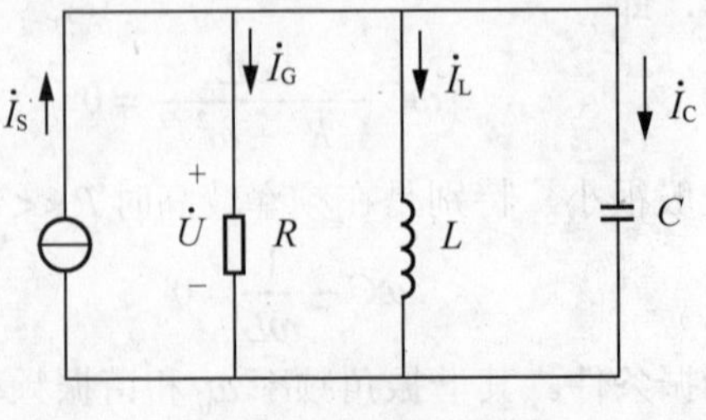

图 4.7　并联谐振电路

在电流源 $\dot{I}_\mathrm{s}$ 的激励下，其响应电压为

$$\dot{U} = \frac{\dot{I}_\mathrm{s}}{Y} = \frac{\dot{I}}{G + \mathrm{j}\left(\omega C - \dfrac{1}{\omega L}\right)} = \frac{R\dot{I}_\mathrm{s}}{1 + \mathrm{j}\left(\omega C R - \dfrac{R}{\omega L}\right)} \tag{4-26}$$

因为 $R\dot{I}_\mathrm{s}$ 为谐振时的响应电压 $\dot{U}_0$ ，$R\omega_0 C = \dfrac{R}{\omega_0 L} = Q$ 为品质因数，则式(4-26)可变换为

$$\dot{U} = \frac{\dot{U}_0}{1 + \mathrm{j}Q\left(\dfrac{\omega}{\omega_0} - \dfrac{\omega_0}{\omega}\right)} \tag{4-27}$$

则幅频特性为

$$\frac{U}{U_0} = \frac{1}{\sqrt{1 + Q^2\left(\dfrac{\omega}{\omega_0} - \dfrac{\omega_0}{\omega}\right)}} \tag{4-28}$$

相频特性为

$$\varphi = -\arctan Q\left(\frac{\omega}{\omega_0} - \frac{\omega_0}{\omega}\right) \tag{4-29}$$

式(4-28)表明，并联谐振电路的响应电压的相对幅频特性与串联谐振电路的响应电流的相对幅频特性的表达式在形式上完全相同，因而谐振曲线也完全相同。但对于串联电路，φ 表示电流滞后于激励电压源的相位；而对于并联电路，φ 表示电压滞后于激励电流源的相位。从选频性能上看，Q 值相同的串联谐振电路与并联谐振电路具有相同的选择性。

4.4.2　并联谐振电路的通频带

与串联谐振电路的通频带类似，曲线中 $U/U_0 \geqslant 1/\sqrt{2}$ 的频率范围即为并联谐振电路的通频带。

根据通频带的定义，有

$$\frac{U}{U_0} = \frac{1}{\sqrt{1 + Q^2\left(\dfrac{\omega}{\omega_0} - \dfrac{\omega_0}{\omega}\right)}} = \frac{1}{\sqrt{2}} \tag{4-30}$$

可求得通频带的带宽为

$$\Delta\omega = \omega_2 - \omega_1 = \frac{1}{Q}\omega_0 \tag{4-31}$$

用频率表示的通频带带宽为

$$\Delta f = \frac{\Delta\omega}{2\pi} = \frac{\omega_0}{2\pi Q} = \frac{f_0}{Q} = \frac{\dfrac{1}{\sqrt{LC}}}{2\pi R\sqrt{\dfrac{C}{L}}} = \frac{1}{2\pi RC} \tag{4-32}$$

式(4-32)表明，并联谐振电路的通频带宽度是由电路的参数 R 和 C 决定的。

4.4.3 并联谐振的应用

并联谐振普遍应用于收音机的调谐电路和电视机的选台技术上，也用于将音频信号从射频载波信号中分离出来。下面我们以调幅(AM)收音机的调谐电路为例，说明并联谐振电路的一些应用。

例 4.3 图 4.8 所示的电路是一台 AM 收音机的调谐电路，已知 $L=1\mu H$，要使谐振频率可由 AM 频段的一端调整到另一端，问 C 的值应该在什么范围？

解：收音机的 AM 广播段的频率范围是 $540\sim1600kHz$，需要计算该频段的低端和高端。图 4.8 所示调谐电路是并联谐振电路，由式(4-20)有

$$\omega_0 = 2\pi f_0 = \frac{1}{\sqrt{LC}}$$

或

$$C = \frac{1}{4\pi^2 f_0^2 L}$$

对于 AM 广播段的高端，$f_0 = 1600kHz$，与其相应的电容 C 值为

$$C_1 = \frac{1}{4\pi^2 \times 1600^2 \times 10^6 \times 10^{-6}} F = 9.9nF$$

对于 AM 广播段的低端，$f_0 = 540kHz$，与其相应的电容 C 值为

$$C_2 = \frac{1}{4\pi^2 \times 540^2 \times 10^6 \times 10^{-6}} F = 86.9nF$$

因此，电容 C 应该是 $9.9nF\sim86.9nF$ 的可调电容器。

例 4.4 某收音机的选频等效电路如图 4.9 所示，若输入电流信号 i 中有很多频率成分，其中一种频率成分为 465kHz，选频电路的并联谐振频率设计为 465kHz，因此在电感线圈 L 两端的电压只有 465kHz 的信号电压最大，此信号由与 L 耦合的线圈 L_1 输出。设 $R=2\Omega$，$C=200pF$，$I=1\mu A$。调节 L 的大小，使电路在频率 $f_0=465kHz$ 时发生并联谐振，求谐振时 L 的值，并求谐振时的 U_L。

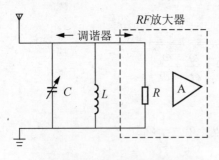

图 4.8　例 4.3 并联调谐电路图

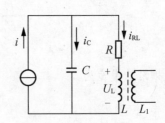

图 4.9　例 4.4 电路图

解：电路谐振时 L 的值为

$$L = \frac{1}{4\pi^2 f_0^2 C} = \frac{1}{4\times3.14^2 \times 465^2 \times 10^6 \times 200 \times 10^{-12}} H$$

$$\approx 0.59mH$$

电路谐振时的阻抗为

$$Z_0 = \frac{1}{G_0} = \frac{L}{RC} = \frac{0.59 \times 10^{-3}}{2 \times 200 \times 10^{-12}} \Omega$$

$$= 1.48 \text{M}\Omega$$

$$X_L = \omega_0 L = 2\pi f_0 L = 2 \times 3.14 \times 465 \times 10^3 \times 0.59 \times 10^{-3} \Omega$$

$$\approx 1.72 \times 10^3 \Omega$$

因为 $X_L \gg R$，所以计算 U_L 时可以忽略电阻 R，因此

$$U_L \approx U_C = IZ_0 = 1 \times 10^{-6} \times 1.48 \times 10^6 \text{V} \approx 1.48 \text{V}$$

4.5　工作实训营

4.5.1　训练实例

1．训练内容

谐振电路的测量。

2．训练目的

(1)　加深理解电路发生谐振的条件、特点，掌握电路品质因数(电路 Q 值)的物理意义及其测定方法。

(2)　学习用实验方法绘制 RLC 串联电路的幅频特性曲线。

3．训练要点

(1)　测试频率点的选择应在靠近谐振频率附近多取几点。在变换频率测试前，应调整信号输出幅度(用示波器监视输出幅度)，使其维持在 3V。

(2)　测量 U_C 和 U_L 数值前，应将毫伏表的量限改大。而且在测量 U_L 与 U_C 时，毫伏表的"+"端应接 C 与 L 的公共点，其接地端应分别触及 L 和 C 的近地端 N_2 和 N_1。

4．训练过程

1)　实训准备

(1)　低频函数信号发生器，1 台。

(2)　交流毫伏表(0～600V)，1 台。

(3)　双踪示波器，1 台。

(4)　频率计，1 台。

(5)　谐振电路实验电路板($R = 200\Omega$、$1\text{k}\Omega$；$C = 0.01\mu\text{F}$、$0.1\mu\text{F}$；$L \approx 30\text{mH}$)，1 块。

2)　实训内容与步骤

(1)　利用实验电路板上的"RLC 串联谐振电路"，按图 4.10 所示组成监视、测量电路。选 $C=0.01\mu\text{F}$。用交流毫伏表测电压，用示波器监视信号源输出，保持信号源输出电压 $U_i=4V_{\text{P-P}}$，并保持不变。

(2)　找出电路的谐振频率 f_0，其方法是将毫伏表接在 $R(200\Omega)$ 两端，令信号源的频率

由小逐渐变大(注意要维持信号源的输出幅度不变),当 U_o 的读数为最大时,读得频率计上的频率值即为电路的谐振频率 f_0,并测量 U_C 与 U_L 之值(注意及时更换毫伏表的量限)。

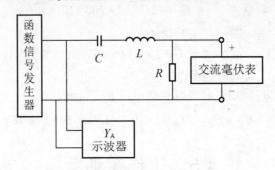

图 4.10   RLC 测量电路

(3) 在谐振点两侧,按频率递增或递减 500Hz 或 1kHz,依次各取 8 个测量点,逐点测出 U_o、U_L、U_C 之值,记入数据表 4.1 中。

表 4.1   实测数据记录 1

f_0/kHz									
U_o/V									
U_L/V									
U_C/V									

U_i=3V, C=0.01μF, R=200Ω, f_0=   , $f_2 - f_1$=   , Q=

(4) 选 C=0.01μF、R=1kΩ,重复步骤(2)、(3)的测量过程,将测量数据记录在表 4.2 中。

表 4.2   实测数据记录 2

f_0/kHz									
U_o/V									
U_L/V									
U_C/V									

U_i=3V, C=0.01μF, R=1kΩ, f_0=   , $f_2 - f_1$=   , Q=

(5) 选 C=0.1μF、R=200Ω及 C=0.1uF、R=1kΩ,重复(2)、(3)两步(自制表格)。

4.5.2   工作实践常见问题解析

【问题】在实际收音机中,如何利用 LC 谐振电路从天线接收下来的众多信号中选择出需要的电台信号?

【答】图 4.11 所示为收音机的原始模型。线圈 L 和可变电容 C_1 组成一个调谐电路,通过调节电容 C_1 的大小来改变固有谐振频率,选择需要的电台信号。选择后的电台信号再经过二极管的检波把高频载波中携带的音频信号取出，由耳机把音频信号转变为声音。

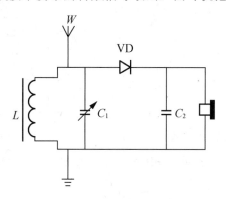

图 4.11　收音机的原始模型

　　由于这个电路中没有电源和放大电路，所以要架设良好的天线并埋设可靠的地线才可以尽可能多地接收空中微弱的电磁波信号，而且还要使用灵敏度高、阻抗高的耳机来收听。

4.6　习　　题

　　1. 当外加电源频率低于谐振频率时，RLC 串联电路是_____电路；当频率高于谐振频率时，RLC 串联电路是_____电路；当频率等于谐振频率时，RLC 串联电路是_____电路。

　　2. 当电源电压 $u=\sqrt{2}\cos 5000t\text{V}$ 时，RLC 串联电路发生谐振，已知 $R=5\Omega$，$L=400\text{mH}$，则电容 C 的值为_____，电路中电流的瞬时表达式是_____，电阻 R 的端电压为_____，电感 L 的端电压为_____，电容 C 的端电压为_____。

　　3. 若有一电阻为 12Ω、电感为 160mH 的线圈与一可调电容器串联，接到电压为 $u=179\cos\omega t\text{V}(\omega=100\pi\text{rad/s})$ 的电源上。当调节电容使电路达到谐振时，问电容器和线圈的端电压各为多少？

　　4. 有一 RLC 串联谐振电路，已知 $R=10\Omega,L=10\text{mH},C=0.01\mu\text{F}$。求谐振频率 ω_0、品质因数 Q 及通频带的带宽 BW。

　　5. 一串联谐振电路如图 4.12 所示。已知信号源 $U_\text{S}=1\text{V}$，频率 $f=1\text{MHz}$，现调节电容使电路谐振，这时回路电流 $I_0=100\text{mA}$，电容两端电压 $U_{C0}=100\text{V}$。试求：

　　(1) 电路参数 R、L、C。

　　(2) 谐振电路的品质因数 Q。

　　6. 图 4.13 所示电路是电感线圈与电容的串联电路，其中 R 是电感线圈的内阻。已知 $U=3\text{V}$，$R=10\Omega$，$C=2\mu\text{F}$。测得当电源频率 $f=356\text{Hz}$ 时电流 I 最大，此时电容两端的电压 $U_C=33.5\text{V}$。求电感 L。

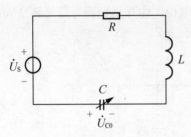

图 4.12　题 5 电路图

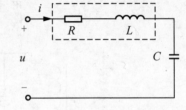

图 4.13　题 6 电路图

7. 图 4.14 所示电路中，已知 $I_S = 10A$，$R = 20\Omega$，$L = 0.02H$，$C = 40\mu F$。求：

(1) 谐振频率和品质因数。

(2) 谐振时的电感电流或电容电流的有效值。

(3) 通频带的带宽 Δf。

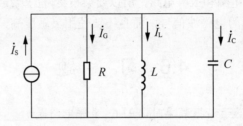

图 4.14　题 7 电路图

8. 已知收音机天线调谐回路(见图 4.4)的等效电感为 $L = 250mH$，等效电阻为 $R = 20\Omega$，感应到谐振回路的各种频率的电压信号有效值均为 $10\mu V$。试求：当可变电容 $C = 150pF$ 时，可收听到哪个频率的广播？此时 I 和 U_C 各是多少？

9. 设计一个 RLC 串联谐振电路，要求 $\omega_0 = 1000rad/s$，$Z_0 = 50\Omega$，带宽 $BW = 100rad/s$。

10. 调幅半导体收音机的中频变压器电感为 0.6mH，问应并联多大的电容才能使其谐振在 465kHz 的中频频率上。

新世纪高职高专课程与实训系列教材

第 5 章　三　相　电　路

【教学目标】

- 掌握三相电源、三相负载的星形和三角形连接方法。
- 掌握相电压与相电流、线电压及线电流的关系。
- 掌握对称三相电路功率的计算方法。
- 学会对称三相电路功率的测量方法。

【工程应用导航】

本章主要介绍三相电路中负载的连接使用问题。首先介绍三相电源概念及其连接的方式，然后介绍三相负载的星形及三角形连接特性，以及计算三相电路功率的方法。

三相电路在电力系统各领域应用最为广泛，发电和输配电一般都采用三相制。在生产和生活中，多数负载是三相的或连接成三相形式，如三相交流电动机。这是由于三相制在发电、输电和用电方面都有许多的优点。单相电路的瞬时功率是随时间交变的，但三相电路的功率却是恒定的。

【引导问题】

(1) 你了解三相电路的哪些知识？
(2) 三相电源和三相负载有几种连接方法？
(3) 你知道相电压与相电流、线电压及线电流的关系吗？
(4) 如何计算对称三相电路的功率？

5.1　三　相　电　源

5.1.1　三相对称正弦交流电压

电力系统普遍采用三相交流电源供电，由三相交流电源供电的电路称为三相交流电路。三相对称交流电源是指由三个幅值相等、频率相同、初相依次相差 120° 的正弦电压源连接成星形(Y)或三角形(△)组成的电源。这三个电源依次称为 A 相、B 相和 C 相。如果以 A 相为参考，它们的电压为

$$\left. \begin{array}{l} u_A = U_m \sin \omega t \\ u_B = U_m \sin(\omega t - 120°) \\ u_C = U_m \sin(\omega t + 120°) \end{array} \right\} \tag{5-1}$$

式中，U_m 为电压的振幅；ω 为电压的角频率。

对应的相量形式为

$$\left. \begin{array}{l} U_A = U\angle 0° \\ U_B = U\angle -120° \\ U_C = U\angle 120° \end{array} \right\} \quad (5-2)$$

式中，U 为电压的有效值。

三相对称交流电源的波形图、相量图如图 5.1 所示。

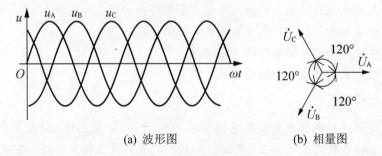

(a) 波形图   (b) 相量图

图 5.1 三相对称交流电源

由三相对称交流电源的波形图、相量图分析可得，在任何瞬时时刻，三相对称交流电源的电压之和为零，即

$$u_A + u_B + u_C = 0$$

$$\dot{U}_A + \dot{U}_B + \dot{U}_C = 0$$

上述三相电压的相序 A、B、C 称为正序或顺序，与此相反则为反序或逆序。

5.1.2 三相电源的星形(Y)连接

三相电源是由三相发电机提供的，将电源的三相绕组末端连在一起，由首端 A、B、C 分别引出三条导线，这种方式就叫做星形连接，如图 5.2 所示。三相绕组末端相连的一点称中点或零点，一般用 N 表示。从中点引出的线叫中性线(简称中线)，由于中线一般与大地相连，通常又称为地线(或零线)。从首端 A、B、C 引出的三条导线称相线(或端线)，俗称火线。每相首端与末端之间的电压，亦即相线与中线间的电压，称为相电压，其有效值分别用 U_A、U_B、U_C 或 U_p 表示。任意两根相线之间的电压称为线电压，其有效值分别用 U_{AB}、U_{BC}、U_{CA} 或 U_l 表示。

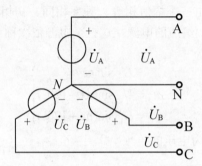

图 5.2 三相对称交流电源的星形连接

当三相电源星形连接时，相电压与线电压显然是不相等的，下面来确定它们之间的关系。两点间电压的瞬时值等于两点间相电压之差，即

$$u_{AB} = u_A - u_B$$
$$u_{BC} = u_B - u_C$$
$$u_{CA} = u_C - u_A$$

可以用相量和来表示，如图 5.3 所示，有

$$\dot{U}_{AB} = \dot{U}_A - \dot{U}_B$$
$$\dot{U}_{BC} = \dot{U}_B - \dot{U}_C$$
$$\dot{U}_{CA} = \dot{U}_C - \dot{U}_A$$

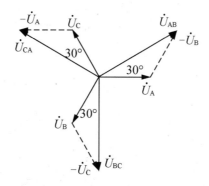

图 5.3　星形连接三相电源线电压和相电压的相量图

由图可见，线电压也是对称的，在相位上比相应的相电压超前 30°，线电压大小由相量图可求得

$$U_l = \sqrt{3}\,U_p \tag{5-3}$$

式中，U_p 为相电压；U_l 为线电压。

通常在低压配电系统中，相电压为 220V，线电压为 380V。

5.1.3　三相电源的三角形(△)连接

将电源一相绕组的末端与另一相绕组的首端依次相连成三角形，再从首端 A、B、C 分别引出导线，这种连接方式就叫三角形连接。三相电源的三角形连接如图 5.4 所示。

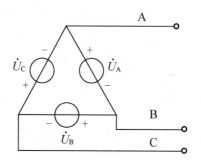

图 5.4　三相对称交流电源的三角形连接

三相电源三角形连接时，电路中线电压的大小与相电压的大小相等。

5.2 三相负载

三相电路中负载的连接也有星形(Y)和三角形(△)两种方式。

5.2.1 负载的星形(Y)连接

图 5.5 所示为三相负载的星形连接电路图，它的接线原则与三相电源的星形连接相似，即将每相负载末端连成一点 N′，首端 A′、B′、C′分别接到电源线上。如图所示，由三根火线和一根地线所组成的输电方式称为三相四线制(通常在低压配电系统中采用)；只由三根火线所组成的输电方式称为三相三线制(在高压输电时采用较多)。

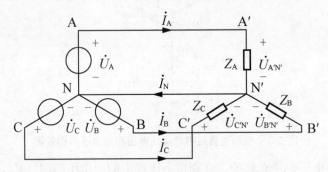

图 5.5 电源和负载均为星形连接的三相电路

三相电路中的每一相都可以看成一个单相电路，所以各相电流与电压间的相位关系及数量关系都可用讨论单相电路的方法来讨论。若三相负载对称，则在三相对称电压的作用下，流过三相对称负载中每相负载的电流应相等，即

$$I_L = I_A = I_B = I_C = \frac{U_p}{|Z_p|} \tag{5-4}$$

式中，U_p 为相电压；Z_p 为复阻抗。

而每相电流间的相位差为 120°，由 KCL 定律可知，中线电流为零，对应的相量式为

$$\dot{I}_N = \dot{I}_A + \dot{I}_B + \dot{I}_C = 0$$

因此，在三相对称电路中，当负载采用星形连接时，由于流过中线的电流为零，取消中线也不会影响各相负载的正常工作，这样三相四线制就可以变成三相三线制供电。

5.2.2 负载的三角形(△)连接

将三相负载分别接在三相电源的每两根相线之间的接法，称为三相负载的三角形连接，如图 5.6(a)所示。

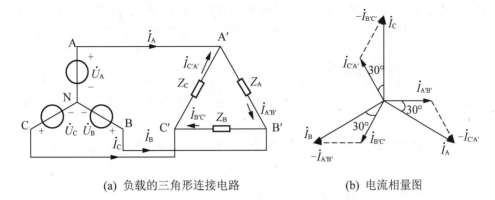

(a) 负载的三角形连接电路　　　　　(b) 电流相量图

图 5.6　负载的三角形连接电路及电流相量图

对于三角形连接的每相负载来说，也是单相交流电路，所以各相电流、电压和阻抗三者的关系仍与单相电路相同。由于三角形连接的各相负载是接在两根相线之间，因此负载的相电压就是线电压。假设三相电源及负载均对称，则三相电流大小均相等，为

$$I_p = I_{A'B'} = I_{B'C'} = I_{C'A'} = \frac{U_p}{|Z_P|} \tag{5-5}$$

式中，U_p 为相电压；Z_p 为复阻抗。

三个相电流在相位上相差 120°，图 5.6(b)所示为它们的相量图，所以，线电流分别为

$$\dot{I}_A = \dot{I}_{A'B'} - \dot{I}_{C'A'}$$
$$\dot{I}_B = \dot{I}_{B'C'} - \dot{I}_{A'B'}$$
$$\dot{I}_C = \dot{I}_{C'A'} - \dot{I}_{B'C'}$$

通过几何关系不难证明，当三相对称负载采用三角形连接时，线电流等于相电流的 $\sqrt{3}$ 倍。

$$\dot{I}_A = \sqrt{3}\angle(-30°)\dot{I}_{A'B'}$$
$$\dot{I}_B = \sqrt{3}\angle(-150°)\dot{I}_{A'B'}$$
$$\dot{I}_C = \sqrt{3}\angle 90°\dot{I}_{A'B'}$$

即

$$I_1 = \sqrt{3}I_p \tag{5-6}$$

式中，I_p 为相电流；I_1 为线电流。

因此，在对称的三相电路中，有如下结论。

(1) 在对称三相负载的星形连接电路中，$U_1 = \sqrt{3}U_p$，$I_1 = I_p$。

(2) 在对称三相负载的三角形连接电路中，$U_1 = U_p$，$I_1 = \sqrt{3}I_p$。

5.3　对称三相电路的分析

从对称三相电源的三个端子引出具有相同阻抗的三条输电线，把对称三相负载连接在输电线上就形成了对称三相电路。对于对称三相电路的分析，只要对其特点进行分析，便可以找出简便的计算方法，计算出各相负载上的电压和电流。三相电路按电源和负载接成

Y 形还是△形，可分为 Y/Y、Y/△、△/Y 和△/△四种连接方式。其中，斜杠的左边表示电源的连接方式，右边表示负载的连接方式，下面主要介绍 Y/Y 连接方式。

5.3.1　对称星形电路的特点

图 5.5 所示为三相负载的星形连接电路图，通过前面的学习和分析，我们可以得出如下结论。

（1）电路中的线电压等于相电压的 $\sqrt{3}$ 倍，线电压相位超前相电压 $30°$，即

$$U_1 = \sqrt{3}U_p$$

（2）电路中的相电流和线电流相同，即

$$I_1 = I_p$$

（3）中线不起作用，不管有无中线，对电路都没有影响。

5.3.2　对称星形电路的一般解法

对于对称星形电路的计算，只需取出一相，按单相电路计算即可。

例 5.1　有三个 100Ω 的电阻，将它们连接成星形或三角形，分别接到线电压为 380V 的对称三相电源上。试求：线电压、相电压、线电流和相电流各是多少。

解：采用单相计算法求解。

（1）负载作星形连接时，负载的线电压为

$$U_1 = 380V$$

负载的相电压为

$$U_p = \frac{U_1}{\sqrt{3}} = \frac{380}{\sqrt{3}}V = 220V$$

负载的相电流等于线电流，即

$$I_p = I_1 = \frac{U_p}{R} = \frac{220}{100}A = 2.2A$$

（2）负载作三角形连接时，负载的线电压为

$$U_1 = 380V$$

负载的相电压等于线电压，即

$$U_1 = U_p = 380V$$

负载的相电流为

$$I_p = \frac{U_p}{R} = \frac{380}{100}A = 3.8A$$

负载的线电流为

$$I_1 = \sqrt{3}I_p = \sqrt{3} \times 3.8A = 6.58A$$

新世纪高职高专课程与实训系列教材

5.4　三相电路的功率

在三相交流电路中，三相负载消耗的总电功率为各相负载消耗功率之和。当三相电路对称时，可以把它看成是三个单相交流电路的组合，因此三相交流电路的功率等于三倍的单相功率，即

$$P = P_1 + P_2 + P_3 = 3P_p = 3U_p I_p \cos\varphi$$

式中，P 为三相负载的总有功功率，P_p 为对称三相负载每一相的有功功率；U_p 为负载的相电压；I_p 为负载的相电流；φ 为相电压与相电流之间的相位差。

当三相对称负载作星形连接时，有

$$U_1 = \sqrt{3}U_p , I_1 = I_p$$

当三相对称负载作三角形连接时，有

$$U_1 = U_p , I_1 = \sqrt{3}I_p$$

因此，对称负载不论是星形连接还是三角形连接，其总有功功率均为

$$P = \sqrt{3}U_1 I_1 \cos\varphi \tag{5-7}$$

必须注意，式(5-7)中的 φ 仍是相电压与相电流之间的相位差，而不是线电压与线电流之间的相位差。同理，对称三相负载的无功功率和视在功率也一样，即

$$Q = \sqrt{3}U_1 I_1 \sin\varphi \tag{5-8}$$

$$S = \sqrt{3}U_1 I_1 = \sqrt{P^2 + Q^2} \tag{5-9}$$

例 5.2　已知某三相对称负载接在线电压为 380V 的三相对称电源中，其中每一相负载的阻抗 $Z = (6+j8)\Omega$。试分别计算该负载作星形连接和三角形连接时的相电流、线电流以及有功功率。

解： (1)　当负载作星形连接时，每一相的阻抗模为

$$|Z| = \sqrt{6^2 + 8^2} = 10\Omega$$

$$U_1 = \sqrt{3}U_p = 380V$$

所以

$$U_p = \frac{U_1}{\sqrt{3}} = 220V$$

则

$$I_1 = I_p = \frac{U_p}{|Z|} = 22A$$

$$\cos\varphi = \frac{R}{|Z|} = 0.6$$

所以

$$P = \sqrt{3}U_1 I_1 \cos\varphi = \sqrt{3} \times 380 \times 22 \times 0.6W \approx 8.7kW$$

(2)　当负载作三角形连接时，线电压等于相电压，有

$$U_1 = U_p = 380V$$

每相负载电流为

$$I_p = \frac{U_p}{|Z|} = 38A$$

而

$$I_1 = \sqrt{3}I_p = \sqrt{3} \times 38A \approx 66A$$

所以

$$P = \sqrt{3}U_1I_1\cos\varphi = \sqrt{3} \times 380 \times 66 \times 0.6W \approx 26kW$$

由以上计算我们可以知道，负载作三角形连接时的线电流及三相功率均为作星形连接时的三倍。

5.5　三相对称电路的仿真分析

三相电路在日常生产和生活中有很广泛的应用，下面我们通过仿真研究和分析三相电路的运行情况。这里主要是针对由星形连接的三相对称电源和星形或三角形连接的三相对称负载所组成的电路进行分析。下面先分析三相对称负载的星形连接电路，如图 5.7 所示，电路的负载由三个 220V、100W 的灯泡组成，电源由 220V、50Hz 的三相交流电源星形连接组成。

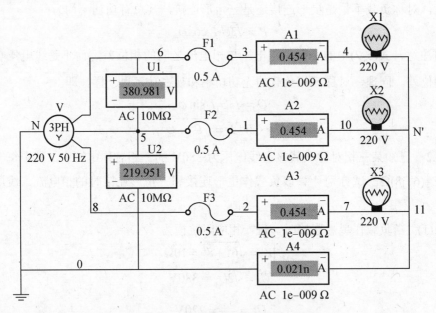

图 5.7　三相对称负载的星形连接电路及仿真

由图 5.7 的仿真结果可知，在三相对称电路中，当负载采用星形连接时，仿真电路中有 $U_1 = \sqrt{3}U_p$，$I_1 = I_p$，中线中几乎无电流通过，取消中线也不会影响各相负载的正常工作，这样三相四线制就可以变成三相三线制供电。

如图 5.8 所示，三相对称负载电路的负载由三个 220V、100W 的灯泡三角形连接组成，电源由 220V、50Hz 的三相交流电源星形连接组成。从仿真结果可得，当负载采用三角形连接时，仿真电路中有 $U_1 = U_p$，$I_1 = \sqrt{3}I_p$。

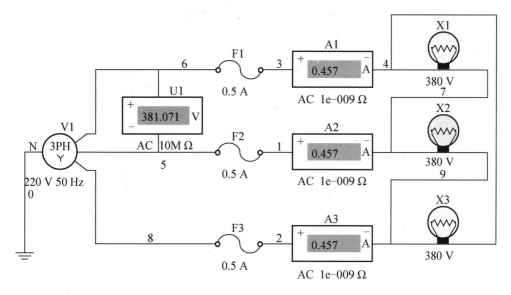

图 5.8　三相对称负载的三角形连接电路及仿真

5.6　工作实训营

5.6.1　训练实例 1

1．训练内容

三相交流电路中电压、电流的测量。

2．训练目的

(1) 掌握三相负载的星形连接及三角形连接方法。

(2) 验证相、线电压及相、线电流之间的关系。

3．训练要点

(1) 必须严格遵守先断电、再接伐、后通电；先断电，后拆线的操作原则。

(2) 三相灯组负载作三角形连接时，通过调压器接通电源，调节调压器由小到大变化，使输出线电压、为 220V，以免灯组灯泡烧坏。

4．实训过程

1)　实训准备

(1) 交流电压表，2 只。

(2) 交流电流表，2 只。

(3) 三相自耦调压器，1 只。

(4) 三相灯组负载，3 组。

2)　实训内容与步骤

(1) 按图 5.9 所示线路连接实验电路，使输出的三相线电压为 220V，并按下述内容完

成各项实验,分别测量三相负载的线电压、相电压、线电流、相电流、中线电流、电源与负载中点间的电压。

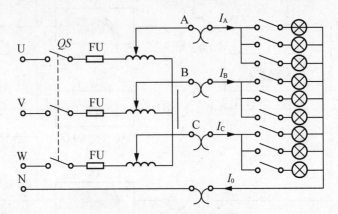

图 5.9　三相负载的星连接电路

将所测得的数据记入表 5.1 中,并观察各相灯组亮暗的变化程度,特别要注意观察中线的作用。

表 5.1　负载星形连接时电压、电流的测量数据

实验内容		U_{AB}/V	U_{BC}/V	U_{CA}/V	U_A/V	U_B/V	U_C/V	I_A/A	I_B/A	I_C/A	I_N/A
星形	中线										
对称	有										
	无										
A 相	有				×						
开路	无				×						

(2) 按图 5.10 所示改接线路,接通三相电源,并调节调压器,使其输出线电压为 220V,并按表 5.2 的内容进行测试。

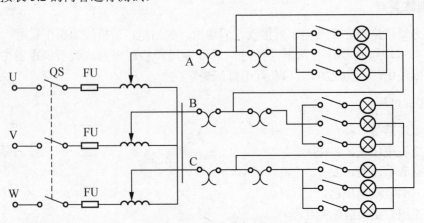

图 5.10　三相负载的三角形连接电路

将所测得的数据记入表 5.2 中,并观察各相灯组亮暗的变化程度。

表 5.2　负载三角形连接时电压、电流的测量数据

实验内容	开灯盏数			线电压=相电压/V			线电流/A			相电流/A		
	A-B 相	B-C 相	C-A 相	U_{AB}	U_{BC}	U_{CA}	I_A	I_B	I_C	I_{AB}	I_{BC}	I_{CA}
三相平衡	3	3	3									
三相不平衡	1	2	3									

5.6.2　训练实例 2

1．训练内容

三相电路功率的测量。

2．训练目的

(1)　掌握用一瓦特表法、二瓦特表法测量三相电路有功功率与无功功率的方法。

(2)　掌握功率表的接线和使用方法。

3．训练要点

(1)　实验中，每次改变接线，均需断开三相电源，以确保安全。

(2)　若用二表法测三相负载功率时，若负载为感性或容性，且当存在相位差时，线路中的一只功率表将反偏(数字式功率表将出现负读数)，这时应将功率表电流线圈的两个端子调换，其读数记为负值。

4．实训过程

1)　实训准备

(1)　交流电压表，2 只。

(2)　交流电流表，2 只。

(3)　单相功率表，2 只。

(4)　三相自耦调压器，1 只。

(5)　单相功率表，1 只。

(6)　三相灯组负载，3 组。

2)　实训内容与步骤

(1)　对于三相四线制供电的三相星形连接的负载，可用一只功率表测量各相的有功功率 P_A、P_B、P_C，则三相负载的总有功功率 $\Sigma P = P_A + P_B + P_C$。这就是一瓦特表法。若三相负载是对称的，则只需测量一相的功率，再乘以 3 即得三相总的有功功率。

用一瓦特表法测定三相对称及不对称负载的总功率 ΣP。实验按图 5.11 所示线路接线，线路中的电流表和电压表用以监视该相的电流和电压，注意不要超过功率表电压和电流的量程。

接通三相电源，调节调压器输出，使输出线电压为 220V，按表 5.3 的要求进行测量及计算。

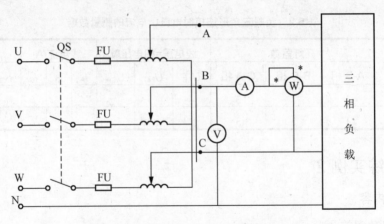

图 5.11　一瓦特表法测量三相负载的功率

表 5.3　一瓦特表法测量三相负载的功率数据

负载情况	开灯盏数			测量数据			计算值
	A 相	B 相	C 相	P_A/W	P_B/W	P_C/W	ΣP/W
Y 接对称负载	3	3	3				
Y 接不对称负载	1	2	3				

（2）　用二瓦特表法测定三相负载的总功率，分别将三相负载接成星形连接及三角形连接，按图 5.12 所示进行接线，测定两种负载连接方式的总功率。

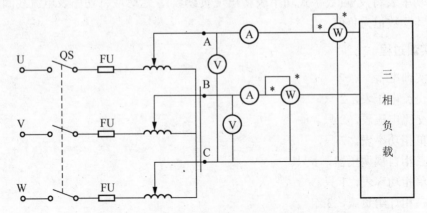

图 5.12　二瓦特表法测量三相星形接法负载的功率

接通三相电源，调节调压器输出，使输出线电压为 220V，按表 5.4 的要求进行测量及计算。

表 5.4　二瓦特表法测量三相负载的功率数据

负载情况	开灯盏数			测量数据		计算值
	A 相	B 相	C 相	P_1/W	P_2/W	ΣP/W
Y 接对称负载	3	3	3			
Y 接不对称负载	1	2	3			
△接不对称负载	1	2	3			
△接对称负载	3	3	3			

(3)　对于三相三线制供电的三相对称负载，可用一瓦特表法测得三相负载的总无功功率 Q，按图 5.13 所示的电路接线，功率表读数的 $\sqrt{3}$ 倍即为对称三相电路总的无功功率。

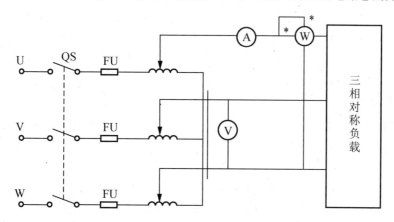

图 5.13　一瓦特表法测量三相对称负载的无功功率

　　每相负载由白炽灯和电容器并联而成，并由开关控制其接入。检查接线无误后，接通三相电源，将调压器的输出线电压调到 220V，读取三表的读数，并计算无功功率 $\sum Q$，记入表 5.5 中。分别按 I_V、U_{UW} 和 I_W、U_{UV} 接法重复上述的测量，并比较各自的 $\sum Q$ 的值。

表 5.5　一瓦特表法测量三相对称负载的无功功率数据

接　法	负载情况	测　量　值			计　算　值
		U/V	I/A	Q/var	$\sum Q = \sqrt{3}Q$
I_U	三相对称灯组(每相开 3 盏)				
U_{VW}	三相对称电容器(每相 4.7μF)				
I_V	三相对称灯组(每相开 3 盏)				
U_{VW}	三相对称电容器(每相 4.7μF)				
I_W	三相对称灯组(每相开 3 盏)				
U_{VW}	三相对称电容器(每相 4.7μF)				

5.6.3　工作实践常见问题解析

　　【问题 1】在用瓦特表测量电路中的功率时，常有同学把电路中的电流表和电压表省去。请问是否可行？

　　【答】不可行。线路中的电流表和电压表用以监视该相的电流和电压不要超过瓦特表电压和电流的量程，以免损坏瓦特表。

　　【问题 2】二瓦特表法是否既适用于对称三相电路，又适用于不对称三相电路呢？

　　【答】是的，二瓦特表法既适用于对称三相电路，又适用于不对称三相电路。

5.7 习 题

1. 三相对称交流电源是指由三个幅值_____、频率_____、初相依次相差_____的正弦电压源连接成_____或_____组成的电源。

2. 在星形连接的对称三相电源中，线电压在相位上比相应的相电压超前_____，它们的大小关系为_____。

3. 三相电路中负载的连接有_____或_____两种方式。在对称三相负载的星形连接电路中，线电压与相电压的大小关系为_____，线电流与相电流的大小关系为_____。

4. 三相负载对称电路的总有功功率为_____，无功功率为_____。

5. 已知对称星形连接的三相电源，A 相电压为 $u_A = 220\sqrt{2}\sin(\omega t - 30°)\text{V}$，试写出各线电压瞬时值表达式，并画出各相电压和线电压的相量图。

6. 测得三角形负载的三个线电流均为 10A，如已知负载对称，求相电流 I_p。

7. 已知星形连接负载每相电阻为 6Ω，感抗为 8Ω，对称线电压的有效值为 380V，求此负载的相电流 I_p。

8. 星形连接的负载与线电压为 380V 的对称三相电源相连，各相负载的每相电阻为 20Ω，感抗为 15Ω，试求各线电流。

9. 已知星形连接负载的各相阻抗为(10+j15)Ω，所加对称线电压为 380V。试求此负载的功率因数和有功功率。

10. 一台国产 3000kW 的汽轮发电机在额定运行状态运行时，线电压为 15kV，功率因数为 0.8，发电机定子绕组为星形连接，试求该发电机在额定运行状态运行时的线电流及输出的无功功率和视在功率。

11. 某对称负载的功率因数为 0.8，当接于线电压为 380V 的对称三相电源时，其有功功率为 30kW。试计算负载为星形接法时的每相等效阻抗。

12. 一对称三相负载与对称三相电源相接，已知其线电流 $\dot{I}_A = 5\angle 10°\text{A}$，线电压 $\dot{U}_{AB} = 380\angle 75°\text{V}$，试求此负载的功率因数和有功功率。

13. 某负载各相阻抗 $Z=(3+j4)\Omega$，所加三相对称电源的相电压是 220V，分别计算负载接成星形和三角形时的有功功率。

第6章 动态电路分析

【教学目标】

- 熟练应用换路定则。
- 掌握 RC 电路和 RL 电路的瞬态过程响应的求解。
- 熟练掌握三要素法，了解微分电路和积分电路的应用。

【工程应用导航】

本章主要介绍动态电路的分析方法。首先介绍换路定则，及动态电路初始值的计算方法；然后介绍 RC 电路和 RL 电路的瞬态过程响应的分析，以及如何运用三要素法来分析求解动态电路。

电路的瞬态过程虽然短暂，但它的应用却相当普遍。例如电容元件经常作为过电压保护元件并联在电路中，电路主要利用电容元件在换路瞬间电压不能发生跃变这一原理进行工作，这其实是一个电容的放电过程。再如日光灯电路实际上就相当于一个 RL 电路，它是由电阻元件和电感元件组成的。

【引导问题】

(1) 你了解动态电路的相关知识吗?
(2) 在动态电路中，如何确定电路的初始值?
(3) 你知道如何求解 RC 电路和 RL 电路的瞬态过程响应吗?
(4) 在电路分析中，如何运用三要素法来分析求解动态电路?
(5) 你了解微分电路和积分电路的应用吗?

6.1 换 路 定 则

6.1.1 过渡过程概述

在自然界中，事物的运动过程都存在稳定状态和过渡状态。例如，高速行驶汽车的刹车过程是由高速到低速再到最终停止的过程，其状态是由一种稳定状态转换到另一种稳定状态。

电路的稳定状态就是指电路中的电压、电流已经达到某一稳定值。电路从一种稳定状态向另一种稳定状态的转变可在一个短暂的时间内完成，这个过程称为暂态过程，也称为过渡过程。电路在暂态过程中的状态称为暂态。

6.1.2 换路定则的公式表示

通常把电路状态的改变(如通电、断电、短路、电信号突变、电路参数的变化等)称为换路，并认为换路很短暂。产生暂态过程要求电路中含有储能元件并发生换路，电容和电

感都是储能元件。换路定则是分析电路的暂态过程时遵循的规律。

假设 $t=0$ 为换路瞬间，而以 $t=0_-$ 表示换路前的终了瞬间，$t=0_+$ 表示换路后的初始瞬间。0_- 和 0_+ 在数值上都等于 0，但前者是指 t 从负值趋近于零，后者是指 t 从正值趋近于零。从 $t=0_-$ 到 $t=0_+$ 的瞬间，电感元件中的电流和电容元件上的电压不能跃变，这称为换路定则，用公式表示为

$$\left. \begin{array}{l} i_L(0_+) = i_L(0_-) \\ u_C(0_+) = u_C(0_-) \end{array} \right\} \tag{6-1}$$

可以把它们写成统一的形式，即

$$f(0_+) = f(0_-) \tag{6-2}$$

式中，$f(0_+)$ 是换路后的初始暂态值，$f(0_-)$ 是换路前的终了值。

在直流激励下，换路前，在 $t=0_-$ 的电路中，电容元件可视为开路，电感元件可视为短路；换路前，如果储能元件没有能量，则在 $t=0_-$ 和 $t=0_+$ 的电路中，电容元件可视为短路，电感元件可视为开路。

注意，在电路换路时，只是电容电压和电感电流不能跃变，而电路中其他的电压和电流是可以跃变的。

6.2　一阶线性电路暂态分析

在分析一阶电路的暂态过程时，有三个重要的量，只要知道这三个量就可以知道一阶电路瞬态过程中任何变量的变化规律，故把这三个量称为暂态过程的三要素。其中，$f(0_+)$ 是瞬态过程中变量的初始值，$f(\infty)$ 是变量稳态值，τ 是瞬态过程的时间常数。

6.2.1　初始值 $f(0_+)$

如图 6.1 所示 RC 电路，在开关 S 闭合前电路已达到稳定状态，根据换路定则，可求得 $u_C(0_+)=u_C(0_-)=0$，根据 KVL，可得 $i_C(0_+)=i_R(0_+)=\dfrac{U_S-U_C(0_+)}{R}=\dfrac{U_S}{R}$。同理，对于 RL 电路，也可以求得电路相应电量的初始值。

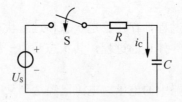

图 6.1　RC 串联电路

6.2.2　稳态值 $f(\infty)$

$f(\infty)$ 是换路后相应电量的稳定值。如图 6.1 所示 RC 电路，电容上的电压从换路前的稳定状态到换路后进入另一个稳定状态 $U_C(\infty)$，这是电容的充电过程，可得 $U_C(\infty)=U_S$。

根据 KVL，可得 $i_C(\infty) = i_R(\infty) = \dfrac{U_S - U_C(\infty)}{R} = 0$。

6.2.3　时间常数 τ

过渡过程是指电路从一个稳定状态过渡到另一个稳定状态的过程，这个过程的长短由换路后电路的时间常数 τ 决定。

对于 RC 电路，时间常数 τ 为

$$\tau = R \cdot C$$

对于 RL 电路，时间常数 τ 为

$$\tau = \frac{L}{R}$$

在上两式中，电阻的单位为欧[姆](Ω)，电容的单位为法[拉](F)，电感的单位为亨[利](H)，时间常数的单位为秒(s)。对于式中电阻的求解，和戴维南定理中等效电阻 R_0 的求法相同。

6.2.4　一阶线性电路的暂态分析

仅含一个储能元件或可等效为一个储能元件的线性电路，且由一阶微分方程描述，称为一阶线性电路。下面用经典法分析一阶线性电路的暂态过程，就是根据激励(电源电压或电流)，通过求解电路的微分方程以得出电路的响应(电压和电流)。

1. RC 电路的暂态分析

首先分析 RC 电路的零状态响应。电路在储能元件的初始能量为零的状态下仅由电源激励所产生的电路响应，称为零状态响应。

如图 6.1 所示 RC 电路，在开关 S 闭合前电路已达到稳定状态，在 $t=0$ 时开关 S 闭合。换路后，电源 U_S 对电容 C 充电，电容 C 上的电压为 u_C。

根据 KVL，可得

$$u_R + u_C = U_S$$

因为

$$i_C = C\frac{du_C}{dt}$$

因此有

$$RC\frac{du_C}{dt} + u_C = U_S$$

微分方程的通解由两部分构成，即由方程的特解和对应齐次方程的通解构成，其形式为

$$u_C = u_C' + u_C''$$

其中，$u_C' = u_C(\infty) = U_S$。下面求对应齐次微分方程的通解 u_C''，即求方程 $RC\dfrac{du_C}{dt} + u_C = 0$ 的解为

$$u_C'' = Ae^{pt} = Ae^{-\frac{t}{RC}}$$

所以

$$u_C = u_C' + u_C'' = U_S + Ae^{-\frac{t}{\tau}}$$

又因为 $u_C(0_+)=u_C(0_-)=0$，可求得 $A=-U_s$，于是得到 RC 电路的零状态响应为

$$u_C = U_s(1-e^{-\frac{t}{RC}}) = U_s(1-e^{-\frac{t}{\tau}}) \quad (t\geq 0_+)$$

电流响应为
$$i_C = C\frac{du_C}{dt} = \frac{U_s}{R}e^{-\frac{t}{\tau}} \quad (t\geq 0_+)$$

图 6.2 所示为电路的零状态响应曲线，时间常数 τ 决定电路暂态过程变化的快慢。

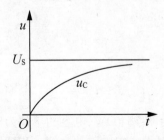

图 6.2　RC 电路的零状态响应曲线

下面分析 RC 电路的零输入响应，它是指电路在无电源激励、输入信号为零的条件下由电容元件的初始状态 $u_C(0_+)$ 所产生的电路响应。

如图 6.3 所示 RC 电路，开关 S 原在位置 1 处并达到稳定状态，在 $t=0$ 时，开关从位置 1 合到位置 2，使电路脱离电源，输入信号为零。换路后，电容元件已储有能量，其上电压的初始值 $u_C(0_+)=U_0$，电容元件经过电阻 R 开始放电。

$$u_R + u_C = 0$$

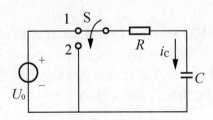

图 6.3　RC 电路的零输入响应

根据 KVL，可得

即 $RC\frac{du_C}{dt}+u_C=0$，可求得齐次微分方程的通解为

$$u_C = Ae^{pt} = Ae^{-\frac{t}{RC}}$$

又因为 $u_C(0_+)=u_C(0_-)=U_0$，可求得 $A=U_0$，于是得到 RC 电路的零输入响应为

$$u_C = U_0e^{-\frac{t}{RC}} = U_0e^{-\frac{t}{\tau}} = U_C(0_+)e^{-\frac{t}{\tau}} \quad (t\geq 0_+)$$

电路中的电流响应为
$$i_C = C\frac{du_C}{dt} = -\frac{U_0}{R}e^{-\frac{t}{\tau}} \quad (t\geq 0_+)$$

图 6.4 所示为电路的零输入响应曲线。

电路中初始条件不为零，又外加电源激励时的电路响应称为全响应。如图 6.5 所示 RC 电路，在开关 S 闭合前，电容 C 两端的电压为 U_0，在 $t=0$ 时开关 S 闭合。

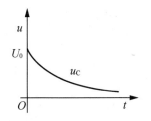

图 6.4　RC 电路的零输入响应曲线

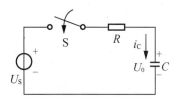

图 6.5　RC 电路的全响应

根据 KVL，可得

$$u_R + u_C = U_S$$

分析的过程和 RC 电路的零状态响应相似，不同之处在于初始状态不同。由 $u_C(0_+) = u_C(0_-) = U_0$，可求得 $A = U_0 - U_S$，于是得到 RC 电路的全响应为

$$u_C = U_S + (U_0 - U_S)e^{-\frac{t}{RC}} = U_S + (U_0 - U_S)e^{-\frac{t}{\tau}} = U_0 e^{-\frac{t}{\tau}} + U_S(1 - e^{-\frac{t}{\tau}}) \quad (t \geqslant 0_+)$$

从上式可以看出，全响应=零输入响应+零状态响应，也可以写成下面的形式，即

$$u_C = u_C(\infty) + [u_C(0_+) - u_C(\infty)]e^{-\frac{t}{RC}}$$

由前面的分析可知，研究一阶电路的暂态过程，实质是求解电路的微分方程的过程，即求解微分方程的特解和对应齐次微分方程的通解。不论一阶电路的初始值等于多少，也不论它是充电过程还是放电过程，任何电压和电流随时间的变化规律都可以由下面的公式统一表示为

$$f(t) = f(\infty) + [f(0_+) - f(\infty)]e^{-\frac{t}{\tau}} \quad (t \geqslant 0_+)$$

式中，$f(0_+)$ 是暂态过程中变量的初始值，$f(\infty)$ 是变量稳态值，τ 是暂态过程的时间常数。只要知道这三要素，就可以根据上式直接写出一阶电路暂态过程中任何变量的变化规律，这种方法称为三要素法。

例 6.1　电路如图 6.6(a)所示，开关 S 闭合前电路已处于稳态。$t=0$ 时 S 闭合，试求此时的电容电压 u_C。

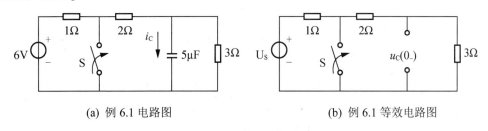

(a) 例 6.1 电路图　　　　　　　　　　　(b) 例 6.1 等效电路图

图 6.6　例 6.1 电路图及等效电路

解：用三要素法求解。

(1) 求初始值 $u_C(0_+)$。开关 S 闭合前的等效电路如图 6.6(b)所示，可得

$$u_C(0_+) = u_C(0_-) = \frac{6}{1+2+3} \times 3 \text{V} = 3 \text{ V}$$

(2) 求稳态值 $u_C(\infty)$。开关 S 闭合后达到稳定状态时，电容放电结束，有

$$u_C(\infty) = 0$$

(3) 求时间常数 τ,有

$$\tau = R_0 C = \frac{2 \times 3}{2+3} \times 5 \times 10^{-6}\,\text{s} = 6 \times 10^{-6}\,\text{s}$$

把三要素代入公式可求得

$$u_C(t) = u_C(\infty) + [u_C(0_+) - u_C(\infty)]e^{-\frac{t}{\tau}} = \left(0 + 3e^{-\frac{10^6}{6}t}\right)\text{V} = 3e^{-1.7 \times 10^5 t}\,\text{V}$$

2. RL 电路的暂态分析

首先分析 RL 电路的零状态响应。如图 6.7 所示 RL 电路,在开关 S 闭合前,$i_L(0_-)$= 0,在 $t = 0$ 时开关 S 闭合。换路后,电感 L 储能,流过电感 L 的电流为 i_L。

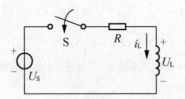

图 6.7　RL 电路的零状态响应

根据三要素法求解,可得

$$i_L = i_L(\infty) + [i_L(0_+) - i_L(\infty)]e^{-\frac{t}{\tau}}$$

初始值 $i_L(0_+) = i_L(0_-) = 0$,稳态值 $i_L(\infty) = \dfrac{U_S}{R}$,时间常数 $\tau = \dfrac{L}{R}$,可得

$$i_L = i_L(\infty) + [i_L(0_+) - i_L(\infty)] = \frac{U_S}{R}(1 - e^{-\frac{t}{\tau}})$$

$$u_L = L\frac{\text{d}i}{\text{d}t} = U_S e^{-\frac{t}{\tau}} = U_S e^{-\frac{R}{L}t}$$

然后分析 RL 电路的零输入响应,如图 6.8 所示 RL 电路,开关 S 原在位置 1 处并达到稳定状态,在 $t = 0$ 时,开关从位置 1 合到位置 2,使电路脱离电源,输入信号为零。

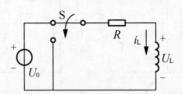

图 6.8　RL 电路的零输入响应

根据三要素法求解,可得

$$i_L = i_L(\infty) + [i_L(0_+) - i_L(\infty)]e^{-\frac{t}{\tau}}$$

初始值 $i_L(0_+) = i_L(0_-) = \dfrac{U_0}{R}$,稳态值 $i_L(\infty) = 0$,时间常数 $\tau = \dfrac{L}{R}$,可得

$$i_L = i_L(\infty) + [i_L(0_+) - i_L(\infty)] = \frac{U_0}{R}e^{-\frac{t}{\tau}}$$

新世纪高职高专课程与实训系列教材

$$u_{\mathrm{L}} = L\frac{\mathrm{d}i}{\mathrm{d}t} = -U_0\mathrm{e}^{-\frac{t}{\tau}} = -U_0\mathrm{e}^{-\frac{R}{L}t}$$

对于 RL 电路的全响应，同样可用三要素法求解，此外省略其求解过程。

6.3 微分电路和积分电路

在电子技术中常利用 RC 电路实现多种不同的功能，RC 微分电路和 RC 积分电路就是 RC 电路的两个重要应用。微分电路与积分电路是矩形脉冲激励下的 RC 电路，下面分别介绍这两种电路的工作原理。

6.3.1 微分电路的特点及仿真分析

如图 6.9 所示的 RC 电路中，设电路处于零状态，输入电压 u_{i} 为周期性矩形脉冲，如图 6.10(a)所示，矩形脉冲的幅值为 U_{m}，脉冲宽度为 t_{w} 为 $T/2$，脉冲周期为 T，且电路的时间常数 τ 很小，即 $\tau \ll t_w$。脉冲的宽度和脉冲周期的比称为占空比，用百分数表示，这里的占空比为 50%。

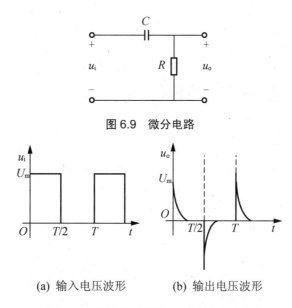

图 6.9 微分电路

(a) 输入电压波形 (b) 输出电压波形

图 6.10 微分电路的输入/输出电压波形

在 $t=0$ 时，u_{i} 从零突然上升至 U_{m}，由于电容两端电压不能跃变，所以电阻上的输出电压 $u_{\mathrm{o}}=u_{\mathrm{i}}$。由于 τ 很小，暂态过程很短暂，电容迅速被充电至 U_{m} 值，电阻上的输出电压 u_{o} 很快衰减至零。这样在输出电阻上产生一正尖脉冲，如图 6.10(b)所示，电路的时间常数 τ 越小，脉冲越尖。

在 $t=T/2$ 时，u_{i} 突然下降至零，电容上电压为 U_{m}，由于不能跃变，所以电阻上的输出电压 $u_{\mathrm{o}}=-U_{\mathrm{m}}$。由于 τ 很小，暂态过程很短暂，电容迅速放电至零值，电阻上的输出电压 u_{o} 很快衰减至零。这样在输出电阻上产生一负尖脉冲，如图 6.10(b)所示。

由于 $\tau=RC$ 很小，使得输入信号 u_i 几乎全部降在电容上，根据 KVL，有

$$u_i = u_C + u_o \approx u_C$$

所以

$$u_o = iR = RC\frac{du_C}{dt} \approx RC\frac{du_i}{dt}$$

上式说明输出电压与输入电压之间存在微分关系，这种电路称为微分电路。图 6.11 所示为微分电路的仿真电路，图 6.12 所示是其仿真结果。

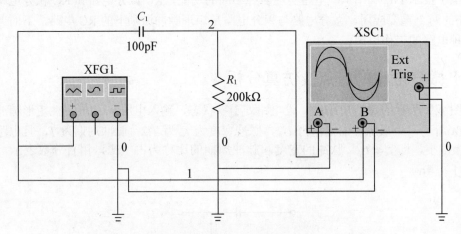

图 6.11　微分电路的仿真电路

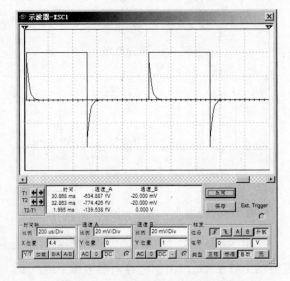

图 6.12　微分电路的仿真结果

6.3.2　积分电路的特点及仿真分析

如图 6.13 所示的 RC 电路中，设电路处于零状态，输入电压 u_i 为周期性矩形脉冲，如图 6.14(a)所示，矩形脉冲的幅值为 U_m，脉冲宽度为 t_w 为 $T/2$，脉冲周期为 T，且电路的时间常数 τ 很大，即 $\tau \gg t_w$。

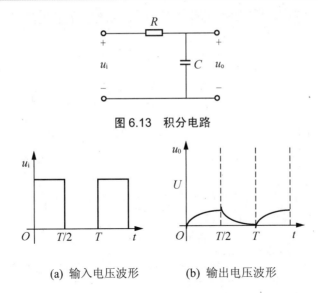

图 6.13　积分电路

(a) 输入电压波形　　　　(b) 输出电压波形

图 6.14　积分电路的输入/输出电压波形

在 $t=0$ 时，u_i 从零突然上升至 U_m，由于电容两端电压不能跃变，所以电容上的输出电压为零。由于 τ 很大，暂态过程很长，电容充电很缓慢，电容上的输出电压 u_o 还未达到稳定值。在 $t=T/2$ 时，u_i 突然下降至零，此时电容开始放电。由于 τ 很大，电容放电很缓慢，电容上的输出电压 u_o 还未达到稳定值。在 $t=T$ 时，u_i 又从零突然上升至 U_m，电容再进行充放电的循环。这样在输出电容上产生一锯齿波电压，如图 6.14(b)所示。电路的时间常数 τ 越大，充放电越缓慢，得到的锯齿波线性越好。

由于 $\tau=RC$ 很大，电容再进行充放电的过程很缓慢，使得输入信号 u_i 几乎全部降在电阻上，根据 KVL，有

$$u_i = u_R + u_o \approx u_R$$

所以

$$u_o = u_C = \frac{1}{C}\int i\mathrm{d}t \approx \frac{1}{RC}\int u_i\mathrm{d}t$$

上式说明输出电压与输入电压之间存在积分关系，这种电路称为积分电路。图 6.15 所示为积分电路的仿真电路，图 6.16 所示是其仿真结果。

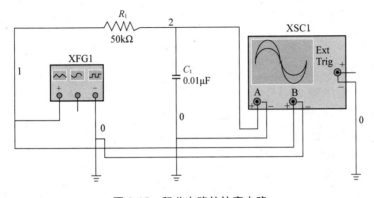

图 6.15　积分电路的仿真电路

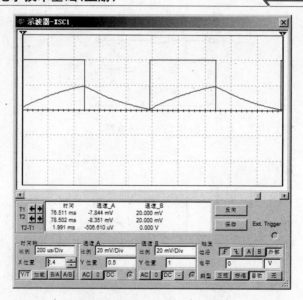

图 6.16　积分电路的仿真结果

<h1 align="center">6.4　工作实训营</h1>

6.4.1　训练实例 1

1．训练内容

典型电信号的观察与测量。

2．训练目的

(1)　掌握用示波器观察电信号波形的方法，能定量测出正弦信号和脉冲信号的波形参数。

(2)　掌握示波器、信号发生器的使用。

3．训练要点

(1)　调节示波器时，要注意触发开关和电平调节旋钮的配合使用，以使显示的波形稳定。

(2)　作定量测定时，"t/div"和"v/div"微调旋钮应旋至"标准"位置。

4．实训过程

1)　实训准备

(1)　函数信号发生器，1只。

(2)　双踪示波器，1只。

(3)　交流毫伏表，1只。

2)　实训内容与步骤

(1)　双踪示波器的自检。

将示波器面板部分的"标准信号"插口通过示波器专用同轴电缆接至双踪示波器的 Y

新世纪高职高专课程与实训系列教材

轴输入插口 Y_A 或 Y_B 端，然后开启示波器电源，指示灯亮。稍后，协调地调节示波器面板上的"辉度"、"聚焦"、"辅助聚焦"、"X 轴位移"、"Y 轴位移"等旋钮，使荧光屏的中心部分显示出线条细而清晰、亮度适中的方波波形。选择幅度和扫描速度，并将它们的微调旋钮旋至"校准"位置，从荧光屏上读出该标准信号的幅值与频率，并与标称值(1V、1kHz)作比较。

(2) 正弦波信号的观测。

将示波器的幅度和扫描速度微调旋钮旋至"校准"位置。通过电缆线，将信号发生器的正弦波输出口与示波器的 Y_A 插座相连。接通信号发生器的电源，选择正弦波输出。通过相应调节，使输出频率分别为 50Hz、1.5kHz 和 20kHz(由频率计读出)；再使输出幅值分别为有效值 0.1V、1V、3V(由交流毫伏表读得)。调节示波器 Y 轴和 X 轴的偏转灵敏度至合适的位置，从荧光屏上读得幅值及周期，分别记入表 6.1 及表 6.2 中。

表 6.1　正弦波信号频率的测定

频率计读数 所测项目	正弦波信号频率的测定		
	50Hz	1500Hz	20000Hz
示波器 t/div 旋钮的位置			
一个周期占有的格数			
信号周期/s			
计算所得频率/Hz			

表 6.2　正弦波信号幅值的测定

交流毫伏表读数 所测项目	正弦波信号幅值的测定		
	0.1V	1V	3V
示波器 V/div 旋钮的位置			
峰–峰值波形的格数			
峰–峰值/V			
计算所得有效值/V			

(3) 方波脉冲信号的观测。

将电缆插头换接在脉冲信号的输出插口上，选择方波信号输出。调节方波的输出幅度为 $3.0V_{P-P}$(用示波器测定)，分别观测 100Hz、3kHz 和 30kHz 方波信号的波形参数。使信号频率保持在 3kHz，选择不同的幅度及脉宽，观测波形参数的变化。

6.4.2　训练实例 2

1．训练内容

RC 一阶电路的响应测试。

2．训练目的

(1) 测定 RC 一阶电路的零输入响应零状态响应及全响应。

(2) 学习电路时间常数的测定方法。

(3) 掌握有关微分电路和积分电路的概念。

3．训练要点

(1) 调节电子仪器各旋钮时，动作不要过快、过猛。

(2) 信号源的接地端与示波器的接地端连在一起(称共地)，以防外界干扰而影响测量的准确性。

4．实训过程

1) 实训准备

(1) 函数信号发生器，1只。

(2) 双踪示波器，1只。

(3) 暂态电路实验线路板，1块。

2) 实训内容与步骤

暂态电路实验线路板的结构如图 6.17 所示，认清 R、C 元件的布局及其标称值，各开关的通断位置等。

(1) 从电路板中选 R=10kΩ，C=6800pF，组成如图 6.18 所示的 RC 充放电电路，取 U_m=3V，f=1kHz 的方波电压信号，并通过两根同轴电缆线将激励源 u 和响应 u_C 的信号分别连至示波器的两个输入口 Y_A 和 Y_B，这时可在示波器的屏幕上观察到激励与响应的变化规律，求测时间常数 τ，并描绘 u 及 u_C 波形。

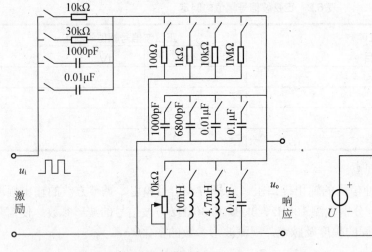

图 6.17　暂态电路实验板

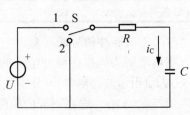

图 6.18　RC 一阶电路

少量改变电容值或电阻值，定性观察对响应的影响，记录观察到的现象。

(2) 令 R=10kΩ，C=0.1μF，观察并描绘响应波形，继续增大 C，定性观察对响应的影响。

(3) 选择 C=0.01μF，R=1kΩ，组成如图 6.19 所示的微分电路。在同样的方波激励信号(U_m=3V，f=1kHz)作用下，观测并描绘激励与响应的波形。

增减 R 的值，定性观察对响应的影响，并作记录。当 R 增至 1MΩ时，输入输出波形有何本质上的区别？

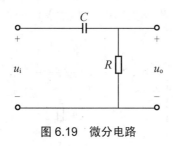

图 6.19　微分电路

6.4.3　工作实践常见问题解析

【问题 1】在实际测量工作中，是否所有的方波电信号都可以作为 RC 一阶电路零输入响应、零状态响应和全响应的激励信号呢？

【答】不是的。在实际测量时，我们利用信号发生器输出的方波来模拟阶跃激励信号，即利用方波输出的上升沿作为零状态响应的正阶跃激励信号；利用方波的下降沿作为零输入响应的负阶跃激励信号。要选择方波的重复周期远大于电路的时间常数 τ，那么电路在这样的方波序列脉冲信号的激励下，它的响应就和直流电接通与断开的过渡过程是基本相同的。

【问题 2】在微分电路和积分电路的相关测量中，要想得到理想的输出波形，电路参数应注意什么？

【答】微分电路要求电路参数满足 $\tau \ll t_w$（脉冲宽度为 $t_w = T/2$），积分电路要求电路参数满足 $\tau \gg t_w$。

6.5　习　　题

1. 电路从_____向_____的转变可在一个短暂的时间内完成，这个过程称为暂态过程，也称为_____。

2. 从 $t=0_-$ 到 $t=0_+$ 瞬间，电感元件中的_____和电容元件上的_____不能跃变，称为换路定则。用公式表示为_____。

3. 一阶暂态电路的三要素是_____、_____、_____，三要素法的表达式是_____。

4. 微分电路输入输出电压之间的关系为_____。

5. 积分电路输入输出电压之间的关系为_____。

6. 如图 6.20 所示电路原来处于稳态，$t=0$ 时开关闭合。求初始值 $u_C(0_+)$。

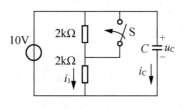

图 6.20　题 6 电路图

7. 如图 6.21 所示，已知 $R_1=R_2=10\text{k}\Omega$，$U_S=6\text{V}$，电路原来处于稳态，$t=0$ 时开关闭合。求初始值 $u_L(0_+)$ 和 $i_L(0_+)$。

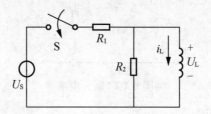

图 6.21　题 7 电路图

8. 如图 6.22 所示电路原来处于稳态，$t=0$ 时开关闭合。求初始值 $u_C(0_+)$ 和 $i_C(0_+)$。

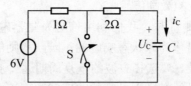

图 6.22　题 8 电路图

9. 如图 6.23 所示，已知电路原来处于稳态，$t=0$ 时开关打开。求 $t>0$ 时的 $u_C(t)$。

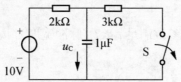

图 6.23　题 9 电路图

10. 如图 6.24 所示，已知开关 S 在 $t=0$ 时闭合，换路前电路处于稳态。求 $t>0$ 时的 $u_L(t)$。

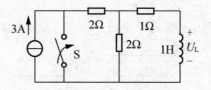

图 6.24　题 10 电路图

第7章　互感耦合电路

【教学目标】

● 掌握互感线圈中的电压、电流关系。
● 掌握理想变压器的特点及其电路分析。
● 学会线圈同名端的判断方法。
● 学会变压器性能的检测及连接。

【工程应用导航】

互感现象是交流电路中的重要现象之一。本章主要介绍磁路的基本概念及磁路中电感线圈的互感耦合，互感电路的同名端及判定方法；阐述互感电路的分析计算方法；重点介绍交流铁芯线圈的电磁特性、单相变压器的工作原理及变压器的使用。

互感现象在工程实际中具有广泛的应用。变压器就是利用互感原理设计制造的重要电力设备。在工程实际中，通常需要判断互感线圈的同名端，了解交流铁芯线圈在各种电磁控制电器中的应用等。在电力系统的供配电系统中，通过变压器铭牌及运行特性可以学习变压器的选择和使用。通过互感可以扩大电测仪表的测量范围等。

【引导问题】

(1) 你知道生产生活中不同电压是如何得到的吗？电能传送中的关键设备是什么？
(2) 你知道电路的互感现象吗？如何判断互感耦合线圈的同名端？
(3) 交流铁芯线圈中的磁路是如何构成的？交流铁芯线圈的功率损耗如何？
(4) 变压器是如何实现电压变换、电流变换和阻抗匹配的？
(5) 变压器运行的稳定性如何表示？你了解变压器的铭牌、损耗及运行效率吗？

7.1　互感与互感电压

磁感应是存在于许多电子装置和电力设备中的一种重要的电磁现象。在工程技术中获得广泛应用的各种变压器是一种基于磁感应的电气设备。

7.1.1　互感现象及互感系数

在第 1 章和第 6 章中，我们已经讨论过电感元件，其磁通和感应电动势是由线圈自身电流及变化引起的，所以也称为自感元件。如果线圈的磁通和感应电动势是由邻近线圈的电流引起的，则称线圈间存在互感或耦合电感。具有互感的两个线圈称为互感线圈或耦合线圈，其电路模型就是互感元件。含有互感元件的电路称为互感耦合电路。

1. 互感现象

如图 7.1 所示为两个绕在同一磁芯材料上的线圈 1 和 2，匝数分别为 N_1 和 N_2。

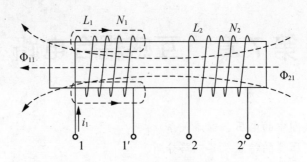

图 7.1　两线圈的互感耦合电路

当线圈 1 中通以电流 i_1 时，则在线圈 1 中产生自感磁通 Φ_{11}，Φ_{11} 的一部分将穿过线圈 2，用 Φ_{21} 表示。类似的，当线圈 2 通以电流 i_2 时，i_2 产生磁通 Φ_{22} 的一部分同样穿过线圈 1，用 Φ_{12} 表示。由此，我们看到两个线圈虽没有电气上的联系，但他们相互之间却有着磁的相互影响，这种现象称为磁耦合。

当电流 i_1 和 i_2 随时间变化时，变化的磁通 Φ_{12} 和 Φ_{21} 将分别在线圈 1 和线圈 2 中产生感应电动势或感应电压。我们将这样两个相互之间存在磁耦合的电感线圈称为耦合电感器或互感器；把一线圈由于邻近线圈中的电流变化而出现感应电动势的现象称为互感现象。

2. 互感系数

假设两个线圈均为细线密绕线圈，则线圈各匝所交链的磁通相等。如图 7.1 所示电路中每一线圈的交链磁通链均由两部分构成：一部分是本线圈中的电流产生的磁链，称为自感磁链 Ψ_{11} 和 Ψ_{22}，即 $\Psi_{11} = N_1\Phi_{11}$，$\Psi_{22} = N_2\Phi_{22}$；另一部分是由另一线圈中的电流产生的磁链，称为互感磁链 Ψ_{12} 和 Ψ_{21}。则线圈 1 和 2 的磁链为

$$\Psi_1 = \Psi_{11} + \Psi_{12} = N_1\left(\Phi_{11} + \Phi_{12}\right) \tag{7-1}$$

$$\Psi_2 = \Psi_{22} + \Psi_{21} = N_2\left(\Phi_{22} + \Phi_{21}\right) \tag{7-2}$$

与自感系数的定义相同，我们定义互感系数为

$$M_{12} = \frac{\Psi_{12}}{i_2}, \quad M_{21} = \frac{\Psi_{21}}{i_1} \tag{7-3}$$

即互感系数为互感磁链与产生互感磁链的电流之比。互感系数定量地反映了互感元件的耦合情况。可以证明 $M_{12} = M_{21}$，这表明互感的互易性质，所以两个线圈耦合时，可以略去下标，用 M 表示。互感的单位和自感系数相同，有亨(H)、毫亨(mH)和微亨 (μH)。

7.1.2　耦合系数

在工程上，为了定量地描述两个耦合线圈的耦合紧密程度，常用耦合系数 k 来表示。耦合系数定义为

$$k = \frac{M}{\sqrt{L_1 L_2}} \tag{7-4}$$

假设线圈为密绕线圈，则由

$$L_1 = \frac{\Psi_{11}}{i_1} = \frac{N_1\Phi_{11}}{i_1}, \quad L_2 = \frac{\Psi_{22}}{i_2} = \frac{N_2\Phi_{22}}{i_2}$$

及式(7-3)可以得到

$$k^2 = \frac{M^2}{L_1 L_2} = \frac{M_{21} M_{12}}{L_1 L_2} = \frac{\dfrac{N_2 \Phi_{21}}{i_1} \cdot \dfrac{N_1 \Phi_{12}}{i_2}}{\dfrac{N_1 \Phi_{11}}{i_1} \cdot \dfrac{N_2 \Phi_{22}}{i_2}} = \frac{\Phi_{21} \Phi_{12}}{\Phi_{11} \Phi_{22}}$$

$$k = \sqrt{\frac{\Phi_{21} \Phi_{12}}{\Phi_{11} \Phi_{22}}} \tag{7-5}$$

由于 $\Phi_{21} \leqslant \Phi_{11}$，$\Phi_{12} \leqslant \Phi_{22}$，所以 $k \leqslant 1$。若 $k = 0$，表示两个线圈没有耦合；若 $k = 1$，表示全耦合；若 k 接近于 1，称为紧耦合；若 $k \ll 1$，则称为松耦合。

耦合系数 k 反映了两个线圈的耦合程度。其大小与线圈的结构、两线圈的相对位置以及周围磁介质有关。如果两个线圈靠得很近或密绕在一起，则 k 值接近于 1；反之，如果两者相距甚远，或者两者轴线相互垂直，则 k 值就很小，甚至接近于零。由此可见，改变或调整两线圈的相互位置，可以改变耦合系数的大小。

7.1.3 互感电压

当电流 i_1 变化时，根据电磁感应定律，除了因自感磁通变化在线圈 1 中产生自感电压外，还将通过耦合磁通 Φ_{21} 的变化在线圈 2 中产生感应电压，这个电压称为互感电压，表示为 u_{21}。如果根据线圈 2 的绕向来选择 u_{21} 和 Φ_{21} 的参考方向，使它们符合右手螺旋法则，则

$$u_{21} = \frac{\mathrm{d}\psi_{21}}{\mathrm{d}t}$$

同理，如果线圈 2 通以电流 i_2，它的一部分磁通穿过线圈 1，在线圈 1 中产生互感磁通 Φ_{12}，磁链 $\Psi_{12} = N_1 \Phi_{12}$。当电流 i_2 变化时，在线圈 1 中产生互感电压 u_{12}，u_{12} 和 Φ_{12} 的参考方向符合右手螺旋法则，有

$$u_{12} = \frac{\mathrm{d}\Psi_{12}}{\mathrm{d}t}$$

又因为 $\Psi_{21} = N_2 \Phi_{21} = M_{21} i_1$，$\Psi_{12} = N_1 \Phi_{12} = M_{12} i_2$，则其互感电压分别为

$$\left. \begin{aligned} u_{21} &= M_{21} \frac{\mathrm{d}i_1}{\mathrm{d}t} = M \frac{\mathrm{d}i_1}{\mathrm{d}t} \\ u_{12} &= M_{12} \frac{\mathrm{d}i_2}{\mathrm{d}t} = M \frac{\mathrm{d}i_2}{\mathrm{d}t} \end{aligned} \right\} \tag{7-6}$$

若互感电压与互感磁通的参考方向不满足右手螺旋法则，则互感电压的表达式前要加一个负号。

7.1.4 互感线圈的同名端

我们知道，互感电压的参考方向规定为与穿过该线圈的互感磁通的参考方向符合右手螺旋法则，则互感磁通的参考方向取决于相邻线圈中电流的参考方向及线圈的绕向，因此，互感电压的参考方向与产生它的电流的参考方向及两线圈的绕向有关。电路上不便画出线圈绕向，因此引出同名端标记的方法。

电流流进一个线圈产生自感电压的参考极性与其在另一线圈产生互感电压的参考正极性一一对应。在具有磁耦合的两个线圈中，极性始终保持一致的两个端子称为同名端，用"·"或"＊"标记。

确定同名端的一种方法是，已知两线圈绕向与相对位置时，让电流分别流入两线圈，若它们所产生的磁通链相互增强，则这两个电流流入端就为同名端；否则，这两个电流流入端则为异名端。

根据电流的参考方向与同名端可以确定互感电压的参考方向，即电流流进同名端时，另一个线圈上互感电压在同名端也为正极性。

在图 7.1 所示电路中，1 与 2 是同名端，这时当电流分别从 1 和 2 两个端子流入时，其两个线圈中的自感磁通链和互感磁通链是相互加强的，可用如图 7.2 所示的图形表示。

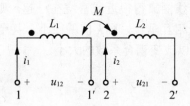

图 7.2　互感耦合的电路符号

其互感电压为

$$u_{21} = M \frac{\mathrm{d}i_1}{\mathrm{d}t}, \quad u_{12} = M \frac{\mathrm{d}i_2}{\mathrm{d}t}$$

在电流为正弦电流的情况下，互感电压可用相量形式表示，当互感电压与电流参考方向对同名端一致时，有

$$\left.\begin{array}{l} \dot{U}_{21} = \mathrm{j}\omega M \dot{I}_1 = \mathrm{j}X_{\mathrm{M}} \dot{I}_1 \\ \dot{U}_{12} = \mathrm{j}\omega M \dot{I}_2 = \mathrm{j}X_{\mathrm{M}} \dot{I}_2 \end{array}\right\} \tag{7-7}$$

式中，$X_{\mathrm{M}} = \omega M$，称为互感抗，单位为 Ω。

7.2　互感电路的计算

在分析电感电路时，电路的基本定律 KCL、KVL 仍然适用，只是在列写 KVL 方程时，应考虑由于互感的作用而引起的互感电压。我们将分别讨论电感元件的串联和并联情况。

7.2.1　互感线圈的串联

互感线圈的串联有两种情况。当两个电感元件串联时，如果是异名端相连，如图 7.3(a)所示，称为顺向串联(顺接)；如果是同名端相连，如图 7.3(b)所示，称为反向串联(反接)。在顺接情况下，电流从两个线圈的同名端流进；而在反接情况下，电流是从一个线圈的同名端流进，从另一个线圈的同名端流出。

新世纪高职高专课程与实训系列教材

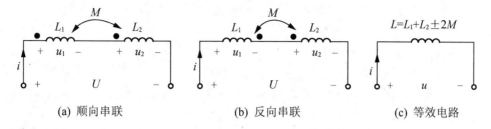

（a）顺向串联　　　　　　　（b）反向串联　　　　　　（c）等效电路

图 7.3　互感线圈的串联电路

1. 互感线圈的顺向串联

在图 7.3(a)所示电路中，线圈 L_1 和 L_2 的端电压为

$$u_1 = L_1 \frac{\mathrm{d}i}{\mathrm{d}t} + M \frac{\mathrm{d}i}{\mathrm{d}t}$$

$$u_2 = L_2 \frac{\mathrm{d}i}{\mathrm{d}t} + M \frac{\mathrm{d}i}{\mathrm{d}t}$$

则串联电感的端电压为

$$u = u_1 + u_2 = \left(L_1 + L_2 + 2M\right)\frac{\mathrm{d}i}{\mathrm{d}t}$$

在正弦电流的情况下，应用相量法可得

$$\dot{U}_1 = \mathrm{j}\omega L_1 \dot{I} + \mathrm{j}\omega M \dot{I}$$

$$\dot{U}_2 = \mathrm{j}\omega L_2 \dot{I} + \mathrm{j}\omega M \dot{I}$$

$$\dot{U} = \dot{U}_1 + \dot{U}_2 = \mathrm{j}\omega\left(L_1 + L_2 + 2M\right)\dot{I}$$

$$= \mathrm{j}\omega L \dot{I}$$

式中

$$L = L_1 + L_2 + 2M \tag{7-8}$$

这表明，在顺接时，两绕组的耦合电感元件可用一个自感系数为 $L = L_1 + L_2 + 2M$ 的自感元件来等效。

2. 互感线圈的反向串联

在图 7.3(b)所示电路中，线圈 L_1 和 L_2 的端电压为

$$u_1 = L_1 \frac{\mathrm{d}i}{\mathrm{d}t} - M \frac{\mathrm{d}i}{\mathrm{d}t}$$

$$u_2 = L_2 \frac{\mathrm{d}i}{\mathrm{d}t} - M \frac{\mathrm{d}i}{\mathrm{d}t}$$

则串联电感的端电压为

$$u = u_1 + u_2 = \left(L_1 + L_2 - 2M\right)\frac{\mathrm{d}i}{\mathrm{d}t}$$

在正弦电流的情况下，应用相量法可得

$$\dot{U}_1 = \mathrm{j}\omega L_1 \dot{I} - \mathrm{j}\omega M \dot{I}$$

$$\dot{U}_2 = \mathrm{j}\omega L_2 \dot{I} - \mathrm{j}\omega M \dot{I}$$

$$\dot{U} = \dot{U}_1 + \dot{U}_2 = j\omega(L_1 + L_2 - 2M)\dot{I}$$
$$= j\omega L\dot{I}$$

式中

$$L = L_1 + L_2 - 2M \qquad\qquad (7\text{-}9)$$

这表明，在反接时，两绕组的耦合电感元件可用一个自感系数为 $L = L_1 + L_2 - 2M$ 的自感元件来等效。

综上所述，两绕组的耦合电感元件串联时，可等效为一个自感元件，该自感元件的参数为 $L = L_1 + L_2 \pm 2M$，如图 7.3(c)所示，互感系数前的正号对应于顺接，负号对应于反接。

7.2.2 互感线圈的并联

互感元件线圈的并联也有两种情况。如果是同名端相连接，如图 7.4(a)所示，称为同侧并联；如果是异名端相连接，如图 7.4(b)所示，称为异侧并联。

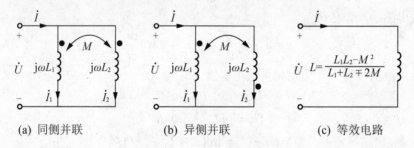

(a) 同侧并联   (b) 异侧并联   (c) 等效电路

图 7.4 互感线圈的并联电路

1. 互感线圈的同侧并联

在图 7.4(a)所示电路中，线圈 L_1 和 L_2 的端电压为

$$\dot{U}_1 = j\omega L_1 \dot{I}_1 + j\omega M \dot{I}_2$$
$$\dot{U}_2 = j\omega L_2 \dot{I}_2 + j\omega M \dot{I}_1$$

解上述两个方程可得

$$\dot{I}_1 = \frac{1}{j\omega(L_1 L_2 - M^2)}(L_2 \dot{U}_1 - M\dot{U}_2)$$

$$\dot{I}_2 = \frac{1}{j\omega(L_1 L_2 - M^2)}(-M\dot{U}_1 + L_1 \dot{U}_2)$$

因 $\dot{U} = \dot{U}_1 = \dot{U}_2$，则

$$\dot{I} = \dot{I}_1 + \dot{I}_2 = \frac{1}{j\omega(L_1 L_2 - M^2)}(L_2 \dot{U}_1 - M\dot{U}_2 - M\dot{U}_1 + L_1 \dot{U}_1)$$

$$= \frac{1}{j\omega}\frac{L_1 + L_2 - 2M}{L_1 L_2 - M^2}\dot{U} = \frac{1}{j\omega L}\dot{U}$$

式中

$$L = \frac{L_1 L_2 - M^2}{L_1 + L_2 - 2M} \qquad\qquad (7\text{-}10)$$

这表明，在同侧并联时，两绕组耦合电感元件的并联可以用一个自感系数为

$L = \dfrac{L_1 L_2 - M^2}{L_1 + L_2 - 2M}$ 的自感元件来等效。

2．互感线圈的异侧并联

在图 7.4(b)所示电路中，按照同样的方法，可以导出异侧并联时的耦合电感元件可以用一个自感系数为 L 的自感元件来等效。其 L 为

$$L = \frac{L_1 L_2 - M^2}{L_1 + L_2 + 2M} \tag{7-11}$$

综上所述，两绕组的耦合电感元件并联时，也可等效为一个参数为 L 的自感元件，如图 7.4(c)所示，L 的值为

$$L = \frac{L_1 L_2 - M^2}{L_1 + L_2 \mp 2M}$$

上式分母中互感系数前的负号对应于同侧并联，正号对应于异侧并联。

7.3　磁路的基本概念

7.3.1　磁路的基本物理量

1．磁路的概念

磁路和电路往往是相关联的，由物理学我们知道，电流产生磁场，通有电流的线圈内部及电流的周围存在磁场。在变压器、电动机、磁电式仪表等电工设备及仪表中，为了用较小的电流产生较强的磁场，通常把线圈绕制在由铁磁性材料制成的铁芯上。由于铁磁性材料的导磁性能比非磁性材料强得多，因此当线圈中有电流流过时，产生的磁通绝大部分沿铁芯而闭合，这部分磁通称为主磁通，用 Φ 表示；只有很小的一部分磁通沿铁芯外的空间而闭合，称为漏磁通，用 Φ_δ 表示。由于漏磁通 Φ_δ 很小，在工程应用中常可以忽略不计。

这种使主磁通集中在一定的路径内，人为地使磁通集中通过的路径，即为磁路。用于产生磁场的电流称为励磁电流，通过励磁电流的线圈称为励磁线圈或励磁绕组。

2．磁路的基本物理量

1）　磁感应强度

磁感应强度 **B** 是描述磁场内某一点磁场强弱和方向的物理量。它是一个矢量，其方向与该点处磁场线的切线方向一致，与电流的方向符合右手螺旋法则。它与处于磁场中的电流所受到的最大作用力的关系为

$$B = \frac{F}{Il}$$

在国际单位制中，磁感应强度的单位为特[斯拉](T)。磁感应强度大小相等、方向相同的磁场称为均匀磁场。

2) 磁通量

磁通量 Φ 是指通过磁场中某给定面的磁感应线的总条数。磁感应线的疏密程度可表示磁场的强弱，则 $\Phi = \int_S \vec{B} \cdot d\vec{S}$。在均匀磁场中，磁感应强度 B 与垂直于磁场方向的面积 S 的乘积即为通过该面的磁通量，即 $\Phi = BS$。则在均匀磁场中，磁感应强度也可以用与磁场垂直的单位面积的磁通来表示，即

$$B = \frac{\Phi}{S}$$

式中，Φ 为通过 S 的磁通，单位为韦[伯](Wb)。

3) 磁导率

磁导率 μ 是用来表示磁场中的物质导磁性能的物理量。由物理学我们知道，把介质放入磁场中，在磁场的作用下将产生附加磁场，使原磁场发生变化，这种现象称为磁介质的磁化。实验测得，介质在真空中的磁导率 $\mu_0 = 4\pi \times 10^{-7}\,\text{H/m}$。而其他任何一种磁介质的磁导率与真空中的磁导率的比值称为相对磁导率，用 μ_r 表示，有

$$\mu_r = \frac{\mu}{\mu_0}$$

4) 磁场强度

在外磁场的作用下，处于磁场中的物质会被磁化而产生附加磁场。不同的物质，其附加磁场的大小不同，这给分析带来不便。通常在任何磁介质中，磁场中某点的磁感应强度 B 与该点处磁介质的磁导率的比值，称为磁场强度 H。也即是从磁感应强度中去除磁介质磁化的影响因数，即

$$B = \mu H$$

因此，磁场强度 H 只与产生磁场的电流以及这些电流的分布有关，而与磁介质的磁导率无关。

7.3.2　磁性材料的磁性能

自然界的物质按磁导率的大小可分为磁性材料和非磁性材料两大类。若 $\mu_r \approx 1$，如空气 $\mu_r = 1.000003$，铜 $\mu_r = 0.99999$，则为非磁性材料；若 $\mu_r \gg 1$，如硅钢片 $\mu_r = 6000 \sim 8000$，还有如铁、钴、镍及铁氧体等材料，在磁场中磁化后，会产生很强的附加磁场，且与原磁场方向相同，使磁场显著增强，这些材料称为磁性材料。

磁性材料有如下性能。

1. 高导磁性

磁性材料的磁导率很高，μ_r 可达到 $10^2 \sim 10^4$ 数量级，因此在磁场中被磁化后会产生很强的附加磁场，使磁性材料内的磁感应强度大大加强。

由于具有高导磁性，因此在具有铁芯的线圈中通入不大的励磁电流，便可产生足够大的磁通或磁感应强度，从而解决了既要磁通大、又要励磁电流小的矛盾。

2. 磁饱和性

在磁性材料磁化的过程中，随着励磁电流的增大，外磁场和附加磁场都将增大，但当

励磁电流增大到一定值时，几乎所有的磁畴都与外磁场的方向一致，附加磁场不再随励磁电流的增大而显著增强，这种现象称为磁饱和性，如图 7.5 所示。

磁性材料的磁化特性可用磁化曲线 $B = f(H)$ 来表示，磁性材料的磁化曲线如图 7.5 所示。其中 B_0 表示在外磁场作用下如果磁场内不存在磁性材料时的磁感应强度，B_J 为磁介质磁化产生的附加磁感应强度，若把曲线 B_J 和直线 B_0 相叠加，则得到 B-H 磁化曲线。此曲线中，Oa 段 B 快速增加，近似与 H 成正比；ab 段 B 增加缓慢；b 点以后 B 几乎不增加，逐渐趋于饱和。

3．磁滞性

如果励磁电流是大小和方向随时间变化的交变电流，则磁性材料将在交变磁场中被反复磁化。磁性材料在交变磁场中被反复磁化时，磁感应强度 B 的变化滞后于磁场强度 H 的变化，这种现象称为磁滞性，如图 7.6 所示。

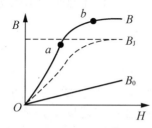

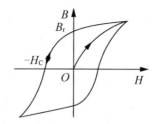

图 7.5　磁性材料磁化曲线　　　　　图 7.6　磁滞回线

由图 7.6 可见，当磁场强度 H 减小时，磁感应强度 B 并不沿着原来那条曲线回降，而是沿着一条略高的曲线缓慢下降。当 H 减小到零时，B 并不等于零而仍保留一定的磁性。这说明磁性材料内部已经排列整齐的磁畴不会完全恢复到磁化前杂乱无章的状态，这部分剩余的磁性称为剩磁，用 B_r 表示。如果要去掉剩磁，使 $B=0$，应施加一反向磁场强度$-H_c$，H_c 称为矫顽力。磁性材料在反复磁化过程中，表示 B 与 H 变化关系的封闭曲线称为磁滞回线，如图 7.6 所示。

7.3.3　磁路的欧姆定律

由物理学中的安培环路定理 $\oint \vec{B} \cdot \mathrm{d}\vec{l} = \mu \sum I_i$ 得

$$\oint \frac{\vec{B}}{\mu} \cdot \mathrm{d}\vec{l} = \sum I_i , \quad \oint \vec{H} \cdot \mathrm{d}\vec{l} = \sum I_i$$

$$Hl = NI , \quad H = \frac{NI}{l}$$

又因为 $B = \mu H$，$\Phi = BS$，可得

$$\Phi = \mu HS , \quad H = \frac{\Phi}{\mu S}$$

则有

$$\frac{\Phi}{\mu S} = \frac{NI}{l} ; \quad \Phi = \frac{NI}{l} \cdot \mu S = \frac{NI}{l/\mu S}$$

令 $F = NI$ 为磁路中的磁通势； $R_m = \dfrac{l}{\mu S}$ 为磁路中的磁阻，则有

$$\Phi = \frac{F}{R_m}$$

(7-12)

因此，在磁路中，磁通量与磁通势 F 成正比，与磁路的磁阻成反比，这称为磁路的欧姆定律。

7.4　交流铁芯线圈

把线圈绕制在铁芯上即构成了铁芯线圈。铁芯线圈分直流铁芯线圈和交流铁芯线圈两种。直流铁芯线圈由直流电来励磁，产生的磁通是恒定的，在线圈中不会感应出电动势；交流铁芯线圈由交流电来励磁，产生的磁通是交变的，在线圈中将感应出电动势。本节我们主要讨论交流铁芯线圈的电磁关系及功率损耗等。

7.4.1　电磁关系

图 7.7 所示为交流铁芯线圈电路，设线圈的匝数为 N，当铁芯线圈接上正弦交流电压 u 时，线圈中流过的励磁电流为交流电流，则磁通势将产生交变磁场和交变磁通，其绝大部分通过铁芯闭合，称为主磁通 Φ。还有很少部分通过铁芯外闭合，称为漏磁通 Φ_δ。这两种交变的磁通分别在线圈中产生主磁感应电动势 e 和漏磁感应电动势 e_δ，其方向符合右手螺旋法则，如图 7.7 所示。则其电磁关系为

$$u \to i(Ni) \quad \begin{cases} \Phi \to e = -N\dfrac{\mathrm{d}\Phi}{\mathrm{d}t} \\ \Phi_\delta \to e_\delta = -N\dfrac{\mathrm{d}\Phi_\delta}{\mathrm{d}t} \end{cases}$$

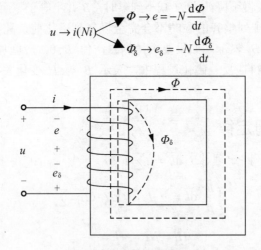

图 7.7　交流铁芯线圈电路

设线圈的电阻为 R，由基尔霍夫电压定律可得铁芯线圈的电压回路方程为

$$u - Ri + e + e_\delta = 0$$

由于线圈电阻上的电压降 Ri 及漏磁感应电动势 e_δ 都很小，与主磁感应电动势相比可以忽略不计，故上式可写为

$$u = -e$$

设主磁通 $\varPhi = \varPhi_{\mathrm{m}} \sin \omega t$ ，则

$$
\begin{aligned}
e &= -N\frac{\mathrm{d}\varPhi}{\mathrm{d}t} = -N\frac{\mathrm{d}\left(\varPhi_{\mathrm{m}}\sin\omega t\right)}{\mathrm{d}t}\\
&= -\omega N\varPhi_{\mathrm{m}}\cos\omega t\\
&= 2\pi f N\varPhi_{\mathrm{m}}\sin(\omega t - 90^{\circ})\\
&= E_{\mathrm{m}}\sin(\omega t - 90^{\circ})
\end{aligned}
$$

式中， $E_{\mathrm{m}} = 2\pi f N\varPhi_{\mathrm{m}}$ 是主磁通电动势的最大值，而有效值为

$$
E = \frac{E_{\mathrm{m}}}{\sqrt{2}} = \frac{2\pi f N\varPhi_{\mathrm{m}}}{\sqrt{2}} = 4.44 f N\varPhi_{\mathrm{m}}
$$

则有

$$
u = -e = E_{\mathrm{m}}\sin(\omega t + 90^{\circ})
$$

可见，外加电压的相位超前于铁芯中磁通 90° ，而外加电压的有效值为

$$
U \approx E = 4.44 f N\varPhi_{\mathrm{m}} \tag{7-13}
$$

式中， $\varPhi_{\mathrm{m}}$ 的单位是 Wb ， f 的单位是 Hz ， U 的单位是 V 。

从上式可以看出，在忽略线圈电阻和漏磁通的条件下，当线圈匝数 N 和电源频率 f 一定时，铁芯中的磁通最大值 $\varPhi_{\mathrm{m}}$ 与外加电压有效值 U 成正比，而与铁芯的材料及尺寸无关。也就是说，当外加电压 U 和频率 f 一定时，主磁通的最大值 $\varPhi_{\mathrm{m}}$ 基本保持不变，与磁路的磁阻无关。

7.4.2　功率损耗

交流铁芯线圈中的功率损耗包括铜损和铁损两部分。由于绕制线圈的导线本身具有电阻，当线圈电阻通过电流时，其把电源提供的能量转换为热量释放，即在电阻上产生发热损耗，称为铜损，用 ΔP_{Cu} 表示，有 $\Delta P_{\mathrm{Cu}} = I^2 R$ 。

由于交流铁芯线圈的磁通是交变磁通，因而在铁芯内还产生磁滞损耗(ΔP_{h})和涡流损耗(ΔP_{e})，这两者合称为铁损(ΔP_{Fe})。

1. 磁滞损耗

铁磁材料在交变磁场中磁化时产生的铁损称为磁滞损耗。它是由铁磁材料内部磁畴反复转向，磁畴间相互摩擦引起铁芯发热而造成的损耗。

磁滞损耗的大小与铁芯中磁感应强度最大值的平方成正比；与磁滞回线所围的面积成正比；若励磁电流的频率越高，则磁滞损耗越大。

2. 涡流损耗

当铁磁性材料在交变磁场中磁化时，将产生交变磁通，进而使铁芯内产生感应电动势和感应电流，这种感应电流称为涡流，它垂直于磁通的方向呈涡旋状环流。涡流会使铁芯发热而产生能量损耗，称为涡流损耗。

为了减少涡流，可采用双面涂有绝缘漆的硅钢片叠成铁芯，它不仅有较高的磁导率，还有较大的电阻率，可使铁芯的电阻增大，涡流减少，从而减少涡流损耗。

综上所述，交流铁芯线圈电路的功率损耗为

$$P = \Delta P_{\text{Cu}} + \Delta P_{\text{Fe}} = \Delta P_{\text{Cu}} + \Delta P_{\text{h}} + \Delta P_{\text{e}} \tag{7-14}$$

7.5　变压器的结构和工作原理

变压器是利用电磁感应原理传输电能或信号的静止器件或设备，具有变换电压、电流和阻抗的功能，在电力系统和电子电路中具有广泛的应用。

7.5.1　变压器的结构

变压器由铁芯和绕组两个基本部分组成，如图 7.8 所示。这是一个简单的双绕组变压器，在一个闭合的铁芯上套有两个绕组，绕组与绕组之间以及绕组与铁芯之间都是绝缘的。

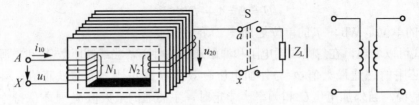

图 7.8　变压器的结构示意图及其电路符号

绕组通常用涂有绝缘漆的铜线或铝线绕成，一个绕组与电源相连，称为一次绕组，或者称为原绕组；另一个绕组与负载相连，称为二次绕组，或者称为副绕组。它们构成变压器的电路部分。

铁芯构成变压器的磁路部分，为了减少铁芯中的磁滞损耗和涡流损耗，变压器的铁芯大多采用 0.35～0.5mm 厚、两面涂有绝缘漆的硅钢片叠装而成。为了降低磁路的磁阻，一般采用交错叠装的方式，即将每层硅钢片的接缝错开。

变压器按铁芯和绕组的组合方式不同可分为心式和壳式两种，如图 7.9 所示。心式变压器的铁芯被绕组所包围，线圈绕在每个铁芯柱上，它的结构比较简单，一般电力变压器都采用心式结构；壳式变压器的铁芯包围绕组，常用于小容量变压器，如各种电子设备和仪器中常采用壳式结构。

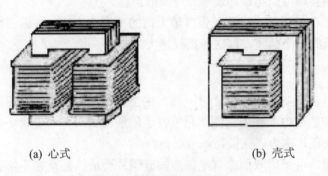

(a) 心式　　　　　　　　　　(b) 壳式

图 7.9　变压器的结构形式

7.5.2 变压器的工作原理

1. 电压变换

变压器的原绕组接交流电压 u_1，副绕组开路(不接负载)时的运行状态称为空载运行，如图 7.10 所示。这时副绕组中的电流 $i_2 = 0$，开路电压用 u_{20} 表示；原绕组通过的电流为空载电流 i_{10}，各量的参考方向如图 7.10 所示。图中 N_1 为原绕组的匝数，N_2 为副绕组的匝数。

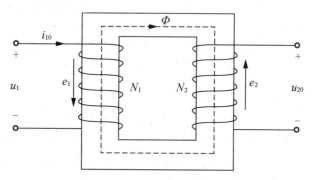

图 7.10 变压器的空载运行

由于副绕组开路，这时变压器的原绕组电路就相当于一交流铁芯线圈电路，通过的空载电流 i_{10} 就是励磁电流，且产生磁通势 $N_1 i_{10}$。此磁通势在铁芯中产生的主磁通通过闭合铁芯既穿过原绕组也穿过副绕组，于是在原、副绕组中分别感应出电动势 e_1 和 e_2。当 e_1、e_2 和 Φ 的参考方向符合右手螺旋法则时，由法拉第电磁感应定律可得

$$\left. \begin{aligned} e_1 &= -N_1 \frac{\mathrm{d}\Phi}{\mathrm{d}t} \\ e_2 &= -N_2 \frac{\mathrm{d}\Phi}{\mathrm{d}t} \end{aligned} \right\} \tag{7-15}$$

由式(7-13)可知，e_1 和 e_2 的有效值分别为

$$\left. \begin{aligned} E_1 &= 4.44 f N_1 \Phi_{\mathrm{m}} \\ E_2 &= 4.44 f N_2 \Phi_{\mathrm{m}} \end{aligned} \right\} \tag{7-16}$$

式中，f 为交流电源的频率；Φ_{m} 为主磁通的最大值。

由于铁芯线圈的电阻压降和漏磁感应电动势都很小，均可忽略不计，故原、副绕组中感应电动势 e_1 和 e_2 的有效值近似等于原、副绕组上电压的有效值，即

$$U_1 \approx E_1$$
$$U_{20} \approx E_2$$

所以可得

$$\frac{U_1}{U_{20}} \approx \frac{E_1}{E_2} = \frac{4.44 f N_1 \Phi_{\mathrm{m}}}{4.44 f N_2 \Phi_{\mathrm{m}}} = \frac{N_1}{N_2} = K \tag{7-17}$$

式中，K 称为变压器的变比。可见，变压器原、副绕组上的电压必等于两者的匝数比。当 $K > 1$ 时为降压变压器，$K < 1$ 时为升压变压器。

2. 电流变换

变压器的原绕组接交流电压 u_1，副绕组接负载，变压器向负载供电，称为变压器负载运行，如图 7.11 所示。

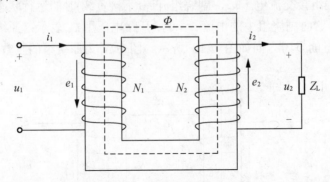

图 7.11 变压器的负载运行

如果副绕组接上负载，铁芯中交变主磁通在副绕组上的感应电动势 e_2 将在副绕组电路中产生电流 i_2。这时原绕组的电流由 i_{10} 增大到 i_1，如图 7.11 所示。副绕组的电流 i_2 越大，原绕组的电流 i_1 也就越大。

由于副绕组电流 i_2 产生的磁通势 $N_2 i_2$ 也要在铁芯中产生磁通，即这时变压器的主磁通由原、副绕组的磁通势共同产生。由楞次定律可知，磁通势 $N_2 i_2$ 对主磁通的作用是反抗主磁通的变化，而当电源电压 U_1 及频率 f 不变时，由式(7-13)可知，主磁通基本保持不变。因此，随着电流 i_2 的出现，原绕组电流由 i_{10} 增大到 i_1，磁通势由 $N_1 i_{10}$ 增大到 $N_1 i_1$，以抵消副绕组磁通势 $N_2 i_2$ 的作用。也就是说，变压器负载运行时的总磁通势与空载运行时的磁通势基本相等，即

$$N_1 i_1 + N_2 i_2 = N_1 i_{10} \tag{7-18}$$

用相量形式表示为

$$N_1 \dot{I}_1 + N_2 \dot{I}_2 = N_1 \dot{I}_{10} \tag{7-19}$$

这一关系式称为变压器的磁通势平衡方程式。

由于空载电流较小，一般不到额定电流的10%，因此当变压器额定运行时，若忽略空载电流，可以认为

$$N_1 \dot{I}_1 \approx -N_2 \dot{I}_2 \tag{7-20}$$

由上式可得变压器原、副绕组电流的有效值关系为

$$\frac{I_1}{I_2} \approx \frac{N_2}{N_1} = \frac{1}{K} \tag{7-21}$$

上式说明，变压器在负载运行时，其原绕组与副绕组电流的有效值之比近似等于它们匝数比的倒数，这就是变压器的电流变换作用。

从电路看，变压器原、副绕组之间没有电的直接联系，电能之所以能传送到副绕组，是通过主磁通作为媒介的。因而，变压器的工作过程实际是能量或信号的传递和转换过程，是由电能转换为磁能再转化为电能的过程。

例 7.1 已知某变压器 $N_1 = 1000$，$N_2 = 200$，$U_1 = 200\text{V}$，$I_2 = 10\text{A}$。若为纯电阻负

载，且漏磁和损耗忽略不计。求 U_2、I_1、输入功率 P_1 和输出功率 P_2。

解：因为
$$K = \frac{N_1}{N_2} = 5$$

所以

$$U_2 = \frac{U_1}{K} = 40\text{V} \;, \quad I_1 = \frac{I_2}{K} = 2\text{A}$$

输入、输出功率分别为

$$P_1 = U_1 I_1 = 400\text{W} \;, \quad P_2 = U_2 I_2 = 400\text{W}$$

3. 阻抗变换

变压器除了具有变换电压和电流的作用外，还有变换阻抗的作用，以实现阻抗匹配。如图 7.12(a)所示的变压器原绕组接电源电压 u_1，副绕组接负载阻抗 $|Z_L|$。我们知道变压器的原、副绕组只有磁的耦合，没有电的直接联系，但实际上原绕组的电流 i_1 会随着负载阻抗 Z_L 的大小而变化。对于电源来说，图中点画线框内的电路可以用另一个阻抗 $|Z'_L|$ 来等效代替，如图 7.12(b)所示。这个阻抗能反映副边负载阻抗 Z_L 发生变化时对原绕组电流 i_1 的影响。所谓等效，就是它们从电源吸取的电流和功率相等。

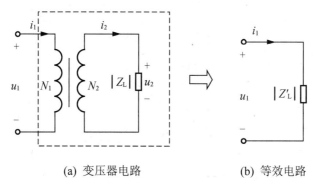

(a) 变压器电路   (b) 等效电路

图 7.12 变压器的阻抗变换

当忽略变压器的损耗和漏磁时，有

$$I_2 = \frac{U_2}{|Z_L|}$$

从原边看过去，其阻抗为

$$|Z'_L| = \frac{U_1}{I_1} = \frac{KU_2}{\frac{1}{K}I_2} = K^2 \frac{U_2}{I_2} = K^2 |Z_L| \tag{7-22}$$

上式说明，在变比为 K 的变压器副边接阻抗为 $|Z_L|$ 的负载，相当于在电源上直接接一个阻抗 $|Z'_L| = K^2 |Z_L|$。也就是说，接到副绕组的阻抗 $|Z_L|$，反映到原绕组电路中其等效阻抗增大了 K^2 倍。通过选择适合的变比 K，可把实际负载阻抗变换为所需要的数值，这就是变压器的阻抗变换作用。

在电子电路中，为了提高信号的传输功率，常用变压器将负载阻抗变换为适当的数值，称为阻抗匹配。

例 7.2 某交流信号源的电压 $U_S = 120\text{V}$，内阻 $R_0 = 800\Omega$，负载电阻 $R_L = 8\Omega$。试求：

(1) 将负载与信号源直接相连，信号源输出多大功率？

(2) 若要信号源输给负载的功率达到最大，用变压器进行阻抗变换，则变压器的匝数比应选多少？阻抗变换后信号源输出功率多大？

解： (1) 负载直接与信号源相连，如图 7.13(a)所示，其输出功率为

$$P = I^2 R_L = \left(\frac{U_S}{R_0 + R_L}\right)^2 R_L$$

$$= \left(\frac{120}{800 + 8}\right)^2 \times 8\text{W} = 0.176\text{W}$$

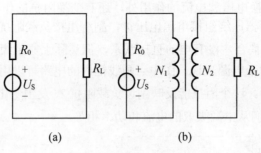

(a)   (b)

图 7.13 例 7.2 电路

(2) 变压器把负载 R_L 变换为等效阻抗，有

$$R_L' = R_0 = 800\Omega$$

所以变压器的匝数比为

$$\frac{N_1}{N_2} = \sqrt{\frac{R_L'}{R_L}} = \sqrt{\frac{800}{8}} = 10$$

此时，信号源输出功率为

$$P = R_L' I^2 = 800 \times \left(\frac{120}{800 + 800}\right)^2 \text{W} = 4.5\text{W}$$

7.6 变压器的额定值和运行特性

7.6.1 变压器的额定值

为了保障变压器安全、可靠、合理运行，生产厂家为用户提供了变压器正常运行的容许工作数据，称为额定值。额定值通常标注在铭牌和说明书上，用下标 N 表示，如额定电压 U_N、额定电流 I_N、额定功率 P_N 等。

1. 额定电压 U_{1N}、U_{2N}

原绕组额定电压 U_{1N} 是根据变压器的绝缘强度和允许温升所规定的应加在原绕组上的正常工作电压的有效值。

新世纪高职高专课程与实训系列教材

副绕组额定电压 U_{2N}，在电力系统中是指原绕组加额定电压 U_{1N}，副绕组空载时输出电压的有效值；在仪器仪表中通常是指原绕组加额定电压 U_{1N}，副绕组接额定负载时输出电压的有效值。

2. 额定电流 I_{1N}、I_{2N}

额定电流是指变压器长期工作时，根据其允许温升而规定的正常工作时原、副绕组所允许通过的最大电流的有效值。

3. 额定容量 S_N

变压器的额定容量 S_N 是指变压器副绕组额定电压 U_{2N} 和额定电流 I_{2N} 的乘积，即副绕组的额定视在功率，有

$$S_N = U_{2N}I_{2N} \tag{7-23}$$

额定容量反映了变压器所能传递电功率的能力，但变压器实际使用时输出功率取决于负载的大小和性质。例如某额定容量为 $S_N = 1000\text{kV·A}$ 的变压器，如果负载的功率因数为 1，它能输出的最大有功功率为 1000kW；如果负载的功率因数为 0.7，则它能输出的最大有功功率 $P = 1000 \times 0.7\text{kW} = 700\text{kW}$。

4. 额定频率 f_N

额定频率 f_N 是指变压器应接入的电源频率。我国电力系统的标准频率为 50Hz。

7.6.2　变压器的外特性

7.5 节分析了变压器的工作原理，但我们忽略了原、副绕组中的电阻及漏磁通产生的漏磁感应电动势对变压器的影响。实际上在变压器运行中，对于用户来说，变压器的副绕组相当于电源。在原绕组外加电压不变的条件下，输出电流 I_2 增大时，变压器绕组本身的电阻压降及漏磁感应电动势将增大，从而使副绕组的输出电压 U_2 降低。

在电源电压 U_1 以及负载功率因数不变的条件下，副绕组的端电压 U_2 随副绕组输出电流 I_2 变化的关系 $U_2 = f(I_2)$ 称为变压器的外特性，其变化特性如图 7.14 所示。

变压器外特性变化的程度可用电压变化率 $\Delta U\%$ 表示，即变压器的电压变化率是指变压器由空载到满载时，副绕组端电压的变化率，其表达式为

$$\Delta U\% = \frac{U_{20} - U_{2N}}{U_{20}} \times 100\% \tag{7-24}$$

电压变化率表述了变压器运行时输出电压的稳定性，是变压器主要的性能指标之一，电力变压器的电压变化率一般在 5% 左右。

7.6.3　变压器的损耗和效率

变压器在传输电能的过程中，原、副绕组和铁芯都要损耗一部分功率，即绕组的铜损 $\Delta P_{Cu} = I_1^2 R_1 + I_2^2 R_2$ 和铁损 $\Delta P_{Fe} = \Delta P_h + \Delta P_e$（磁滞损耗和涡流损耗），所以变压器输出功率将略小于输入功率。

输出功率 P_2 与输入功率 P_1 之比称为变压器的效率，通常用百分数表示为

$$\eta = \frac{P_2}{P_1} \times 100\% = \frac{P_2}{P_2 + \Delta P_{Cu} + \Delta P_{Fe}} \times 100\% \tag{7-25}$$

由上式可知，变压器的效率与负载有关。空载时，$P_2 = 0$，但 $\Delta P_{Cu} \neq 0$，$\Delta P_{Fe} \neq 0$，故有 $\eta = 0$。随着负载的增加，开始时 η 增大，但后来因铜损增加很快，η 反而有所减小，其效率与负载电流 I_2 的关系如图 7.15 所示。

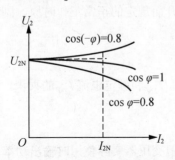

图 7.14　变压器的外特性

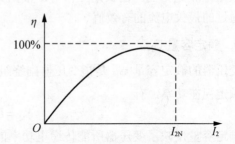

图 7.15　变压器效率与负载的关系

因为变压器没有转动部分，也就没有机械摩擦损耗，因此其效率很高。由变压器的效率曲线可知，在额定负载70%左右，其效率达到最大值。小型变压器的效率一般为 60%～90%，大型电力变压器的效率可达 96%～99%。

例 7.3　有一单相变压器，$U_1 = 220V$，$f = 50Hz$，空载时 $U_{20} = 126V$，$I_{10} = 1A$，一次绕组输入功率 $P_0 = 60W$；二次绕组接电阻性额定负载时，$I_1 = 8.2A$，$I_2 = 16A$，$U_2 = 120V$，一次绕组输入功率 $P_1 = 2000W$。试求：

(1) 变压器的电压比。

(2) 电压变化率。

(3) 效率、铜损耗 ΔP_{Cu} 及铁损耗 ΔP_{Fe}。

解：(1)　电压比为

$$K = \frac{U_1}{U_{20}} = \frac{220}{126} = 1.75$$

(2)　电压变化率为

$$\Delta U\% = \frac{U_{20} - U_2}{U_{20}} \times 100\% = \frac{126 - 120}{126} \times 100\% = 4.8\%$$

(3)　效率为

$$\eta = \frac{P_2}{P_1} \times 100\% = \frac{U_2 I_2}{P_1} \times 100\% = \frac{120 \times 16}{2000} \times 100\% = 96\%$$

铁损耗为　　　$\Delta P_{Fe} \approx P_0 = 60W$

铜损耗为　　　$\Delta P_{Cu} = P_1 - P_2 - \Delta P_{Fe} = 2000 - 120 \times 16 - 60 = 20W$

7.7　特殊变压器

变压器的种类很多，在实际应用中有各种不同类型的变压器，它们的基本工作原理是相同的，但是也都有着自己各自的特点。

7.7.1　自耦变压器

1．结构特点

一般变压器的原、副绕组是分开的，通常没有电的联系。自耦变压器却只有一个绕组，其中高压绕组的一部分兼作低压绕组，因此，高、低压绕组不但有磁的联系还有电的联系，如图 7.16 所示。

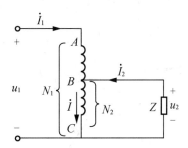

图 7.16　自耦变压器的结构示意图

2．工作原理

当原绕组接交流电压 U_1 后，铁芯内产生交变磁通，忽略绕组的电阻和漏磁，则有

$$\frac{U_1}{U_2} \approx \frac{E_1}{E_2} = \frac{N_1}{N_2} = K$$

式中，K 为自耦变压器的变比。自耦变压器的原、副绕组的电压关系与普通变压器相同。

当自耦变压器的副绕组接上负载，则有电流 I_2 输出，与普通变压器相同，其磁通势的平衡方程为

$$(N_1 - N_2)\dot{I}_1 + N_2\dot{I} = N_1\dot{I}_{10} \tag{7-26}$$

式中，$(N_1 - N_2)\dot{I}_1$ 是 AB 段绕组产生的磁通势；$N_2\dot{I}$ 是 BC 公共段绕组产生的磁通势，$\dot{I} = \dot{I}_1 + \dot{I}_2$；$N_1\dot{I}_{10}$ 是空载磁通势。

由于 $\dot{I}_{10}$ 很小，$N_1\dot{I}_{10}$ 可忽略，则有

$$(N_1 - N_2)\dot{I}_1 + N_2\dot{I}_2 = 0$$
$$N_1\dot{I}_1 + N_2\dot{I}_2 = 0 \tag{7-27}$$

或

$$\dot{I}_1 = -\frac{N_2}{N_1}\dot{I}_1 = -\frac{1}{K}\dot{I}_2 \tag{7-28}$$

上式表明自耦变压器原、副绕组的电流大小与线圈匝数成反比，相位相差 180°。实际上公共绕组中的电流大小等于原、副绕组电流之差，所以公共绕组中的电流较小，它使用的导线相对可以选得细一些。

3．自耦变压器的特点

自耦变压器的优点是：结构简单，节省材料，效率高。但这些优点只有在变压器变比不大的情况才有意义。

自耦变压器的缺点是：副绕组与原绕组有电的联系，不能用于变比较大的场合。这是因为当副绕组断开时，高压就容易串入低压网络而发生事故。

7.7.2 电焊变压器

交流弧焊机实质上是一种特殊的降压变压器，因此也称为电焊变压器。普通变压器漏磁小，负载电流变化时，副边电压变化不大，如图 7.17 中的曲线 a 所示。电焊变压器是一种特殊变压器，它是一种双绕组变压器，其结构特点是在副绕组电路中串联一个可变电抗器，如图 7.18 所示。

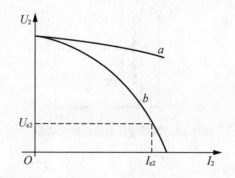

图 7.17   普通变压器和电焊变压器的外特性

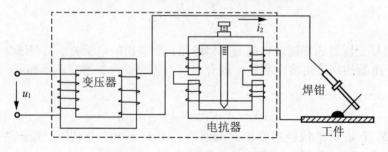

图 7.18   电焊变压器的原理示意图

电焊变压器在空载时，要求有足够的引弧电压(约 60~80V)，而电弧形成后，输出电压应迅速降低。变压器带负载运行时，副绕组输出电压应迅速下降(约 30V)，即使副边短路(焊条碰在工件上)，副边电流也不应过大，即电焊变压器应具有陡峭的外特性，如图 7.17 中的曲线 b 所示。这样，当电弧电压变化时，焊接电流变化并不显著，电焊就稳定。为了得到这种外特性，就要人为增加它的漏磁通。因此，电焊变压器的原、副绕组不是同心地套装在一起，而是分装在两个铁芯柱上。为了适应不同的焊件和不同规格的焊条，焊接电流的大小应能随时调节。如图 7.18 所示的副绕组电路中，我们串接了一个铁芯电抗器，通过改变电抗可以调节电流。

7.7.3 电流互感器

电流互感器是利用变压器的电流变换作用，将大电流变换为小电流的升压变压器，如图 7.19 所示。它的原绕组导线较粗，通常只有一匝或几匝，串联在被测电路中；副绕组匝数较多，导线较细，与电流表或功率表的电流线圈连接。

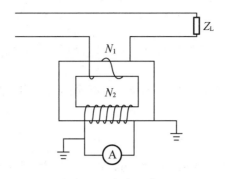

图 7.19　电流互感器

根据变压器的电流变换原理可得

$$\frac{I_1}{I_2} \approx \frac{N_2}{N_1} = K_i \qquad (7\text{-}29)$$

或

$$I_1 = K_i I_2 \qquad (7\text{-}30)$$

式中，K_i 称为电流互感器的电流比。通常电流互感器副绕组的额定电流设计成标准值 5A 或 1A。如电流互感器额定电流等级为 500/5A，即原绕组电流为 500A 时，副绕组电流为 5A。

由于电流表或功率表的电流线圈电阻很小，所以电流互感器正常工作时的副绕组相当于短路状态。在使用电流互感器时，副绕组电路不允许开路。因为正常工作时原、副绕组磁通势 $N_1 I_1$ 和 $N_2 I_2$ 相抵消后，铁芯工作磁通很小。而原绕组与负载串联，其电流 I_1 的大小取决于负载的大小，而不取决于副绕组电流 I_2。若副绕组开路，铁芯内的磁通完全由原绕组的磁通势 $N_1 I_1$ 产生，使铁芯磁通剧增，铁损剧增加，铁芯严重发热，导致绕组绝缘损坏。同时也将使副绕组的感应电动势很高，危及人身和设备安全。因此，副绕组接线一定要牢靠和接触良好，不允许串接熔断器及开关。

此外，在使用电流互感器时，铁芯和副绕组的一段必须接地，以防止原、副绕组绝缘损坏时，原绕组的高压串入副绕组，危及人身安全。

7.8　工作实训营

7.8.1　训练实例 1

1．训练内容

电感线圈参数的测量。

2．训练目的

(1) 学会单臂电桥的使用方法。

(2) 掌握功率表的接线及使用方法。

(3) 掌握电感参数的测量原理。

3．训练要点

(1) 单臂电桥必须按感性电阻测量的操作方法操作，即先按"B"，再按"G"，测量完后的操作相反。

(2) 测量时如果检流计指针指不到零位，可能是因为倍率挡选错。

4．实训过程

1) 实训准备

(1) 功率表(电压量程为 150V、300V、600V，电流量程为 0.5A、1A)，1 只。

(2) 电感线圈(选用 20W 镇流器)，1 台。

(3) 电压表(0~450V)，2 只。

(4) 电流表(0~300 mA)，2 只。

(5) 单臂电桥，1 块。

(6) 万用表，1 只。

(7) 白炽灯(220V，15W)，1 只。

(8) 实训板，1 块。

2) 实训内容与步骤

(1) 用万用表欧姆挡粗测白炽灯、电感线圈的直流电阻，填入表 7.1 中。

(2) 用单臂电桥精测电感线圈的直流电阻，填入表 7.1 中。

表 7.1　直流电阻的测量

测 试 项	电感线圈	白 炽 灯
用万用表测量		
用单臂电桥测量		

(3) 将功率表电压线圈与电流表标有"＊"的端连接在一起，接入电流表。按图 7.20 所示连接电路。

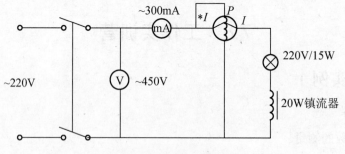

图 7.20　接线原理图

(4) 计算每格瓦数：根据功率表所选择的电压量程和电流量程，按式(7-31)计算每格瓦数 C。

$$C = U_N \times I_N / am \tag{7-31}$$

式中，am 为表盘满刻度的分格数。

根据每格瓦数 C 和功率表指示格数，计算出实际功率。

(5) 通电测量，读取电流表、电压表及功率表的读数，读数填入表 7.2 中；再计算出电感量和功率因数。

表 7.2　电路 U、I、P 测量数据表

测量数据			计算结果数据	
U	I	P	L	$\cos\varphi$

7.8.2　训练实例 2

1. 训练内容

单相变压器特性的检测。

2. 训练目的

(1) 学会判断绕组的同名端。
(2) 学会测定变压器的变压比及空载损耗。
(3) 学习变压器外特性测试方法。

3. 训练要点

(1) 调压器在使用前要归零，然后才可以接通电源，并用电压表监测调压器输出电压，防止电压过高而损坏设备。
(2) 变压器空载测试及负载测试时，原边为低电压，副边为高电压；变压器短路测试时，原边为高电压，副边为低电压。

4. 实训过程

1) 实训准备
(1) 调压器，1 台。
(2) 单相变压器，1 台。
(3) 交流电压表(0～450V)，2 只。
(4) 交流电流表(0～5A)，2 只。
(5) 单相功率表，1 只。
(6) 白炽灯(220V，15W)，5 只。
2) 实训内容与步骤
(1) 同名端的判断。

电路如图 7.21 所示，将两个绕组 N_1 和 N_2 的任意两端(如 2、4 端)连在一起，在其中的一个绕组(如 N_1)两端加一个低电压，另一绕组(如 N_2)开路，用交流电压表分别测出端电压 U_{13}、U_{12} 和 U_{34}。若 U_{13} 是两个绕组端压之差，则 1、3 是同名端；若 U_{13} 是两绕组端电压

之和，则 1、4 是同名端。

(2) 变压器空载实验测定变比及空载损耗。

按图 7.22 所示电路接线，先找出变压器的高压边和低压边，A、X 为变压器的低压绕组，a、x 为变压器的高压绕组。高压绕组开路，低压绕组接自耦变压器。

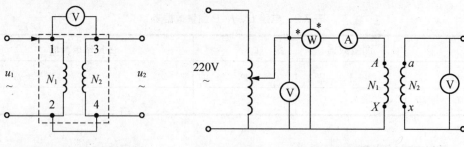

图 7.21 同名端的判断   图 7.22 变压器空载测量电路

将调压器手柄置于输出电压为 0 的位置(逆时针旋到底)，然后合上电源开关，调节调压器，使其输出电压从零逐次上升到 1.2 倍的额定电压(1.2×36V)，分别记下各次测得的 U_1、U_{20}、I_{10} 和 P_{10} 数据，将数据填入表 7.3 中。

表 7.3 变压器空载实验数据

测 试 项	1	2	3	4	5	6
U_1/V						
I_{10}/A						
U_{20}/V						
P_{10}/W						

(3) 变压器负载实验测量外特性。

按图 7.23 所示电路接线，保持电压 $U_1 = 36V$ 不变，逐次增加接入负载灯泡，分别测量原、副边电流 I_1、I_2，副边电压 U_2，及输入功率 P_1，将相应测试数据填入表 7.4 中。计算变压器满载效率 η，并画出外特性曲线。

表 7.4 变压器负载实验数据

负载情况	U_2/V	I_1/A	I_2/A	P_1/W
1 只白炽灯				
2 只白炽灯				
2 只白炽灯				

(4) 变压器短路。

按图 7.24 所示电路接线，变压器的高压绕组接自耦调压器(务必使调压器先调整到输出为零)，低压绕组用粗线短接，接通电源，调节调压器缓慢增加输入电压，使原边电流达到原边额定电流(0.45A)，测量原边电流 I_1、电压 U_1 及输入功率 P，并计算原边等效阻抗，将相应测量数据填入表 7.5 中。

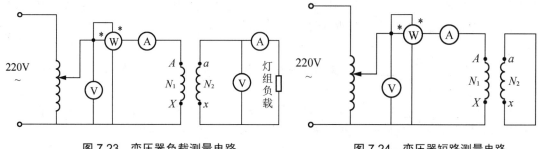

图 7.23 变压器负载测量电路　　　　　　图 7.24 变压器短路测量电路

表 7.5 变压器短路实验数据

短路实验	U_1/V	I_1/A	P_1/W	Z/Ω

7.8.3 工作实践常见问题解析

【问题 1】电力变压器在运行中有"嗡嗡"声时，是否正常？是为什么？变压器声音异常可能是什么原因造成的呢？

【答】正常。变压器正常运行时，一般有均匀的"嗡嗡"声，这是由于交变磁通引起铁芯振动而发出的声音，因而是正常的声音。如果运行中还有其他声音，则属于声音异常，应注意查找引起声音异常的故障原因，具体如下。

(1) 当有大容量的动力设备启动时，负载变化大，使变压器声音增大。如变压器带有电弧炉、晶闸管整流器等负载时，由于有谐波分量，所以变压器声音也会变大。

(2) 过负载会使变压器发出很高而且沉重的"嗡嗡"声。

(3) 个别零件松动，如铁芯的穿芯螺丝夹得不紧，使铁芯松动，变压器就会发出强烈而不均匀的噪声。

(4) 内部接触不良，或绝缘有击穿，变压器会发出放电的"噼啪"声。

(5) 系统短路或接地，通过很大的短路电流，会使变压器有很大的噪声。

(6) 系统发生铁磁谐振时，变压器会发出粗细不均匀的噪声。

【问题 2】变压器在工程实际应用中常常会遇到哪些故障原因？

【答】变压器按故障的原因，一般分为电路故障和磁路故障。电路故障主要指线环和引线故障等，常见的有绕组的老化、受潮，切换器接触不良，材料质量及制造工艺不良，过电压冲击及二次系统短路引起的故障等。磁路故障一般指铁芯、轭铁及夹件间发生的故障，常见的有硅钢片短路、穿心螺丝及轭铁夹件与铁芯间的绝缘损坏，以及铁芯接地不良引起的放电等。

7.9 习　　题

1. 将铁芯线圈接在直流电源上，当铁芯截面积增大，其他条件不变时，铁芯中的电

流 I_____，磁通 φ_____；当线圈匝数增加，导线电阻及其他条件不变时，铁芯中的电流 I_____，磁通 φ_____；当电源电压降低，其他条件不变时，铁芯中的电流 I_____，磁通 φ_____。

2. 变压器的铁芯用_____叠成能减少磁滞损耗和_____，如果用整块的铁芯则会因_____而发热。

3. 变压器是利用_____原理的电气设备，_____用来变换直流电压。如果将变压器接到与它的额定电压相同的直流电源上，则会因_____而烧毁。

4. 有一交流铁芯线圈接在 200V 正弦交流电源上，线圈的匝数为 1000 匝，铁芯截面积为 20cm^2，求磁通最大值和磁感应强度的最大值各是多少？若此铁芯上再套一个匝数为 200 匝的线圈，则此线圈开路时的电压为多少？

5. 有一铁芯线圈的导线电阻为 4Ω，当它接到某正弦交流电源时测得电流为 2A、功率为 80W。求线圈的铁损。

6. 已知某单相变压器额定容量为 $500\text{V}\cdot\text{A}$，额定电压为 $220\text{V}/50\text{V}$，求原、副绕组的额定电流各为多少？

7. 已知一信号源的电压为 $U_S = 12\text{V}$，内阻 $R_0 = 1\text{k}\Omega$，通过一变比 $K = 10$ 的变压器向 $R_L = 8\Omega$ 的负载传递信号。求负载上的电压 U_2。

8. 已知信号源的交流电动势为 $E = 2.4\text{V}$，内阻为 $R_0 = 600\Omega$，通过变压器使信号源与负载完全匹配，若这时负载电阻的电流为 $I_L = 4\text{mA}$，则负载电阻应为多大？

9. 某机修车间的单相行灯变压器，原绕组的额定电压为 220V，额定电流为 4.55A，副绕组的额定电压为 36V。试求副绕组侧可接 36V、60W 的白炽灯多少盏？

10. 一台单相变压器原绕组的额定电压 $U_{1N} = 4000\text{V}$，副绕组开路时的电压 $U_{20} = 230\text{V}$。当副绕组接入电阻性负载并达到满载时，副绕组电流 $I_2 = 40\text{A}$，此时 $U_2 = 220\text{V}$。若变压器的效率为 $\eta = 88\%$，求变压器原绕组的电流 I_1、功率损耗 ΔP 及电压变化率 ΔU。

第 8 章　异步电动机及其控制

【教学目标】

- 了解三相异步电动机的旋转磁场和转差率的概念。
- 熟悉三相异步电动机的电磁转矩和机械特性。
- 了解常用低压电器的结构、工作原理。
- 学会三相异步电动机的启动、调速和制动方法。
- 掌握三相异步电动机的基本控制电路。

【工程应用导航】

本章首先介绍了三相异步电动机的结构和工作原理，阐述了三相异步电动机的转矩特性、机械特性和运行特性；然后简要介绍了三相异步电动机的铭牌数据及电动机的选择使用，阐述了三相异步电动机的启动、调速和制动；最后介绍了常用控制电器及利用常用控制电器组成的电气控制电路。

在生产生活实际中，常常需要涉及电动机的选择和使用，通过对三相异步电动机的机械特性、运行特性、铭牌数据和选择使用的了解，有利于实际应用中对电动机的选择。同时，通过基本控制电路的分析和设计，便于掌握实际控制电路的设计和应用。

【引导问题】

(1) 你知道生产生活中各种电动机是如何旋转的吗？电动机转速与哪些因素有关？
(2) 你了解异步电动机的性能吗？即电动机的运行、启动和制动的性能如何？
(3) 电动机有各种不同的运行方式如正转、反转、点动、限位控制等，如何实现？
(4) 实现电动机的各种不同控制方式时，通常需要用到哪些控制电器？
(5) 你知道在使用过程中，应如何选择电动机吗？

8.1　三相异步电动机的结构和工作原理

电动机是根据电磁原理把电能转换为机械能的旋转机械。由于现代生产过程的机械化和电气化，各种生产机械广泛采用电动机驱动，从而大大提高了生产率和产品质量，且方便地实现了自动控制和远距离的操作，减轻了繁重的体力劳动。

电动机分为交流电动机和直流电动机两类，其中，交流电动机按照转子和旋转磁场的转速是否同步又分为交流同步电动机和交流异步电动机，交流异步电动机还包括单相和三相两类。三相异步电动机是现代生产中应用最多的能量转换设备，本章主要介绍三相异步电动机的基本结构、工作原理、机械特性和基本应用。

8.1.1　三相异步电动机的结构

三相异步电动机由静止的定子和转动的转子两大部分组成。定子和转子之间有一个

0.2～2mm 的气隙。图 8.1 所示为三相异步电动机的外形和内部结构图。

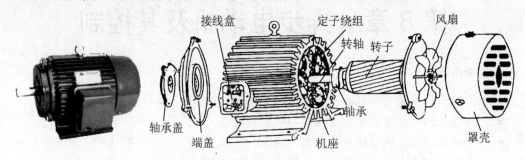

图 8.1　三相异步电动机的外形和结构

1. 定子

三相异步电动机的定子由定子铁芯、定子绕组和机座三部分组成。

定子铁芯是磁路的一部分，为了降低铁芯的磁滞损耗，采用 0.5mm 厚、双面涂绝缘漆的硅钢片经冲制、叠压而成。铁芯内圆周分布有若干均匀分布的内槽，用以嵌放定子绕组。

定子绕组是电机的定子电路部分，中小型电动机一般采用漆包线绕制，共分三组，分布在定子铁芯槽内，它们在定子内圆周空间的排列彼此相隔 120°，构成对称的三相绕组。绕组线圈与铁芯槽壁之间有绝缘纸，以免电机运行时绕组对铁芯出现击穿或短路故障。

机座的作用是固定和支撑定子铁芯和绕组，并固定电机。因此，需要有足够的机械强度和刚度，此外还要考虑通风散热的需要。中小型异步电动机一般采用铸铁机座，大型电机一般采用钢板焊接机座。端盖多采用铸铁制成，用螺栓固定在机座两端。

2. 转子

交流电动机的转子由转子铁芯、转子绕组和转轴组成，用来产生旋转力矩以拖动生产机械。

转子铁芯也是电机磁路的一部分，一般也是由 0.5mm 厚的硅钢片经冲制、叠压而成，如图 8.2(a)所示。中小型电机的转子铁芯套在转轴上，大型电机的转子则固定在转子支架上。在转子铁芯的外圆周开有许多槽，用以嵌放或浇铸转子绕组。

　　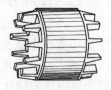

(a) 转子铁芯　　　　(b) 鼠笼式转子　　　(c) 铸铝转子

图 8.2　转子

转子绕组是转子的电路部分，其作用是通过它内部的感生电流或外加电流产生电磁转矩。其结构形式有鼠笼式和绕线式两种。鼠笼式转子的绕组结构与定子绕组不同，它在转子铁芯外圆的每个槽内放一根导条，在铁芯两端用两个短路环把所有的导条连接起来，形成自行闭合的回路。如果去掉铁芯，整个绕组的形状就像一个松鼠笼，所以叫鼠笼式转子，如图 8.2(b)所示。

导条与端环的材料可用铜和铝。如果是用铜的，就是事先把做好的裸铜条插入转子铁芯槽中，再用铜端环套在铜条两端，并用铜焊或银焊把它们焊在一起。100kW 以下的电机一般采用铸铝转子，用熔化了的铝液直接浇铸在转子铁芯槽内，连同端环以及风叶等一次铸成，如图 8.2(c)所示。

绕线式转子绕组与定子绕组相似，在转子铁芯槽内嵌放对称的三相绕组，作星形连接。绕组的三根引出线分别接到装在转子一端轴上的三个集电环上，再由三组电刷引出。其优点是可以通过集电环和电刷给转子电路串入附加阻抗，以改善电动机的启动或调速性能，如图 8.3 所示。

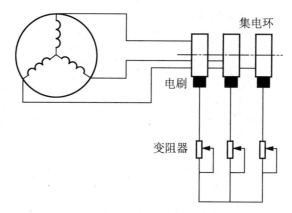

图 8.3　绕线式转子及外接变阻器的连接

8.1.2　三相异步电动机的工作原理

三相异步电动机是利用定子绕组中三相电流所产生的旋转磁场与转子绕组内的感应电流相互作用而产生电磁力和电磁转矩的。因而，我们在研究三相异步电动机的工作原理前应先分析旋转磁场的产生和特点。

1．定子的旋转磁场

1)　旋转磁场的产生

若异步电动机的三相定子绕组 U_1U_2、V_1V_2 和 W_1W_2 是三个相同的绕组，它们被放在定子铁芯的槽内，在空间的位置彼此相差 120°，并作星形连接，如图 8.4 所示。当定子绕组的三个首端 U_1、V_1 和 W_1 分别与三相交流电源 L_1、L_2 和 L_3 连接时，定子绕组中便有对称的三相电流 i_1、i_2 和 i_3 流过。

若电源电压的相序为 $U–V–W$，电流的参考方向为从首端 U_1、V_1 和 W_1 流入，从末端 U_2、V_2 和 W_2 流出，其三相电流为

$$i_1 = I_m \sin \omega t，\quad i_2 = I_m \sin(\omega t - 120°)，\quad i_3 = I_m \sin(\omega t - 240°)$$

电流波形如图 8.5 所示。由于电流 i_1、i_2 和 i_3 随时间变化，所以电流流过线圈时产生的旋转磁场分布情况也随时间变化。

(1) 当 $\omega t = 0$ 时，$i_1 = 0$，$i_2 < 0$ 表示电流自末端 V_2 流入，从首端 V_1 流出；$i_3 > 0$ 表示电流从首端 W_1 流入，从末端 W_2 流出。电流产生的磁场如图 8.6(a)所示。

(2) 当 $\omega t = 120°$ 时，$i_1 > 0$ 表示电流自首端 U_1 流入，从末端 U_2 流出，$i_2 = 0$，$i_3 < 0$ 表

示电流从末端 W_2 流入，从首端 W_1 流出。电流产生的磁场如图 8.6(b)所示。

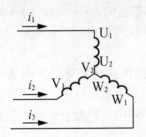
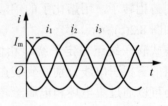

图 8.4　三相定子绕组的连接　　　　图 8.5　三相对称电流

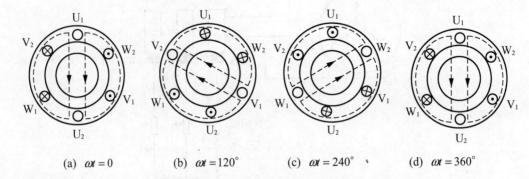

(a)　$\omega t = 0$　　(b)　$\omega t = 120°$　　(c)　$\omega t = 240°$　　(d)　$\omega t = 360°$

图 8.6　两磁极旋转磁场示意图

(3)　当 $\omega t = 240°$ 时，$i_1 < 0$ 表示电流自末端 U_2 流入，从首端 U_1 流出，$i_2 > 0$ 表示电流从首端 V_1 流入，从末端 V_2 流出，$i_3 = 0$。电流产生的磁场如图 8.6(c)所示。

(4)　当 $\omega t = 360°$ 时，与 $\omega t = 0$ 时相同，如图 8.6(d)所示，这样电流所产生的磁场旋转了一周。

由此可以看出，当三相绕组通入三相交流电流时，将产生旋转磁场。

2)　旋转磁场的方向

由图 8.5 中可以看出 U 相绕组内的电流 i_1 的相位超前 V 相绕组内的电流 i_2 的相位 120°，而 V 相绕组内的电流 i_2 的相位又超前 W 相绕组内的电流 i_3 的相位 120°；同时，我们在图 8.6 中可以看到旋转磁场的旋转方向是 U→V→W，即旋转磁场的旋转方向与三相电流的相序一致。或者说，旋转磁场的方向由三相电流的相序决定。如改变三相电流的相序(即把定子绕组中接到电源的三根导线中的任意两根对换)，则旋转磁场的方向也随之改变。

3)　异步电动机的磁极数及旋转磁场转速

异步电动机的磁极数就是旋转磁场的磁极数，它决定于定子绕组，如果每相绕组只有一个线圈，彼此在空间内相差 120° 的相位，那么产生的旋转磁场只有一对磁极，即 $p = 1$(两个磁极)。电流变化一个周期，旋转磁场在空间也旋转一周。如果每相绕组设置两个线圈相串联，则可形成两对磁极($p = 2$)的旋转磁场，如图 8.7 所示。用上面的分析方法不难证明，当电流变化一个周期时，N 极变为 S 极再变为 N 极，磁场在空间旋转了半周。定子采用不同的结构和接法还可以获得 3 对、4 对等不同磁极对数的旋转磁场。

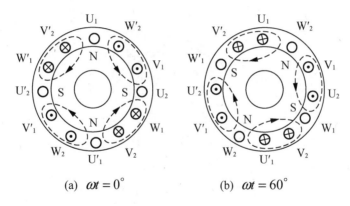

(a) $\omega t = 0°$　　　　　(b) $\omega t = 60°$

图 8.7　两对磁极旋转磁场示意图

如上述电动机只有一对磁极，当电流变化一个周期时，旋转磁场在空间正好旋转一周。对于 50Hz 的工频交流电来说，旋转磁场每秒钟在空间旋转 50 周，其转速 $n_1 = 60 \times 50 \text{r/min} = 3000 \text{r/min}$。若有两对磁极，则电流变化一周，旋转磁场只转过半周，比一对磁极时的转速慢了一半，即

$$n_1 = \frac{60}{2} f_1 = 30 \times 50 \text{r/min} = 1500 \text{r/min}$$

同理，在三对磁极的情况下，电流变化一个周期，旋转磁场仅旋转了三分之一周，即

$$n_1 = \frac{60}{3} f_1 = 20 \times 50 \text{r/min} = 1000 \text{r/min}$$

以此类推，当有 p 对磁极时，旋转磁场的转速为

$$n_1 = \frac{60 f_1}{p} \tag{8-1}$$

其中，p 为旋转磁场的磁极对数；f_1 为电源的频率。

旋转磁场的转速又称同步转速，它与定子电流的频率 f_1(即电源频率)成正比，与旋转磁场的磁极对数成反比。

2．转子的转动原理

三相异步电动机的转动实际上就是转子在定子磁场的作用下旋转，为分析简单起见，我们以一对磁极为例分析其转动原理。

1)　电生磁

定子的三相绕组 $U_1 U_2$、$V_1 V_2$ 和 $W_1 W_2$ 接通三相交流电源，则定子绕组的电流产生旋转磁场，其旋转方向与相序一致，为顺时针方向，转速为 $n_1 = \frac{60 f_1}{p}$。假设在某瞬时，定子绕组电流产生的旋转磁场方向向下，如图 8.8 所示。

2)　磁生电

定子绕组产生的顺时针旋转磁场与静止的转子之间有着相对运动，这相当于转子导体沿逆时针方向切割磁场，于是在转子导体中产生感应电动势 E_2，其方向可以用右手定则来确定。由于转子电路通过短接环自行闭合，所以在感应电动势的作用下产生转子电流 I_2。

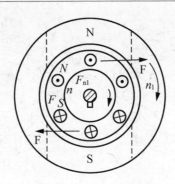

图 8.8　转动原理示意图

3)　电磁力矩

感应电动势 E_2 在转子绕组中产生转子电流 I_2。根据安培定律，转子电流在旋转磁场中与磁场相互作用，产生电磁力 F，根据左手定则可确定电磁力的方向与磁场的旋转方向相同。该电磁力对转子的转轴产生电磁转矩 T，其方向也和磁场的旋转方向一致。

于是，在电磁力矩的作用下，转子就沿着磁场的旋转方向转动起来。但是转子的旋转速度 n 总是比旋转磁场的同步转速 n_1 小。因为，如果这两种转速相等，转子和旋转磁场没有相对运动，转子不会切割磁场线，便不能产生感应电动势 E_2 和转子电流 I_2，也就没有电磁转矩，转子也不会旋转。

3. 转差率

异步电动机的转子转速低于旋转磁场的同步转速是保证转子连续旋转的主要因数。我们把旋转磁场的同步转速 n_1 与转子转速 n 之差称为转速差，转速差与同步转速 n_1 的比值称为转差率，用 s 表示，即

$$s = \frac{n_1 - n}{n_1} \tag{8-2}$$

转差率是分析异步电动机运行情况的一个重要参数，它往往与负载有关。若启动时转子尚未转动，$n=0$，$s=1$，转差率最大；稳定运行时，n 接近 n_1，s 很小；额定运行时，s 约为 $0.02 \sim 0.08$；空载时，s 在 0.005 以下。若转子的转速等于同步转速，则 $n=n_1$，$s=0$，这种情况称为理想空载状态，在异步电动机的实际运行中是不存在的。

例 8.1　一台三相异步电动机的额定转速 $n_N = 980 \text{r/min}$，电源频率 $f_1 = 50\text{Hz}$，求该电动机的同步转速、磁极对数和额定运行时的转差率。

解： 由于电动机的额定转速小于且接近同步转速，则电动机同步转速 $n_1 = 1000\text{r/min}$，与此相对应的磁极对数为 $p=3$。

所以转差率为

$$s_N = \frac{n_1 - n}{n_1} = \frac{1000 - 980}{1000} = 0.02$$

4. 转子各量与转差率的关系

从异步电动机的结构可知，定子绕组和转子绕组是两个独立的电路，通过磁路把它们联系起来，和变压器的原、副绕组情况相似，因此定子电路与转子电路中的电动势、电流

有着与变压器类似的关系。

1) 定子电路的电动势 E_1

定子电路相当于变压器的原绕组，但每相绕组分布在不同的槽中，感应电动势也不同相，而每相定子绕组电动势的有效值为

$$E_1 = 4.44K_1N_1f_1\Phi \tag{8-3}$$

式中，K_1 为与定子结构有关的绕组系数；N_1 为每相定子绕组的匝数；f_1 为电源频率；Φ 为旋转磁场的每极磁通，其值等于通过每相绕组的磁通最大值 Φ_m。

若忽略定子绕组的电阻和漏磁通，则可认为定子电路上电动势的有效值近似等于外加电压的有效值，即

$$U_1 \approx E_1 = 4.44K_1N_1f_1\Phi \tag{8-4}$$

可见，当外加电压的大小 U_1 和频率 f_1 不变时，定子电路的感应电动势基本不变，旋转磁场的每极磁通也基本不变。

2) 转子电路感应电动势的频率 f_2

定子绕组接通三相交流电，在转子静止不动时，$n = 0$，$s = 1$，转子绕组的感应电动势频率 f_2 等于外接电源的频率 f_1，启动后，随着 n 的增大，转速差 $n_1 - n$ 逐渐减小，转差率 s 也逐渐减小，因此转子电路感应电动势的频率 f_2 随之降低，且有

$$f_2 = p\frac{n_1 - n}{60} = \frac{n_1 - n}{n_1} \cdot \frac{pn_1}{60} = sf_1 \tag{8-5}$$

可见转子感应电动势的频率与转差率有关。

3) 转子电路的电动势 E_2

在转子静止时，$n = 0$，$s = 1$，$f_2 = f_1$，则有转子电路感应电动势的有效值为

$$E_{20} = 4.44K_2N_2f_2\Phi = 4.44K_2N_2f_1\Phi \tag{8-6}$$

式中，K_2 为与转子绕组结构有关的系数。

电动机启动后，随着 n 的增大，转速差 $n_1 - n$ 逐渐减小，转差率 s 也逐渐减小，这时转子电路中感应电动势的有效值也随之降低为

$$E_2 = 4.44K_2N_2sf_1\Phi = sE_{20} \tag{8-7}$$

可见，转子电动势的有效值与转差率有关。电动机启动时，$n = 0$，$s = 1$，转子电动势 E_{20} 最大；电动机在额定状态下运行时，$s = 0.02 \sim 0.08$，转子电动势很小。

4) 转子电路的漏磁感抗 X_2

在转子电路中，除了有电阻 R_2 以外，还有漏磁感抗 X_2。由于转子电路感应电动势的频率 f_2 随转差率 s 变化，因此感抗 $X_2 = 2\pi f_2L_2$ 也随 s 变化。当 $n = 0$，$s = 1$ 时，$f_2 = f_1$，感抗最大且 $X_{20} = 2\pi f_1L_2$。启动后，感抗为

$$X_2 = 2\pi f_2L_2 = s2\pi f_1L_2 = sX_{20} \tag{8-8}$$

5) 转子电路电流 I_2 和功率因数耦合系数 $\cos\varphi_2$

在转子电路中，电阻为 R_2，漏磁感抗为 X_2，则其阻抗为

$$|Z_2| = \sqrt{R_2^2 + X_2^2} = \sqrt{R_2^2 + (sX_{20})^2}$$

则转子绕组的电流为

$$I_2 = \frac{E_2}{\sqrt{R_2^2 + X_2^2}} = \frac{sE_{20}}{\sqrt{R_2^2 + s^2 X_{20}^2}} = \frac{E_{20}}{\sqrt{\left(\dfrac{R_2}{s}\right)^2 + X_{20}^2}} \tag{8-9}$$

可见，转子电流 I_2 随转差率的增大而增大，如图 8.9 所示。当 $n=0$，$s=1$，即转子静止时，转子电流 I_2 最大。由于转子电路中存在感抗，因此 I_2 与 E_2 之间存在一个相位差 φ_2，则转子电路的功率因数为

$$\cos\varphi_2 = \frac{R_2}{|Z_2|} = \frac{R_2}{\sqrt{R_2^2 + X_2^2}} = \frac{R_2}{\sqrt{R_2^2 + s^2 X_{20}^2}} \tag{8-10}$$

即转子电路的功率因数 $\cos\varphi_2$ 随转差率 s 的增大而减小，如图 8.9 所示。在转子静止时，$n=0$，$s=1$，转子电路的功率因数最低。

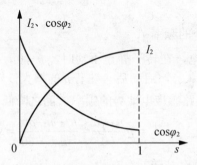

图 8.9 I_2 和 $\cos\varphi_2$ 与转差率 s 的关系

8.2 三相异步电动机的特性

电磁转矩和机械特性是三相异步电动机的主要物理量和主要特性，表征了一台电动机拖动生产机械能力的大小和运行性能。

8.2.1 三相异步电动机的转矩特性

由三相电动机的转动原理可知，异步电动机的电磁转矩是载流转子导体在旋转磁场中受到电磁力作用而产生的，电磁转动力矩的大小与转子电流 I_2、旋转磁场的每极磁通 Φ 及转子电路的功率因数 $\cos\varphi_2$ 成正比，即

$$T = K_{\mathrm{T}}\Phi I_2 \cos\varphi_2 \tag{8-11}$$

式中，K_{T} 为与电动机结构有关的常数；Φ 为旋转磁场每极磁通。

将式(8-9)和式(8-10)代入上式可得

$$T = K_{\mathrm{T}}\Phi \frac{sE_{20}}{\sqrt{R_2^2 + (sX_{20})^2}} \cdot \frac{R_2}{\sqrt{R_2^2 + (sX_{20})^2}} = K_{\mathrm{T}}\Phi \frac{sE_{20}R_2}{R_2^2 + (sX_{20})^2} \tag{8-12}$$

由式(8-4)可得

$$\Phi = \frac{E_1}{4.44 K_1 N_1 f_1} \approx \frac{U}{4.44 K_1 N_1 f_1}$$

将上式及式(8-6)代入式(8-12)可得

$$T = K_T' U_1^2 \frac{sR_2}{R_2^2 + (sX_{20})^2} \tag{8-13}$$

式中，K_T' 为比例常数；s 为转差率；U_1 为定子绕组的电压；X_{20} 为转子静止时每相绕组的感抗。可见，电磁转矩与定子每相绕组电压平方成正比，即电磁转矩对电源电压特别敏感，当电源电压波动时，对电磁转矩影响很大。此外，电磁转矩还受到转子电路电阻 R_2 的影响。当电源电压 U_1 和转子电阻 R_2 一定时，电磁转矩与转差率之间的函数关系 $T = f(s)$ 称为电动机的电磁转矩特性。其关系曲线如图 8.10 所示，称为异步电动机的转矩特性曲线。

从三相异步电动机的转矩特性可以看出，当 $s=0$ 时，$n=n_1$，$T=0$，这是理想的空载运行；随着 s 的增大，T 也开始增大，但到达最大值 T_m 后，随着 s 的继续增大，T 反而减小。所以，最大转矩 T_m 又称临界转矩，对应于 T_m 的 s_m 称为临界转差率。

8.2.2　三相异步电动机的机械特性

三相异步电动机的转矩特性曲线描述了电磁转矩与转差率之间的关系。但在实际工作应用中，由于转矩特性曲线不太直观和方便，通常更需要直接了解电源电压一定时转速 n 与电磁转矩 T 的关系。

在电源电压不变的情况下，电动机的转速 n 与电磁转矩 T 之间的关系称为电动机的机械特性，其关系曲线如图 8.11 所示。我们研究机械特性曲线的目的是为了分析电动机的运行性能。在机械特性曲线上，我们主要讨论两个区域和三个重要转矩。

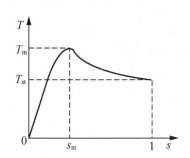

图 8.10　三相异步电动机的转矩特性曲线

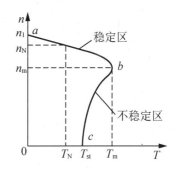

图 8.11　三相异步电动机的机械特性曲线

1. 稳定区和不稳定区

在如图 8.11 所示的机械特性曲线上，以最大转矩 T_m 为界，机械特性曲线分为两个区域，上部为稳定运行区，下部为不稳定运行区。

当电动机工作在稳定区上某一点时，电磁转矩 T 能自动地与轴上的负载转矩 T_L 相平衡而保持匀速转动。如果负载转矩 T_L 发生变化，电磁转矩 T 将自动适应并随之变化，最终达到新的平衡而稳定运行。由此可见，电动机在稳定运行时，其电磁转矩 T 和转速 n 的大小都取决于它所拖动的机械负载。

异步电动机机械特性的稳定区比较平坦，当负载在空载与额定值之间变化时，转速变化不大，一般为 2%～8%，这样的机械特性称为硬特性，三相异步电动机的这种硬特性很适合于金属切削机床等机械工作的需要。

当电动机工作在不稳定区时，则电磁转矩不能自动适应负载转矩的变化，因而不能稳定运行。例如负载转矩 T_L 增大使转速下降时，工作点沿曲线下移，电磁转矩反而减小，会使异步电动机的转速越来越低，直到停转。

2. 三个重要转矩

1) 额定转矩 T_N

额定转矩是指电动机在额定电压下，以额定转速运行，输出额定功率时，其转轴上输出的转矩，用 T_N 表示。

电动机在稳定运行时，其电磁转矩 T 必须与阻力矩相平衡。阻力矩主要包括生产机械的负载转矩 T_L 和空载转矩 T_0。由于空载转矩 T_0 主要为机械损耗转矩，且很小，常常忽略不计，所以有 $T \approx T_L$。又因为电动机转轴上输出的功率等于转矩 T 与转动角速度 ω 的乘积，即 $P = T \cdot \omega$，所以有

$$T_N = \frac{P_N}{\omega_N} = \frac{P_N \times 10^3}{\frac{2\pi \cdot n_N}{60}} = 9550\frac{P_N}{n_N} \tag{8-14}$$

式中，P_N 的单位为 kW；n_N 的单位为 r/min；T_N 的单位为 N·m。

由图 8.11 可知，一般异步电动机的额定工作点通常在机械特性曲线稳定区的中部。

2) 最大转矩 T_m

最大转矩 T_m 是电动机能够提供的极限转矩，即对应于临界转差率的转矩。由转矩特性可以求得临界转差率，由式(8-13)，令

$$\frac{dT}{ds} = \frac{d}{ds}\left[K_T' U_1^2 \frac{sR_2}{R_2^2 + s^2 X_{20}^2} \right] = 0$$

解得

$$s_m = \frac{R_2}{X_{20}} \tag{8-15}$$

将式(8-15)代入式(8-13)可得

$$T_m = K_T' \frac{U_1^2}{2X_{20}} \tag{8-16}$$

由于最大转矩是机械特性上稳定区和不稳定区的分界点，故电动机运行中的机械负载转矩不可以超过最大转矩，不然电动机带不动负载，转速会越来越低，直至停转，出现"堵转"现象。堵转时电流最大，比额定电流大得多，一般为额定电流的 4～7 倍，时间一长，电动机会严重过热甚至烧坏。因此，异步电动机在使用中应避免出现堵转，一旦出现堵转应立即切断电源，并卸掉过重负载。

若电动机的额定转矩设计得接近最大转矩，则电动机略有过载就会导致停车，因此电动机应要求有一定的过载能力。电动机允许的短时间过载能力，通常用最大转矩 T_m 与额定转矩 T_N 的比值来表示，称为过载系数，用 λ_m 表示，即

$$\lambda_m = \frac{T_m}{T_N} \tag{8-17}$$

一般三相异步电动机的过载系数为 1.8～2.2，在电动机的技术数据中可以查到。

3)　启动转矩 T_{st}

电动机在接通电源启动的最初瞬间，$n=0$，$s=1$，这时的转矩称为启动转矩，用 T_{st} 表示。把转差率 $s=1$ 代入式(8-13)可得启动转矩 T_{st} 为

$$T_{st} = K_T' U_1^2 \frac{R_2}{R_2^2 + X_{20}^2} \tag{8-18}$$

由上式可见，启动转矩与电源电压 U_1、转子电阻 R_2 有关。当电源电压 U_1 降低时，启动转矩会显著减小；当转子电阻 R_2 适当增大时，启动转矩会增大，当转子电阻 $R_2 = X_{20}$ 时，启动转矩 T_{st} 达到最大，但继续增大转子电阻 R_2 时，启动转矩 T_{st} 将减小。

如果启动转矩小于负载转矩，即 $T_{st} < T_L$，则电动机不能启动。这时与堵转时情况一样，电动机的电流最大，容易过热。因此，当发现电动机不能启动时，应立即断开电源停止启动，在减轻负载或排除故障后再重新启动。

如果启动转矩大于负载转矩，即 $T_{st} > T_L$，则电动机的工作点会沿着机械特性曲线从底部上升，电磁转矩 T 逐渐增大，转速 n 越来越高，很快越过最大转矩 T_m，然后随着 n 的增大，电磁转矩 T 又逐渐减小，直到 $T = T_L$ 时，电动机就以某一转速稳定运行。由此可见，只要异步电动机的启动转矩大于负载转矩，一经启动便可迅速进入机械特性曲线的稳定区运行。

异步电动机的启动能力通常用启动转矩 T_{st} 与额定转矩 T_N 的比值来表示，称为启动系数，用 λ_{st} 表示，即

$$\lambda_{st} = \frac{T_{st}}{T_N} \tag{8-19}$$

普通鼠笼式异步电动机的启动能力较差，λ_{st} 在 0.8～2.2 之间，常采用轻载启动。绕线式异步电动机的转子可以通过滑环外接电阻来调节启动能力。

例 8.2　一台 Y225M-4 型三相异步电动机，由铭牌可知 $U_N = 380V$，$P_N = 45kW$，$n_N = 1480r/min$，启动能力 $\lambda_{st} = 1.9$，过载能力 $\lambda_m = 2$。试求：

(1)　额定转差率。

(2)　启动转矩。

(3)　最大转矩。

解：(1)　由额定转速为 $1480r/min$ 可得同步转速为 $n_1 = 1500r/min$，所以

$$s_N = \frac{n_1 - n_N}{n_1} \times 100\% = \frac{1500 - 1480}{1500} \times 100\% = 1.3\%$$

(2)　由已知条件可求得额定转矩为

$$T_N = 9550 \frac{P_N}{n_N} = 9550 \times \frac{45}{1480} N \cdot m = 290.4 N \cdot m$$

则启动转矩为

$$T_{st} = 1.9 T_N = 1.9 \times 290.4 N \cdot m = 551.8 N \cdot m$$

(3)　最大转矩为

$$T_m = \lambda_m T_N = 2 \times 290.4 N \cdot m = 580.8 N \cdot m$$

8.2.3 三相异步电动机的运行特性

异步电动机从空载到满载对应于机械特性稳定区中的一段，为了正确合理地使用电动机，提高运行效率，应了解不同负载情况下电动机的运行情况。

在电源电压 U_1 和频率 f_1 为额定值不变时，电动机定子电流 I_1、定子电路的功率因数 $\cos\varphi_1$ 以及电动机效率 η 与电动机输出机械功率 P_2 之间的关系称为电动机的运行特性。$I_1 = f(P_2)$、$\cos\varphi_1 = f(P_2)$ 和 $\eta = f(P_2)$ 的曲线如图 8.12 所示。

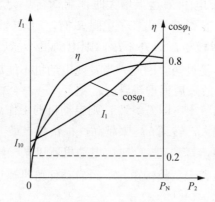

图 8.12 三相异步电动机的运行特性曲线

1. $I_1 = f(P_2)$曲线

异步电动机的定子电流 I_1 随负载的增大而增大，其原理与变压器原绕组电流随负载的增大而增大相似。但空载电流 I_{10} 比变压器大得多，约为额定电流的 20%～40%。

2. $\cos\varphi_1 = f(P_2)$曲线

异步电动机的空载电流 I_{10} 是产生工作磁通的励磁电流，是电感性的，所以空载时的功率因素很低，一般在 0.2 左右，电动机在加机械负载后，随着输出功率的增大，功率因数逐渐提高，到额定负载时一般为 0.7～0.9。

3. $\eta = f(P_2)$曲线

电动机的效率 η 是指其输出机械功率 P_2 与输入功率 P_1 的比值，即

$$\eta = \frac{P_2}{P_1}\times100\% = \frac{P_2}{\sqrt{3}U_LI_L\cos\varphi_1}\times100\% = \frac{P_2}{P_2+\Delta P_{Cu}+\Delta P_{Fe}+\Delta P_m}\times100\% \quad (8\text{-}20)$$

式中，ΔP_{Cu}、ΔP_{Fe} 和 ΔP_m 分别为铜损、铁损和机械损耗。

空载时，$P_2 = 0$，而 $P_1 > 0$，所以 $\eta = 0$。随着负载的增大，开始 η 上升很快，后因铜损迅速增大 η 反而有所减小，η 的最大值一般出现在额定负载的 80% 附近，其值约为 80%～90%。

由图 8.12 可知，三相异步电动机在其额定负载的 70%～100%运行时，其功率因数和效率都比较高，因此应该合理选用电动机的额定功率，使它运行在满载或者接近于满载的状态，尽量避免或减少轻载和空载运行时间。

例 8.3 已知一台 Y 型三相异步电动机的额定功率为 $P_N = 7.5\text{kW}$，额定转速为

$n_N = 1440 r/min$，额定功率因数 $\cos\varphi = 0.85$，额定效率 $\eta = 0.87$，接在线电压为 380V 的三相电路中，试求：电动机的额定电流 I_N 和额定转差率 s_N 各为多少？

解：满载时电动机取用的功率为

$$P_1 = \frac{P_N}{\eta} = \frac{7.5}{0.87} kW = 8.6kW$$

电动机的额定电流为

$$I_N = \frac{P_1}{\sqrt{3}U_N \cos\varphi} = \frac{8.6\times10^3}{\sqrt{3}\times380\times0.85} A = 15.4A$$

因为 n_N 接近于 n_1，从题意可得 $n_1 = 1500 r/min$，则额定转差率为

$$s_N = \frac{n_1 - n_N}{n_1} = \frac{1500-1440}{1500} = 0.04$$

8.3 三相异步电动机的使用

8.3.1 三相异步电动机的铭牌数据

为了使用户能正确合理地使用电动机，电动机的外壳上都附有铭牌。铭牌上标有这台电动机额定运行时的主要技术数据，如功率、电压、电流、转速等。现以表 8.1 所示 Y160L-4 型电动机为例说明铭牌上各数据的意义。

表 8.1 异步电动机的铭牌

三相异步电动机					
型 号	Y160L-4	功 率	20kW	频 率	50Hz
电 压	220/380V	电 流	30.3/17.5A	接 法	△/Y
转 速	1480r/min	绝缘等级	B	工作方式	S1
温 升	70℃	编 号			
	××电机厂		出厂日期： 年 月 日		

铭牌上部分数据的意义如下。

1. 型号

为了适应不同用途和不同工作环境的需要，电动机形成不同的系列，每种系列用不同的型号表示。如 Y160L-4 中，Y 表示三相鼠笼式异步电动机；160 表示机座中心高度为 160mm；L 表示长机座(S 表示短机座，M 表示中机座)；4 表示 4 极电动机(有 2 对磁极)。

2. 功率

功率是指电动机的额定功率。即电动机在额定电压、额定频率下满载运行时，电动机轴上输出的机械功率，又称为额定容量。

3. 电压

电压即电动机的额定电压，是指电动机在额定运行时定子绕组上应加的线电压有效值。

4. 电流

电流是指电动机在额定运行(即在额定电压、额定频率下输出额定功率)时,定子绕组的线电流的有效值,即额定电流。

5. 频率

频率是指电动机所接交流电源的频率。我国规定电力系统交流电源的频率为 50Hz。

6. 转速

转速即额定转速,是指电动机在额定运行状态下转子的转速。三相异步电动机的额定转速一般略低于同步转速。

7. 接法

接法是指定子三相绕组的接法。对于 Y 系列异步电动机,当功率 $P_N \leqslant 3kW$ 时定子绕组为星形接法;功率 $P_N \geqslant 4kW$ 时定子绕组为三角形接法。

电动机铭牌上标注有两种电压值 220/380V,对应于两种接法 △/Y,其意思是当电源线电压是 220V 时,定子绕组作三角形连接;当电源线电压是 380V 时,定子绕组作星形连接。这两种接法都保证每相绕组均在额定电压下运行。

8. 工作方式

工作方式是指电动机的运行状态,根据发热条件可分为三种。S_1 表示连续工作方式,允许电动机在额定负载下长期连续工作,如水泵、通风机和机床等所用的异步电动机;S_2 表示短时工作方式,电动机在额定负载下只能在规定时间短时运行,如水坝闸门启闭用的电动机;S_3 表示断续工作方式,电动机可在额定负载下按规定周期性重复短时运行,如起重机所用的电动机。

9. 绝缘等级

绝缘等级是按电动机所用绝缘材料允许的最高温度来分级的,有 A、E、B、F、H、C 等几个等级,如表 8.2 所示。目前一般电动机采用较多的是 E 级绝缘和 B 级绝缘。

表 8.2 异步电动机的铭牌

绝缘等级	A	E	B	F	H	C
最高允许温度/℃	105	120	130	155	180	>180

在规定的温度以内工作,绝缘材料能保证电动机在一定期限内(一般为 15～20 年)可靠地工作,如果超过上述温度,绝缘材料的寿命将大大缩短。

8.3.2 三相异步电动机的选择

三相异步电动机应用很广,选用电动机时应以实用、合理、经济及安全为原则,根据施工机械的需要和工作条件进行选择。

1. 电动机容量(功率)的选择

选择电动机的原则,除了应满足施工机械负载的要求外,在经济上也应该合理。为此，必须正确决定电动机的功率。如功率选择过大，将使设备投资增大，而且电动机长期处于轻载下运行，效率和功率因数都过低，运行费用高。反之，若电动机功率选得过小，电动机长期处于过载运行，会使电动机过早损坏。因此，电动机的功率选得过大或过小，都是不经济的。所以，选择电动机的功率时，除由施工机械负载所需的功率决定外，还需要考虑电动机的发热、过载能力和启动能力三方面的因素。

1)　连续运行电动机功率的选择

电动机功率的选择取决于所带施工机械负载的大小。若负载是一个恒定值，选择电动机的功率时应先算出施工机械的功率，所选电动机的功率只要等于或稍大于施工机械的功率即可。例如车床的切削功率为

$$P_L = \frac{Fv}{1000 \times 60}$$

式中，F 为车床的切削力，单位为 N；v 为切削速度，单位为 m/min。则异步电动机的功率应为

$$P_1 = \frac{P_L}{\eta} = \frac{Fv}{1000 \times 60 \times \eta} \tag{8-21}$$

式中，η 为传动机构的效率。选择时可根据计算出来的 P_1，在电动机产品目录中选择一台合适的电动机，其额定功率应满足 $P_N \geqslant P_1$。

2)　短时运行电动机功率的选择

当电动机在恒定负载下按给定时间运行而未达到热稳定时即行停机，使电动机再度冷却至与冷却介质温度之差在 2K 以内，这种运行方式称为短时工作制。例如水坝闸门的启闭电动机，机床中尾座、横梁的移动和夹紧电动机等。为此可直接选用短时工作制的电动机。我国规定短时工作制的标准持续时间有 10min、30min、60min、90min 四种。专为短时工作制设计的电动机，其额定功率是和一定的标准时间相对应的。

对于短时工作的电动机，其输出功率的计算与连续工作制一样。如果实际的工作时间和标准持续时间不同，则应按接近而大于实际工作持续时间的标准持续时间来选择电动机。如果实际工作持续时间超过最大的标准持续时间(90min)，则应选择连续工作制的电动机。如果实际工作持续时间比最短的标准持续时间(10min)还短得多，这时也可以选择连续工作制的电动机，但其功率则按过载系数 λ 来计算，短时运行电动机的额定功率可以是生产机械所要求功率的 $1/\lambda$ 倍，即

$$P_N \geqslant P_1 = \frac{P_L}{\lambda_m \eta_1 \eta_2} \tag{8-22}$$

式中，P_L 为生产机械的负载功率；λ_m 为电动机的过载系数；η_1 为生产机械本身的效率；η_2 为电动机与生产机械之间的传动效率。

3)　断续周期运行电动机功率的选择

断续周期运行是异步电动机的一种周期性重复短时运行的工作方式，每一周期包括一段恒定运行时间 t_1 和一个停歇时间 t_2($T = t_1 + t_2$)。标准的周期时间为 10min。工作时间 t_1 与工作周期 T 的比值称为负载持续率，通常用百分数来表示。我国规定的标准负载持续率有 15%、25%、40% 和 60% 四种，如不加以说明，则以 25% 为准。

专门用于断续周期工作的异步电动机为 YZ 和 YZR 系列，常用于吊车和桥式起重机等

生产机械上。

2．电动机类型的选择

1）种类的选择

选择电动机的种类时，要从交流或直流、机械特性、调速与启动性能、维护及价格等方面来考虑。

由于通常生产场所用的都是三相交流电，选择电动机时，首先应考虑三相交流电动机。在交流电动机中，三相鼠笼式电动机具有结构简单、工作可靠、价格低廉、维护方便等优点，所以要求机械特性较硬、无特殊启动要求和调速要求的生产机械应尽可能选用。当要求启动性能好时则应选用绕线式转子电动机。若要求能在宽范围内调速，就不得不选用直流电动机。当要求提高电网功率因数且转速不变时，应选用同步电动机。

2）结构形式的选择

生产机械种类多，工作环境各不相同，所以要根据环境选择电动机的结构形式。主要有以下几种形式。

(1) 开启式：电动机在构造上无特殊的防护装置，适用于干燥、无灰尘的场所。这种电动机通风散热非常好。

(2) 防护式：电动机在机壳外端盖下面有通风罩，可防止杂物掉入。也有的将外壳做成挡板状，以防止在一定角度内有雨水溅入其中。

(3) 封闭式：电动机的外壳严密封闭。电动机靠自身风扇或外风扇冷却，外壳带有散热片，适用于灰尘多或潮湿的场所。

(4) 防爆式：整个电动机严密封闭，适用于有爆炸气体的场所，如矿井中。

3．电动机额定电压和转速的选择

1）额定电压的选择

电动机的额定电压应根据使用场所的电源电压和电动机的类型、功率来决定。Y系列中小型电动机的额定电压都为 380V，单相电动机选用额定电压 220V。只有大功率异步电动机才采用 3000V 和 6000V 的额定电压。

2）额定转速的选择

电动机的额定转速是根据生产机械的要求选定的，但通常不低于 500r/min。因为当功率一定时，转速越低，电动机的几何尺寸越大，价格越贵。因此，选择转速较低的生产机械，就不如购买一台普通转速电动机再另配减速器更为合算。

8.4 三相异步电动机的启动、调速与制动

8.4.1 三相异步电动机的启动

1. 启动性能

异步电动机的启动就是把定子的三相绕组接通交流电源，使转子由静止状态加速到一定速度稳定运行的过程。在启动过程中，最初时刻($n = 0$ 时)的启动电流 I_{st} 和启动转矩 T_{st} 是衡量三相异步电动机启动性能好坏的重要参数。

1)　启动电流 T_{st}

异步电动机在启动瞬间 $n = 0$，$s = 1$，磁场以同步转速切割转子导体，这时转子绕组中的感应电动势和转子电流很大。和变压器原理一样，由磁通势平衡式 $i_1 N_1 + i_2 N_2 = i_{10} N_1$ 可以看出，当 i_2 增加时，i_1 也将增加。一般定子绕组的启动电流 T_{st} 是额定电流的 5～7 倍。

当电动机不频繁启动时，启动电流 T_{st} 对电动机本身影响不大，但过大的启动电流会使电动机受到较大的电磁冲击。若启动时间过长或频繁启动，绕组有过热的危险。过大的启动电流在短时间内会在线路上造成较大的电压降，从而使负载的端电压降低，影响其他电气设备的正常运行，因而必须设法减小启动电流。

2)　启动转矩 T_{st}

异步电动机在刚启动时，虽然启动电流很大，但由于转子的功率因数 $\cos\varphi_2 = \dfrac{R_2}{\sqrt{R_2^2 + (sX_{20})^2}}$ 很低，所以启动转矩实际上并不大，一般仅为额定转矩的 1.6～2.2 倍。启动转矩 T_{st} 过小，则不能满足启动要求，会导致启动时间延长，降低电动机的启动性能。

由上述可知，异步电动机启动时的主要缺点是启动电流大，启动转矩不够大，因此启动性能较差。为了改善电动机的启动性能、减小启动电流，需要采用适当的方法进行启动。

2．启动方法

异步电动机的启动方法有直接启动和降压启动两种，现分述如下。

1)　直接启动

把电动机的三相定子绕组直接加上额定电压的启动称为直接启动，又叫全压启动。直接启动的特点是设备简单，操作方便，投资少，启动过程短，但启动电流大。电动机是否采用直接启动，取决于电源的容量和启动的频繁程度。

直接启动一般只适用于小容量电动机(7.5kW 以下)的启动。对较大容量的电动机，电源容量较大，若电动机启动电流倍数 K_I、电动机容量和电源容量满足以下经验公式也可以直接启动，否则应采用降压启动。

$$K_I = \frac{I_{st}}{I_N} \leqslant \frac{1}{4}\left(3 + \frac{\text{电源容量（kVA）}}{\text{电动机容量（kW）}}\right) \tag{8-23}$$

2)　降压启动

不允许直接启动时，就应采用降压启动。在启动时首先给电动机定子绕组加低于额定电压的电压，待启动后转速接近于额定转速时，再给定子绕组加额定电压运行。降压启动的主要目的是为了减小启动电流，但同时也限制了启动转矩，因此，这种方法只适用于轻载或空载情况下启动。常用的方法有以下几种。

(1) 星形-三角形(Y-△)降压启动。

如果电动机在正常工作时其定子绕组是三角形连接，在启动时可把它接成星形，待电动机转速上升后，接近额定转速时，再换接成三角形连接，即为星形-三角形(Y-△)降压启动，如图 8.13 所示。

如图 8.13 所示，启动时先合上电源开关 Q₁，同时将开关 Q₂ 掷向启动位置(Y)，此时定子绕组接成 Y 形，每相绕组承受的电压为额定电压的 $1/\sqrt{3}$，待电动机启动后，转速接近额定转速时，再把开关 Q₂ 迅速换接到运行位置(△)，使定子绕组改为△接法，则每相绕组

加上额定电压，电动机正常运行。

星形-三角形启动与直接启动相比，定子绕组的每相电压之比为

$$\frac{U_{1Y}}{U_{1\triangle}} = \frac{\frac{1}{\sqrt{3}}U_1}{U_1} = \frac{1}{\sqrt{3}}$$

若定子绕组每相阻抗为 $|Z|$，则星形-三角形启动与直接启动相比，定子绕组的每相电流之比为

$$\frac{I_{1Y}}{I_{1\triangle}} = \frac{U_{1Y}/|Z|}{U_{1\triangle}/|Z|} = \frac{U_{1Y}}{U_{1\triangle}} = \frac{1}{\sqrt{3}}$$

若△连接直接启动时，启动电流为 $I_{st\triangle}$，Y 连接降压启动时启动电流为 I_{stY}，则启动电流之比为

$$\frac{I_{stY}}{I_{st\triangle}} = \frac{I_{1Y}}{\sqrt{3}I_{1\triangle}} = \frac{1}{3} \tag{8-24}$$

由于电磁转矩与定子绕组电压的平方成正比，所以星形-三角形启动与直接启动相比，启动转矩的比值为

$$\frac{T_{stY}}{T_{st\triangle}} = \left(\frac{U_{1Y}}{U_{1\triangle}}\right)^2 = \left(\frac{1}{\sqrt{3}}\right)^2 = \frac{1}{3} \tag{8-25}$$

可见，Y-△降压启动时，启动电流和启动转矩都只有直接启动的三分之一，然而电动机 Y-△降压启动设备简单、工作可靠、操作方便，不过只适用于正常工作时作三角形连接的电动机。目前 Y 系列 4～100kW 异步电动机都已设计为 380V 三角形连接，因此，Y-△降压启动得到了广泛的应用。

(2) 自耦变压器降压启动。

自耦变压器降压启动时，三相交流电源接入自耦变压器的原绕组，而电动机的定子绕组则接自耦变压器的副绕组，这时电动机得到的电压低于电源电压，因而减小了启动电流。待电动机转速升高接近稳定时，再切除自耦变压器，让定子绕组直接与电源相连，如图 8.14 所示。

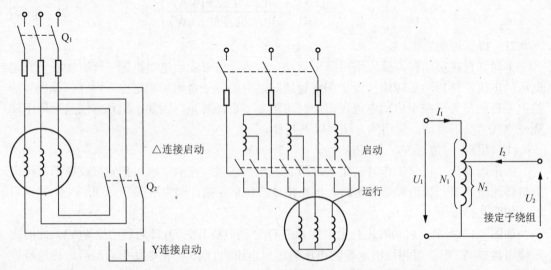

图 8.13　Y-△降压启动接线图　　　　图 8.14　自耦变压器降压启动接线图

由图 8.14 可计算自耦变压器的启动电流。设自耦变压器的变比为 K，电动机每相绕组阻抗的模为 z，直接启动时的电流为 $I_{1st} = U_1/z$。采用自耦变压器启动时，定子绕组的电流为

$$I_2 = \frac{U_2}{z} = \frac{U_1}{K} \cdot \frac{1}{z} \tag{8-26}$$

而此时变压器原绕组电流等于副绕组电流的 $1/K$，故启动电流为

$$I'_{1st} = \frac{I_2}{K} = \frac{1}{K} \cdot \frac{U_1}{z} = \frac{I_{1st}}{K^2} \tag{8-27}$$

若直接启动时的启动转矩为 T_{st}，采用自耦变压器启动时的启动转矩为 T'_{st}，则采用自耦变压器启动与直接启动相比，其启动转矩之比为

$$\frac{T'_{st}}{T_{st}} = \left(\frac{U_2}{U_1}\right)^2 = \frac{1}{K^2} \tag{8-28}$$

或者表示为

$$T'_{st} = \frac{T_{st}}{K^2} \tag{8-29}$$

可见采用自耦变压器启动，也同时能使启动电流和启动转矩减小。自耦变压器备有不同的抽头，以便得到不同的电压，例如为电源电压的 73%、64%、55%或者 80%、60%、40%两种，根据启动转矩的要求而选用。

自耦变压器启动的优点是变压器有多个抽头可根据需要灵活选用；缺点是设备较笨重，成本较高。

例 8.4　一台三角形连接的三相鼠笼式异步电动机，已知 $P_N = 10\text{kW}$，$U_N = 380\text{V}$，$I_N = 20\text{A}$，$n_N = 1450\text{r/min}$，由手册查得 $I_{st}/I_N = 7$，$\lambda_{st} = T_{st}/T_N = 1.4$，拟半载启动，电源容量为 200kV·A，试选择适当的启动方法，并求此时的启动电流和启动转矩。

解： (1) 直接启动时，有

$$\frac{1}{4}\left(3 + \frac{\text{电源容量(kV·A)}}{\text{电动机容量(kW)}}\right) = \frac{3}{4} + \frac{200}{4 \times 10} = 5.75$$

$$K_I = I_{st}/I_N = 7 > 5.75$$

所以不能采用直接启动。

(2) Y-△启动。星形启动时启动转矩为

$$T_{stY} = \frac{1}{3}T_{st} = \frac{1}{3} \times 1.4 T_N \approx 0.47 T_N$$

由题意，负载转矩为 $T_L = 0.5 T_N$，则有

$$T_{stY} = 0.47 T_N < T_L = 0.5 T_N$$

所以也不能采用 Y-△启动。

(3) 自耦变压器启动。

由题意知 $\lambda_{st} = \dfrac{T_{st}}{T_N} = 1.4$，$T'_{st} = 0.5 T_N$。由 $T'_{st} = \dfrac{T_{st}}{K^2}$ 可得

$$T'_{st} = \frac{\lambda_{st} T_N}{K^2} = \frac{1.4 T_N}{K^2} = 0.5 T_N$$

解得 $K \approx 1.67$，即 $1/K \approx 0.6$，所以将变压器抽头置于60%的位置可以启动。此时

$$T_{\text{N}} = 9550 \frac{P_{\text{N}}}{n_{\text{N}}} = 9550 \times \frac{10}{1450} \text{N·m} \approx 65.86 \text{N·m}$$

$$I'_{\text{st}} = \frac{1}{K^2} I_{\text{st}} = (0.6)^2 \times 7 \times 20 \text{A} = 50.4 \text{A}$$

$$T'_{\text{st}} = \frac{1}{K^2} T_{\text{st}} = (0.6)^2 \times 1.4 \times 65.86 \text{N·m} \approx 33.2 \text{N·m}$$

8.4.2　三相异步电动机的调速

调速是指在电动机负载不变的情况下人为地改变电动机的转速。由式(8-1)和式(8-2)可得

$$n = (1-s)n_1 = (1-s)\frac{60 f_1}{p} \tag{8-30}$$

可见，异步电动机可以通过改变磁极对数 p、电源频率 f_1 和转差率 s 三种方法来实现调速。

1．变极调速

改变异步电动机定子绕组的接线，可以改变磁极对数，从而得到不同的转速。由于磁极对数 p 只能成倍变化，所以这种调速方法不能实现无极调速。

三相异步电动机定子绕组磁极对数可变的原理如图 8.15 所示。为了方便起见，图中只画出三相绕组中的 U 相绕组，它由 U_1U_2 和 $U'_1U'_2$ 组成。当两个线圈串联时，磁极对数 $p=2$；当两个线圈并联时，磁极对数 $p=1$。所以通过这两个线圈的不同连接，可得到不同的磁极对数，从而改变电动机的转速。双速电动机在机床上应用较多，如一些镗床、铣床、磨床都常用双速电动机。

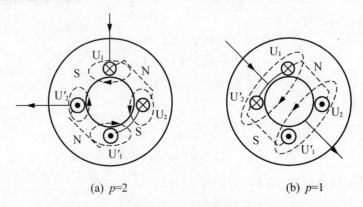

(a) $p=2$　　　　　　　　　(b) $p=1$

图 8.15　变极调速原理

需注意的是在变极调速的同时必须改变电源的相序，否则电动机就会反转。

2．变频调速

由于频率 f_1 能连续调节，故可得较大范围的平滑调速，这属于无极调速，其调速性能好，但需有一套专用变频设备。也就是说，需要配备一套频率可调的专用电源。变频调速的原理如图 8.16 所示。先将 50Hz 的交流电通过整流电路变换为直流电，再通过逆变电路将直流电变换为频率可调、电压可调的交流电，供给异步电动机。频率的大小和电压的高低通过控制电路进行调节。

变频调速是鼠笼式异步电动机最有发展前景的一种调速方法，它可以在较宽的范围内实现平滑的无极调速。随着变频技术的发展、变频电源可靠性的提高和成本的降低，这种调速方法将成为异步电动机的主要调速方法而得到更广泛的应用。

3. 变转差率调速

变转差率调速是在不改变同步转速 n_1 条件下的调速，通常只适用于绕线式电动机，它是通过在转子电路中串接可变电阻来实现的，其原理如图 8.17 所示。设负载转矩为 T_L，当转子电路的电阻为 R_a 时，电动机稳定运行在 a 点，转速为 n_a；若 T_L 不变，转子电路电阻增大为 R_b，则电动机的机械特性变软，转差率 s 增大，工作点由 a 点移动到 b 点，于是转速降低为 n_b。转子电路串接的电阻越大，则转速降得越低。

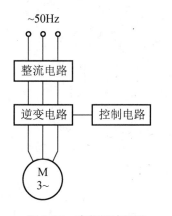

图 8.16　变频调速原理

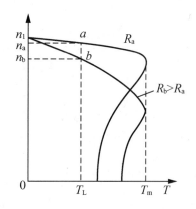

图 8.17　变转差率调速原理

变转差率调速方法简单，调速平滑，但由于一部分功率消耗在变阻器内，会使电动机的效率降低，而且转速太低时机械特性很软，运行不稳定。

8.4.3　三相异步电动机的制动

当电动机的定子绕组断开电源后，转子及拖动系统因惯性作用，总要经过一段时间才能停转。但某些生产机械要求能迅速停转，以提高生产率和安全度，为此需要对电动机进行制动。所谓制动，就是在转子上加上与旋转方向相反的制动转矩。

制动方法有机械制动和电气制动两类。

机械制动通常是利用电磁铁制成的电磁抱闸来实现。电动机启动时电磁抱闸线圈同时通电，电磁铁吸合使抱闸打开；电动机断电时抱闸线圈同时断电，电磁铁释放，在弹簧作用下，抱闸把电动机转子紧紧抱住，实现制动。起重机采用这种方式制动不但提高了生产效率，还可以防止在工作中因突然断电使重物滑下而造成的事故。

电气制动是在电动机的转子导体内产生反向电磁转矩来制动。常用的电气制动方法有以下两种。

1. 能耗制动

切断电源后，把转子及拖动系统的动能转换为电能在转子电路中以热能形式迅速消耗掉的制动方法，称为能耗制动。其实施方法是在定子绕组切断电源后，立即通入直流电。如图 8.18(a)所示，停机时，切断电源开关 Q_1，同时闭合开关 Q_2，使电动机脱离三相电源，旋转磁场消失，让直流电通入 V、W 两相绕组，在定子与转子之间形成固定磁场，如图 8.18(b)所示。设转子因机械惯性按顺时针方向旋转切割该固定磁场，则在转子电路中产生感应电动势和感应电流，这时转子电流与固定磁场相互作用产生的电磁转矩为逆时针方向，所以是制动转矩。在此制动转矩的作用下，电动机将迅速停转。制动转矩的大小与通入定子绕组的直流电大小有关，可以通过调节可变电阻来控制。电动机停机后，转子与磁场相对静止，制动转矩也随之消失。

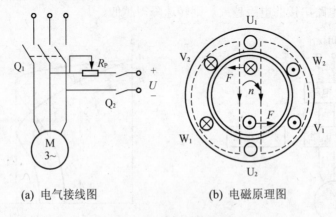

(a) 电气接线图　　　　　　(b) 电磁原理图

图 8.18　能耗制动原理

能耗制动的优点是制动平稳，消耗电能少，但需要有直流电源。目前在一些金属切削机床中常采用这种方法。

2. 反接制动

改变电动机三相电流的相序，使电动机的旋转磁场反转的制动方法称为反接制动。其实施方法是把电动机与电源连接的三根导线任意对调两根，当转速接近于零时，再把电源切断。其反接制动原理如图 8.19 所示。

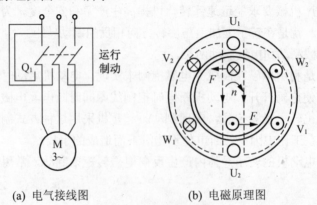

(a) 电气接线图　　　　　　(b) 电磁原理图

图 8.19　反接制动原理

停机时将开关 Q_1 运行位置扳向制动位置，使电流的相序改变，旋转磁场反转，但转子因惯性作用仍按原方向旋转，由于受反向旋转磁场作用，转子感应电动势、感应电流、电磁力转矩均反向，所以产生的电磁转矩是制动转矩，它使电动机转速迅速降低。当转速接近于零时，通常利用控制电器(如速度继电器，图中未画出)将电源自动切断，以免电动机反向运转。

在反接制动时，由于旋转磁场与转子的相对速度很大($n + n_1$)，转差率 $s > 1$ ，因此电流很大。为了限制电流及调整制动转矩的大小，常在定子电路(鼠笼式)或转子电路(绕线式)中串接限流电阻。

反接制动不需要另配直流电源，比较简单，且制动力矩较大，停机迅速。但机械冲击和能耗也较大，会影响加工精度，所以适用范围受到一定限制，通常用于启动不频繁，功率小于 10kW 的中小型机床及辅助性的电力拖动中。

8.5　单相异步电动机

使用单相交流电源的异步电动机称为单相异步电动机。它在电风扇、洗衣机、电冰箱、吸尘器、空调器以及各种医疗器械和小型机械上得到了广泛应用。

8.5.1　单相异步电动机的基本原理

单相异步电动机的结构如图 8.20 所示。与三相异步电动机相似，其转子也为笼型，所不同的是单相异步电动机的定子绕组有两个，一个为工作绕组，在运行中接入电源，另一个为启动绕组，仅在启动瞬间接入，当电动机转速升至同步转速的 70%～80% 时，由离心开关将它切除。

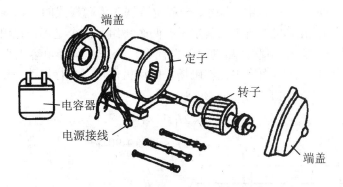

图 8.20　单相异步电动机的结构

单相异步电动机的定子绕组通入单相交流电后，产生的是一个空间位置固定不变，而大小和方向随时间作正弦规律变化的脉动磁场，如图 8.21 所示。单相异步电动机启动时，因电动机的转子处于静止状态，定子电流产生的脉动磁场在转子绕组内引起的感应电动势和电流如图 8.22 所示(图示为脉动磁场增加时转子绕组内感应电流情况)。

由图 8.22 所示可以看出，转子静止时，由于脉动磁场与转子电流相互作用在转子上产生的电磁转矩相互抵消，所以单相电动机启动时转子上作用的电磁转矩为零，单相异步电

动机没有启动转矩，不能自动启动。

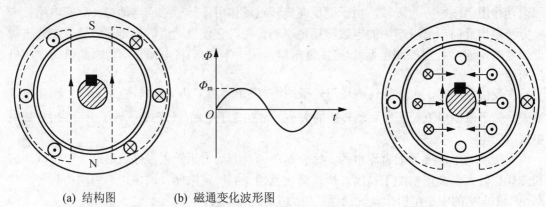

(a) 结构图　　　　(b) 磁通变化波形图

图 8.21　单相异步电动机的结构　　　图 8.22　启动时转子电流及电磁力

　　为了使单相异步电动机通电后能产生旋转磁场自行启动，必须用外力推动转子或再产生一个与此脉动磁场频率相同、相位不同、在空间相差一个角度的另一个脉动磁场与其合成。这时单相异步电动机才能够继续沿着被推动的方向旋转，并可以带动机械负载工作。

8.5.2　单相异步电动机的启动

　　为了使单相异步电动机在启动时能产生启动转矩，可在单相电动机内采用一些辅助设施使电动机在启动时出现启动转矩。根据获得旋转磁场方式的不同，常用的有分相法和罩极法。

1. 分相启动法

　　分相启动法，也称电容分相式启动。一般定子铁芯为隐极式的单相异步电动机多采用分相启动法，接线图如图 8.23 所示。其定子有两个绕组，一个是工作绕组，另一个是启动绕组。启动绕组与电容 C 串联，启动时开关闭合，合理地选择电容大小，使两绕组电流 i_1、i_2 相位差约为 $90°$，从而产生旋转磁场，电动机便可以自行启动。启动后待转速升到一定数值后，离心开关被甩开，启动绕组被切断。

$$i_1 = \sqrt{2}I_1 \sin \omega t$$
$$i_2 = \sqrt{2}I_2 \sin(\omega t + 90°)$$

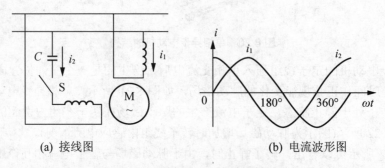

(a) 接线图　　　　(b) 电流波形图

图 8.23　分相式异步电动机接线图

由于电容 C 的作用，可使启动绕组中的电流 i_1 在相位上超前工作绕组中的电流 i_2 近 $90°$，从而实现分相。这样一来，在空间相差 $90°$ 的两个绕组中，分别通入了在相位上相差 $90°$ 的两相电流，即可产生两相电流的旋转磁场。图 8.24 表示了当 $\omega t = 0°$、$\omega t = 45°$ 和 $\omega t = 90°$ 时合成磁场的方向。由图 8.24 可见，该磁场随着时间的变化沿着顺时针方向旋转。这样，单相异步电动机就可以在该旋转磁场的作用下启动了。

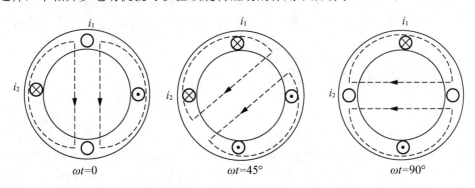

图 8.24　分相式异步电动机的旋转磁场

2. 罩极启动法

对于定子铁芯为凸极式的单相异步电动机，多采用罩极启动法。所谓的罩极启动法就是将单相异步电动机的定子绕组绕制在定子磁极的凸极面上，如图 8.25 所示。定子绕组只有一相绕组而不是两相绕组；每磁极极掌用一凹槽分成大小不等的两部分，在较小部分约 1/3 处套装一个铜环(短路环)，如图 8.26 所示。套有短路环的磁极部分称为罩极。当定子绕组通入交流电流时，磁极中产生交变磁通，即前面所述脉动磁场，其中有一部分磁通穿过铜环，使铜环内产生感应电动势和感应电流。根据楞次定律，铜环中的感应电流所产生的磁场阻碍铜环部分磁通的变化，结果使得没有套铜环的那部分磁极中的磁通与套有铜环的这部分磁极内的磁通在空间上轴线不重合，在时间上不同相位，两者有了相位差，罩极外的磁通超前罩极内的磁通一个相位角。随着定子绕组中电流的变化，单相异步电动机定子绕组的方向也就不断发生变化，在电动机内形成了一个旋转磁场。在这个旋转磁场的作用下，电动机的转子便可以转动。

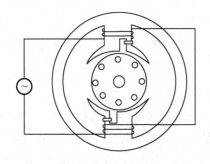

图 8.25　罩极式异步电动机的结构

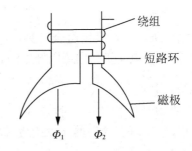

图 8.26　罩极式异步电动机的磁极结构

罩极式单相异步电动机的容量小、转矩小、效率较低，但结构简单、价格低廉，因此被广泛应用于启动转矩较小的电器中，如计算机和仪表的散热风扇、吹风机等。

8.6 常用控制电器

目前在国内的电动机自动控制系统中，还较多地采用继电器、接触器等有触点的自动电器和手动电器来实现自动控制。这种控制电路一般称为继电接触器控制系统。在自动控制系统中所用的电器，它们的额定电压都在低压范围内，本节将介绍一些常见的低压控制电器。

8.6.1 手动控制电器

1. 组合开关

组合开关又叫转换开关，如图 8.27(a)、(b)所示，电气符号如图 8.25(c)所示。组合开关种类很多，主要用于接通和切断电源、换接电源、控制小型鼠笼式异步电动机的启停、正反转或电路的局部照明。如图 8.27 所示，组合开关有若干对动触片和静触片，分别装于数层绝缘件内，静触片固定在绝缘垫板上，动触片装在转轴上，随转轴旋转而变更通、断位置。转动手柄就可以将多对触点同时接通或断开。

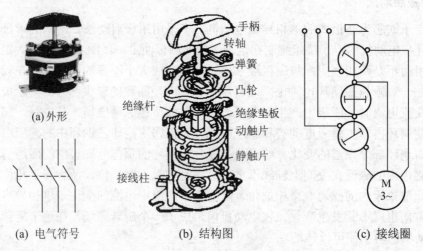

(a) 外形

(a) 电气符号　　(b) 结构图　　(c) 接线圈

手柄
转轴
弹簧
凸轮
绝缘杆
绝缘垫板
动触片
静触片
接线柱
M 3~

图 8.27　组合开关

图 8.27(d)所示电路是用组合开关启停电动机的接线图。随着转动手柄停留的位置不同，它可以同时使电动机接通或断开电源。

2. 按钮

按钮在控制电路中常用来对电动机的停止、转动、反转等发出各种指令。按钮主要用于远距离操作继电器、接触器，以接通或断开控制电路，从而控制电动机或其他电气设备的运行。

按钮开关根据使用要求，有不同安装形式和操作，种类繁多。按钮一般是由按钮帽、复位弹簧、桥式动触头、静触头和外壳、接线柱等构成，如图 8.28 所示。

按钮按用途和触头的结构不同，可分为启动按钮(常开按钮)、停止按钮(常闭按钮)及复合按钮。

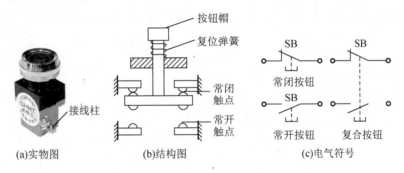

图 8.28 按钮开关

(1) 常开按钮：手指未按下时，触点是断开的，当手指按下按钮帽时，触头被接通；而手指松开后，靠复位弹簧使触头返回原位。

(3) 常闭按钮：手指未按下时，触点是闭合的，当手指按下按钮帽时，触头被断开；而手指松开后，靠复位弹簧使触头复位闭合。

(3) 复合按钮：手指未按下时，常闭触点是闭合的，常开触点是断开的；当手指按下按钮帽时先断开常闭触头，后接通常开触头；而手指松开后，靠复位弹簧使全部触头复位。

8.6.2 自动控制电器

自动控制电器一般指各种接触器、继电器和断路器等，下面分别介绍其结构和工作原理。

1. 熔断器

熔断器主要作短路或过载保护用，串联在被保护的电路中。熔断器中的熔片或熔丝用电阻率较高的易容合金材料制成，例如铅锡合金等；有时也用铜丝、银丝等。线路正常工作时如同一根导线，起通路作用；当电路短路或过载时，熔断器熔断，起到保护电路中其他电器设备的作用。

常用的熔断器有插入式、螺旋式、管式等几种。熔体是熔断器的主要部分。熔断器的电气图形符号如图 8.29 所示。

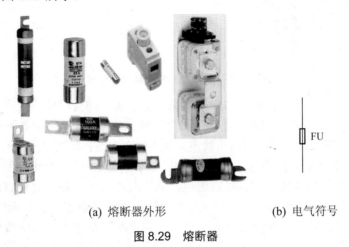

(a) 熔断器外形   (b) 电气符号

图 8.29 熔断器

选用熔断器时，除了根据应用场合选择合适的结构形体外，主要是要选择熔体的额定电流。

(1) 照明及电热负载的熔体：为确保照明及电热负载正常工作而不被损坏，应使熔体的额定电流大于等于被保护设备的额定电流。

(2) 单台电动机的熔体：电动机的启动电流是额定电流的 5～7 倍，为使电动机能正常启动，必须按照电动机的启动电流来确定熔体的电流，即

$$熔体的额定电流 \geqslant \frac{电动机的起动电流}{k}$$

式中，k 为经验系数，一般启动不频繁情况下，取 k=2.5；若启动频繁，取 k=1.6～2，这样可防止电动机启动时熔体熔断，又能在短路时尽快熔断熔体。

(3) 多台电动机合用的熔体：考虑多台电动机未必能同时启动，以及对按发热条件选择导线截面的要求，则有

熔体额定电流 = (1.5～2.5)×最大容量电动机额定电流 + 其余电动机额定容量之和

熔体的额定电流有 2A、4A、5A、6A、10A、15A、20A、25A、30A、40A、50A、60A、80A、100A、125A、150A、200A 等多种。

2. 交流接触器

交流接触器利用电磁力来直接控制交流电动机的接通和断开，是继电-接触器自动控制电路中的主要元件之一。图 8.30 所示是交流接触器的外形和结构原理图，它有三个动合主触点和两个动合、两个动断辅助触点。

 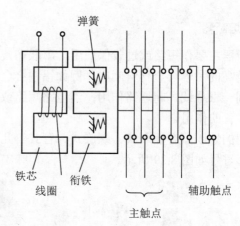

图 8.30　交流接触器外形及结构原理图

交流接触器主要由触点、电磁操作机构和灭弧装置三部分组成。触点用来接通、切断电路，它由动触点、静触点和弹簧组成；交流接触器的触点还分为主触点和辅助触点两种。主触点接触面积大，适用于通断负载电流较大的主电路；辅助触点接触面积小，适用于通断电流较小(小于 5A)的控制电路。电磁操作机构实际上就是一个电磁铁，它包括吸引线圈、山字形的静铁芯和动铁芯，当线圈通电，动铁芯被吸下，使动合触点闭合。主触点断开瞬间会产生电弧，一来灼伤触点，二来延长切断时间，故触点位置有灭弧装置。

选用交流接触器时，必须根据电动机容量、主电路工作电压、吸引线圈工作电压及辅助触点的种类和数量来确定。应使主触点电压大于或等于所控制电路的额定电压，主触点

电流大于或等于负载额定电流。

3. 继电器

继电器是一种根据特定输入信号而动作的自动控制电器。其输入信号可以是电压、电流等电量，也可以是温度、速度和压力等非电量。其种类很多，有热继电器、中间继电器和时间继电器等。

继电器和接触器的工作原理相似，其主要区别在于：接触器的主触点可以通过大电流，而继电器的触点只能通过小电流。所以继电器只能用于控制电路中。

1) 热继电器

热继电器是利用电流的热效应而动作的一种继电器，它主要用于保护电动机免于长期过载。其原理图及图形符号如图 8.31 所示。发热元件是一段电阻不大的电阻丝，接在电动机的主电路中。双金属片由两种热膨胀系数不同的金属压制而成，图中下层金属膨胀系数大，上层膨胀系数小。当电动机长期过载，主电路中电流长期超过容许值而使双金属片受热时，双金属片的自由端便向上弯曲，同时扣板在弹簧的拉力作用下向左移动，将串联在控制电路中的常闭触点断开。触点是接在电动机的控制电路中的，控制电路断开便使接触器的线圈断电，从而断开电动机的主电路。待故障排除后，可按下复位按钮，使热继电器恢复正常工作状态。

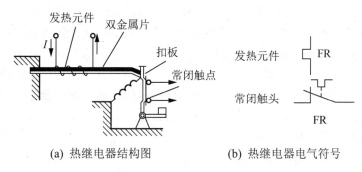

(a) 热继电器结构图　　　　(b) 热继电器电气符号

图 8.31　热继电器原理图

热继电器的发热元件接入电动机的主电路，若长时间过载，双金属片将发热，因此热元件的整定电流在数值上和电动机的额定电流应相等，这样如果电流超过额定电流的 20%达 20min 左右，热继电器就开始动作。

由于热惯性，热继电器不能作短路保护。因为发生短路事故时，我们要求电路立即断开，而热继电器是不能立即动作的。

2) 中间继电器

中间继电器通常用来传递信号和把小功率信号转换成大功率信号，把单路控制信号转换成多路控制信号同时控制多个电路，也可以用来直接控制小容量电动机或其他电气执行元件。

中间继电器的结构和工作原理与交流接触器基本相同，与交流接触器的主要区别是触点数目多，且触点容量小，只允许通过小电流。在选用中间继电器时，应主要考虑电压等级和触点数目，同时还应考虑线圈的额定电压要与电路的电压相符合，同时常开触点和常闭触点的数量及容量也必须满足电路的要求。

常用的中间继电器有 JZ7 和 JZ8 系列，也有 JTX 小型系列。

3) 时间继电器

当电路需要延时控制时,通常采用时间继电器。在交流电路中常采用空气式时间继电器,它利用空气阻尼作用达到延时的目的。时间继电器分为通电延时和断电延时两种。通电延时空气式时间继电器的原理如图 8.32 所示。

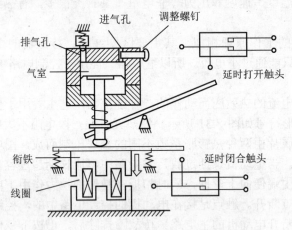

图 8.32　通电延时空气式时间继电器原理图

当继电器线圈通电后将衔铁吸下,使衔铁与活塞杆之间有一段距离,在释放弹簧的作用下,活塞杆向下移动。在伞形活塞的表面固定有一层橡皮膜,活塞向下移动时,膜上面会造成空气稀薄的空间,活塞受到下面空气的压力,不能迅速下移。当空气由进气孔进入时,活塞才逐渐下移。移动到最后位置时,杠杆使微动开关动作。延时时间即为从电磁铁吸引线圈通电时刻起到微动开关动作时为止的这段时间。通过螺钉调节进气孔的大小就可以调节延时时间,延时范围为 0.4~60s 和 0.4~108s。

当吸引线圈断电时,衔铁在恢复弹簧的作用下,通过活塞杆将活塞推到最上端,空气经排气孔迅速排出,微动开关恢复到原来位置。

如果把铁芯倒装一下,时间继电器也可以做成断电延时时间继电器,如图 8.33 所示。断电延时继电器也有两个触点:一个是延时闭合的常闭触点,一个是延时断开的常开触点。

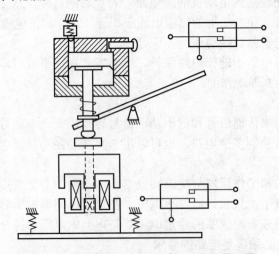

图 8.33　断电延时空气式时间继电器原理图

4. 自动空气开关

自动空气开关又称自动空气断路器，简称自动开关，它的主要特点是具有一种或多种自动保护功能，既可以当做短路保护，又可以用于过载或欠压保护，同时又具有自动开关的功能，当电路有故障发生时能自动切断电路，起到保护作用。

自动空气开关主要由触点系统、灭弧装置、操作机构和保护元件等部分组成。它具有结构紧凑、体积小、分断能力高、动作值可调等特点，因此在工农业生产中应用极为广泛。

图 8.34 所示为自动空气开关的原理图。其主触点靠操作机构(手动或电动)来闭合。开关的脱扣机构是一套连杆装置，有过电流脱扣器和欠电压脱扣器等，它们都是电磁铁。当主触点闭合后就被锁钩锁住。在正常情况下，过电流脱扣器的衔铁是释放着的，一旦发生严重过载或短路故障，线圈因流过大电流而产生较大的电磁吸力，把衔铁往下吸而顶开锁钩，于是主触点在释放弹簧的作用下迅速断开，起到了过电流保护作用。欠电压脱扣器的工作情况与之相反，正常情况下吸住衔铁，主触点闭合，电压严重下降或断电时释放衔铁而使主触点断开，实现了欠电压保护。电源电压正常时，必须重新合闸才能正常工作。

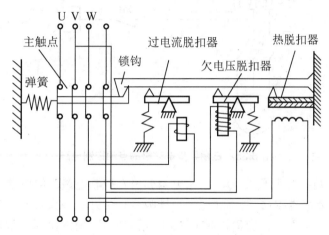

图 8.34 自动空气开关原理图

8.7 三相异步电动机的基本控制电路

用按钮和接触器来控制电动机的启停，用热继电器来作电动机的过载保护，这就是继电-接触器控制的基本电路。然而工农业使用的生产机械是各种各样的，因而满足生产机械要求的继电-接触器控制电路也是多种多样的。但各种控制电路都是在基本控制电路的基础上，根据生产机械的要求适当增加一些电气控制设备，以实现控制。生产中常用的典型控制电路有点动控制、单向自锁运行控制、正反转控制等。

电动机在使用过程中由于各种原因可能出现一些异常情况，如电源电压过低、电动机电流过大、定子绕组间短路或绕组与外壳短路等，如不及时切断电源则可能对设备和人员带来损害，因此必须采取保护措施。常用的保护环节有短路保护、过载保护、零电压保护和欠电压保护等。

8.7.1　简单启停控制

电动机启停、正反转控制、行程控制、时间控制和速度控制等均属于简单控制。

1．点动控制

所谓点动控制就是指按下按钮时，电动机就运转；松开按钮时，电动机因断电而停转。如图 8.35 所示为三相异步电动机点动控制原理电路图。继电-接触器控制电路都由主电路和控制电路两部分组成，主电路是指直接给电动机供电的电路；控制电路是指对主电路的动作实施控制的电路。在图 8.35 中，主电路由三相电源、开关 Q、熔断器 FU、交流接触器 KM 主触点、电动机定子绕组等组成，习惯上将主电路画在电路图的左侧。控制电路由电源、按钮 SB、交流接触器 KM 线圈等组成，习惯上将控制电路画在电路图的右侧。

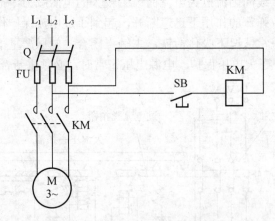

图 8.35　三相异步电动机的点动控制电路

电路工作过程是：合上开关 Q，三相电源被引入控制电路，但电动机还不能启动。按下按钮 SB，交流接触器 KM 线圈通电，衔铁吸合，常开主触头接通，电动机定子接入三相电源启动运转。松开按钮，交流接触器 KM 线圈断电，衔铁松开，常开触头断开，电动机因断电而停转。

2．直接启停控制电路

对于运行时间较长又不需要改变转向的电动机，例如用来拖动泵和鼓风机等的电动机，可以采用如图 8.36 所示的直接启停控制电路。

(1)　启动过程：按下启动按钮 SB₁，接触器 KM 线圈通电，衔铁吸合，带动接触器主触点闭合，电动机启动运转；同时，与 SB₁ 并联的 KM 辅助常开触点闭合，以保证松开按钮 SB₁ 后 KM 线圈持续通电，串联在电动机回路中的 KM 主触点持续闭合，电动机连续运转，从而实现连续运转控制。

(2)　停止过程：按下启动按钮 SB₂，接触器 KM 线圈断电，使接触器主触点断开，电动机停转；同时，与 SB₁ 并联的 KM 辅助常开触点断开，以保证松开按钮 SB₂ 后 KM 线圈持续失电，串联在电动机回路中的 KM 主触点持续断开，电动机保持停转。

图 8.36 所示的控制电路还可实现短路保护、过载保护和欠压保护。起短路保护的是串接在主电路中的熔断器。起欠压保护的是接触器 KM 本身。起过载保护的是热继电器

FR。当过载时，热继电器的发热元件发热，将其常闭触点断开，使接触器 KM 线圈断电，串联在主电路中的接触器 KM 的主触点断开，电动机停止运转。

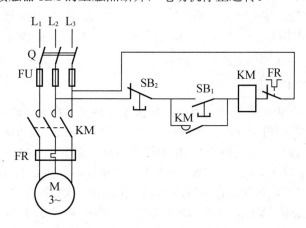

图 8.36　三相异步电动机的直接启停控制电路

8.7.2　正反转控制

在生产过程中，很多生产机械要求有正反两个方向的转动，如机床工作台的进退、主轴的正反转、起重机的升降等，都是需要由电动机的正反转来实现的。

1. 无联锁的正反转控制电路

在直接启停控制电路的基础上，再增加一个交流接触器及相应的控制电路，就可以改变引入到电动机的电源相序，以实现正反转控制，其主电路及控制电路如图 8.37 所示。该电路中交流接触器 KM_F 和 KM_R 分别表示控制电动机左转和右转。其动作原理如下。

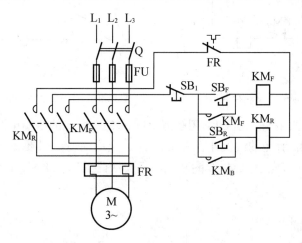

图 8.37　三相异步电动机的正反转控制电路

(1) 左向启动过程：按下左向启动按钮 SB_F，接触器 KM_F 线圈通电，与 SB_F 并联的 KM_F 的辅助常开触点闭合，以保证 KM_F 线圈持续通电(自锁)，串联在电动机回路中的 KM_F 的主触点持续闭合，电动机连续左向运转。

(2) 停止过程：按下停止按钮 SB_1，接触器 KM_F 线圈断电，与 SB_F 并联的 KM_F 的辅助常开触点断开,以保证 KM_F 线圈持续失电,串联在电动机回路中的 KM_F 的主触点持续断开,切断电动机定子电源,电动机停转。

(3) 右向启动过程:按下右向启动按钮 SB_R,接触器 KM_R 线圈通电,与 SB_R 并联的 KM_R 的辅助常开触点闭合,以保证 KM_R 线圈持续通电(自锁),串联在电动机回路中的 KM_R 的主触点持续闭合,电动机连续右向运转。

2. 正反转互锁控制电路

从图 8.37 所示的控制电路中可以看出,按钮 SB_F 和 SB_R 在操作时不能同时按下,若同时按下,即两个接触器同时工作时,将引起主电路电源短路,造成事故。

为了解决这个问题,可将接触器 KM_F 的辅助常闭触点串入 KM_R 的线圈回路中,从而保证在 KM_F 线圈通电时 KM_R 线圈回路总是断开的;同样将接触器 KM_R 的辅助常闭触点串入 KM_F 的线圈回路中,从而保证在 KM_R 线圈通电时 KM_F 线圈回路总是断开的。这样接触器的辅助常闭触点 KM_F、KM_R 保证了两个接触器线圈不能同时通电,这种控制方式称为联锁或互锁,具有互锁的正反转控制电路如图 8.38 所示。

这种控制电路当电动机在左转时要求右转,必须先按停止按钮 SB_1,使 KM_F 线圈失电,其动断辅助触点复位,然后再按右转启动按钮,才能使 KM_R 线圈通电,电动机右转。显然这样操作不太方便。为此,可采用复合按钮和接触器复合联锁的正反转控制电路,如图 8.39 所示。按钮 SB_F 和 SB_R 是两只复合按钮,它们各具有一对动合触点和一对动断触点。

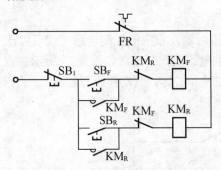

图 8.38　具有互锁的正反转控制电路

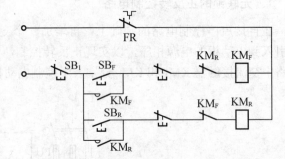

图 8.39　具有复合互锁的正反转控制电路

采用复合按钮,将按钮 SB_F 的常闭触点串联在 SB_R 所在的线圈电路中;将按钮 SB_R 的常闭触点串联在 SB_F 所在的线圈电路中。这样,无论何时,只要按下反转启动按钮,在 KM_R 线圈通电之前就首先使 KM_F 线圈断电,从而保证 KM_F、KM_R 不能同时通电;从反转到正转的情况也如此。

8.7.3　行程控制

行程控制是根据生产机械运动部件的位置信息来控制电动机运行的一种电路。就是当运动部件到达一定位置时,如起重机械起吊到一定位置就要求自动停止,或在一些机床上经常要求它的工作台应能在一定的范围内自动往返运动等。这种行程控制可利用行程开关来实现。通过利用这种开关,控制生产机械的运动,当运动部件运行到某一规定位置时,通过触动行程开关而转变为对电路的控制。

1. 行程开关

行程开关也称为位置开关，主要用于将机械位移变为电信号，以实现对机械运动的电气控制，它的结构如图 8.40 所示。它有一对常开触点和一对常闭触点，这些触点按需要接在控制电路中，并将它固定在预定的位置上。当机械的运动部件撞击触杆时，触杆下移使常闭触点断开，常开触点闭合；当运动部件离开后，在复位弹簧的作用下，触杆回复到原来位置，各触点恢复常态。

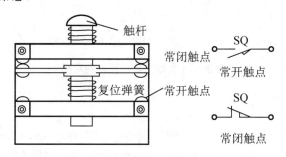

图 8.40　行程开关结构图

2. 限位控制

限位控制是指，当生产机械的运动部件到达预定的位置时压下行程开关的触杆，将常闭触点断开，接触器线圈断电，使电动机断电而停止运行，如图 8.41 所示为电动机限位控制电路。

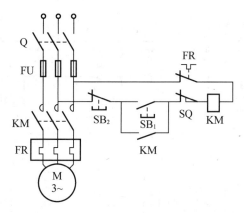

图 8.41　电动机的限位控制电路

3. 自动往返行程控制

有些生产机械如刨床、铣床等要求工作台在一定距离内作往复自动循环运行，这就需要进行自动往返行程控制，其控制电路如图 8.42 所示。按下正向启动按钮 SB_1，电动机正向启动运行，带动工作台向前运动。当运行到 SQ_2 位置时，挡块压下 SQ_2，接触器 KM_1 断电释放，KM_2 通电吸合，电动机反向启动运行，使工作台后退。工作台退到 SQ_1 位置时，挡块压下 SQ_1，KM_2 断电释放，KM_1 通电吸合，电动机又正向启动运行，工作台又向前进。如此一直循环下去，直到需要停止时按下 SB_3，KM_1 和 KM_2 线圈同时断电释放，电动机脱离电源停止转动。

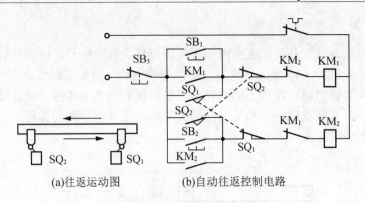

(a)往返运动图　　　　(b)自动往返控制电路

图 8.42　自动往复行程控制电路

8.7.4　时间控制

　　根据实际需要，对电动机按一定时间间隔进行控制的方式叫时间控制，利用时间继电器延时触点组成的控制电路可以实现。例如三相异步电动机的星形-三角形启动，要求电动机开始采用星形连接启动，当电动机转速经过一定时间上升到接近额定转速时换成三角形连接。下面就这一具体事例予以说明。

　　如图 8.43 所示是三相异步电动机 Y-△换接启动控制电路，图中利用了通电延时的时间继电器，其工作原理如下。

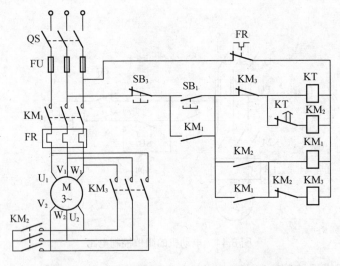

图 8.43　三相异步电动机 Y-△换接启动控制电路

　　按下启动按钮 SB_1，时间继电器 KT 和接触器 KM_2 同时通电吸合，KM_2 的常开主触点闭合，把定子绕组连接成星形，其常开辅助触点闭合，接通接触器 KM_1。KM_1 的常开主触点闭合，将定子接入电源，电动机在星形连接下启动。KM_1 的一对常开辅助触点闭合，进行自锁。经一定延时，电动机的转速达到预期的要求时，时间继电器 KT 的常闭触点断开，KM_2 断电复位，接触器 KM_3 通电吸合。KM_3 的常开主触点将定子绕组接成三角形，使电动机在额定电压下正常运行。与按钮 SB_1 串联的 KM_3 的常闭辅助触点的作用是：当电动机正常运行时，该常闭触点断开，切断了 KT、KM_2 的通路，即使误按 SB_1，KT 和 KM_2

也不会通电，以免影响电路正常运行。若要停车，则按下停止按钮 SB$_3$，接触器 KM$_1$、KM$_2$ 同时断电释放，电动机脱离电源停止转动。

8.8 工作实训营

8.8.1 训练实例 1

1．训练内容

三相异步电动机的点动与连续运行控制。

2．训练目的

(1) 熟悉低压电气元件的接线。

(2) 掌握三相异步电动机的单向点动与连续运行控制线路的动作原理。

3．训练要点

(1) 通电试运转时应按电工安全操作，未经指导教师同意，不得通电。

(2) 操作时要注意节约材料，保持工位整洁。

4．实训过程

1) 实训准备

(1) 工具：尖嘴钳、试电笔、剥线钳、电工刀、螺钉旋具等。

(2) 仪器：万用表、兆欧表。

(3) 器材：控制线路板；导线，五种颜色(BV 或 BVV)、主电路采用 BV2.5mm^2，控制电路采用 BV1.5mm^2；三相异步电动机一台、三极自动开关、热继电器、熔断器、交流接触器、按钮、端子排等。

2) 实训内容与步骤

(1) 元件检查。

① 用万用表检查接触器(KM)的主触点及辅助常开、常闭触点，当按下试验按钮时，常开应闭合，常闭应断开。

② 测量接触器线圈电阻值是否正常，检查热继电器热元件及其常闭触点是否完好。

③ 测量电动机绕组的电阻值是否正常，检查电动机的同相绕组的首尾端。

④ 检查按钮开关常开、常闭触点，当按下时常开触点应闭合，常闭触点应断开。检查各熔断器两端的电阻，以确定其好坏。

(2) 线路装接。

按图 8.44 所示电路接线，接线应遵循"先串后并"的原则，耐心细致的进行。

(3) 线路检查及试车。

使用万用表 R×1 挡，主要检查 KM 主触点与电动机的连接。断开 QF，把两表笔分别放在 QF 下端 U、V 相处，应显示为无穷大，按下 KM 后，应显示电动机两个绕组的串联电阻值，而且，其他两相 UW、VW 都应与 UV 相的电阻值基本相等，断开 KM 后都应显示为无穷大。同样使用万用表 R×1 挡，检查控制电路无误后可通电试车，必须有指导教师现场指导。

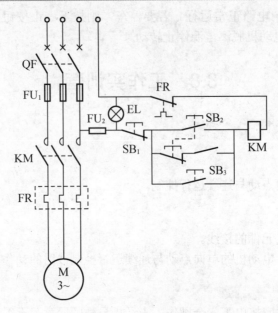

图 8.44　电动机点动与连续运行控制电路

8.8.2　训练实例 2

1．训练内容

三相异步电动机的 Y-△ 启动及顺序控制。

2．训练目的

(1)　掌握三相异步电动机的 Y-△ 启动的接线原理。

(2)　掌握三相异步电动机的 Y-△ 启动及控制的动作原理。

3．训练要点

(1)　在 Y-△ 启动的主电路中，电动机未标明首尾端，所以必须注意△接线的原理。

(2)　接触器 KM_2 的进线必须从三相定子绕组的末端引入，否则在 KM_2 吸合时会发生三相电源短路的情况。

4．实训过程

1)　实训准备

(1)　工具：尖嘴钳、试电笔、剥线钳、电工刀、螺钉旋具等。

(2)　仪器：万用表、兆欧表。

(3)　器材：控制线路板；导线，主电路采用 $BV1.5mm^2$，控制电路采用 $BV1mm^2$，地线采用 $BVR1.5mm^2$，导线颜色和数量根据实际情况；三相异步电动机一台、电源开关、时间继电器、螺旋式熔断器、交流接触器、按钮、端子排等。

2)　实训内容与步骤

(1)　元件检查。

①　用万用表检查接触器(KM)的主触点及辅助常开、常闭触点，当按下试验按钮时，

常开应闭合，常闭应断开。

　②　测量接触器、时间继电器线圈电阻值是否正常。

　③　检查热继电器热元件及其常闭触点是否完好。

　④　测量电动机绕组的电阻值是否正常，检查电动机的同相绕组的首尾端。

　⑤　检查按钮开关常开、常闭触点，当按下时常开触点应闭合，常闭触点应断开。

　⑥　检查各熔断器两端的电阻，以确定其好坏。

　(2)　线路装接。

按图 8.43 所示电路接线，接线应遵循"先串后并"的原则，耐心细致的进行。接线时应注意：①要用万用表判断出电动机每相绕组的两个端子，可设为 U_1、U_2、V_1、V_2、W_1、W_2；②要把电动机的六条端线分别接到 KM_3 的主触头上；③从 U_2、V_2 和 W_2 分别引出一条线，不分相序地接到 KM_2 主触头的三条进线处，将 KM_2 主触头的三条出线短接；④主电路接好后，可用万用表的 $R\times1$ 挡分别测 KM_3 的三个主触头对应的进出线处电阻，若电阻为无穷大，则正确；若其电阻不为无穷大，则三角形的接线有误。

　(3)　线路检查及试车。

使用万用表 $R\times1$ 挡，主要检查 KM1、KM2、主触点与电动机的连接。同样使用万用表 $R\times1$ 挡，检查控制电路无误后可通电试车，必须有指导教师现场指导。

8.8.3　工作实践常见问题解析

【问题 1】在实际工作中，会遇到电动机启动时有保护动作或熔丝熔断的情况，其原因是什么？

【答】在工作中，电动机启动时保护动作或熔丝熔断的原因有：定子绕组接线错误或首尾接反；定子绕组有短路或接地故障；负载过载或转动部分被卡住；启动设备接线有误，误把 Y 接法接成△接法，或把△接法接成 Y 接法重载启动；熔丝选择不合理、熔丝过小；启动设备操作不当，频繁启停；电源回路有短路；电源缺相或定子绕组一相断开。

【问题 2】在实际工作中，电动机通电后转子不能转动，但无异响，也无异味和冒烟，其原因如何？

【答】其原因主要有：电源未通(至少有两相未通)；熔丝熔断(至少有两相熔断)；过流继电器调得过小；控制设备接线错误。

8.9　习　　题

1. 三相异步电动机由静止的＿＿＿＿＿＿和转动的＿＿＿＿＿＿两大部分组成。定子铁芯构成＿＿＿＿＿＿的一部分，铁芯内圆周分布有若干均匀分布的＿＿＿＿＿＿，用以嵌放定子绕组；定子绕组在定子内圆周空间的排列彼此相隔＿＿＿＿＿＿，构成对称的三相绕组。

2. 三相异步电动机只接两根电源线时，在电动机内不能产生＿＿＿＿＿＿磁场，而是产生脉动磁场，因此转子＿＿＿＿＿＿启动。

3. 三相异步电动机在一定负载下运行，当电源电压下降时，电磁转矩＿＿＿＿＿＿，使转速＿＿＿＿＿＿，转差率＿＿＿＿＿＿，转子电流和定子电流都会＿＿＿＿＿＿。

4．当异步电动机的定子绕组与电源接通后，若转子被阻，长时间不能转动，则 $n=$ _____ ，$s=$ _____ ，E_2、I_2、I_1 都会 _____ 。若不及时排除会 _____ 电动机。

5．选择电动机必须正确决定电动机的功率。如功率选择过大，将使设备投资 _____ ，而且电动机长期处于 _____ 下运行，效率和功率因数都 _____ ，运行费用高。

6．调速是指在电动机负载不变的情况下人为地改变电动机的转速。异步电动机可以通过改变 _____ 、 _____ 和 _____ 三种方法来实现调速。 _____ 调速不能实现无极调速， _____ 调速可以在较宽的范围内实现平滑的无极调速，这种调速方法将成为异步电动机主要调速方法而更得到广泛的应用。

7．在电动机的控制电路中，当电流通过热继电器的发热元件时，产生的热能使双金属片变形，从而 _____ 动作；而短路电流通过发热元件一定时间后触点才动作，不能立即断电，所以不满足 _____ 要求，不能做短路保护。

8．当电动机不频繁启动时，启动电流 I_{st} 对电动机本身影响不大，但过大的启动电流会使电动机受到较大的 _____ 。若启动时间过长或频繁启动，绕组有 _____ 的危险。过大的启动电流短时间内会在线路上造成较大的电压降，从而使负载的端电压 _____ ，影响其他电气设备的正常运行，因而必须设法减小启动电流。

9．常用的降压启动方法有哪几种？电动机在什么情况下可采用降压启动？定子绕组为 Y 形接法的三相异步电动机能否采用 Y-△ 启动？为什么？

10．有一台三相异步电动机，其额定转速为 $n_N = 975 \text{r/min}$ ，电源频率 $f_1 = 50 \text{Hz}$ ，试求电动机的磁极对数、在额定负载时的转差率和转子电流的频率。

11．有一台 Y225M-4 三相异步电动机，其额定数据如下：

功　率	转　速	电　压	效　率	功率因数	I_{st}/I_N	T_{st}/T_N	T_m/T_N
45kW	1480r/min	380V	92.3%	0.88	7.0	1.9	2.2

试求：

(1) 额定电流 I_N 。

(2) 额定转差率 s_N 。

(3) 额定转矩 T_N ，最大转矩 T_m ，启动转矩 T_{st} 。

12．由电动机产品目录查询有一台 Y160L-6 三相异步电动机的数据如下：

P_N/kW	$n_N/(\text{r/min})$	U_N/V	$\eta_N/\%$	$\cos\varphi_N$	I_{st}/I_N	λ_{st}	λ_m
11	970	380	87	0.78	6.5	2.0	2.0

求同步转速、额定转差率、额定电流、额定转矩、额定输入功率、最大转矩、启动转矩和启动电流。

13．一台三相异步电动机的额定功率为 4kW，额定电压为 220/380V，为 △/Y 连接，额定转速为 1450r/min，额定功率因数为 0.85，额定效率为 0.86。求：

(1) 额定运行时的输入功率。

(2) 定子绕组接成 Y 形和 △ 形时的额定电流。

(3) 额定转矩。

新世纪高职高专课程与实训系列教材

14. 某异步电动机定子绕组为△连接,额定功率为 10kW, 额定转速为 2930r/min, 启动能力为 1.5, 额定电压为 380V, 若启动时轴上阻转矩为额定转矩的 0.54 倍,问启动时加在定子绕组上的电压不能低于多少伏? 能否采用 Y-△启动?

15. 一台△连接的三相鼠笼式异步电动机,若在额定电压下启动,流过每相绕组的启动电流为 $I_{st} = 20.84A$, 启动转矩为 $T_{st} = 26.39N \cdot m$, 试求下面两种情况下的启动电流和启动转矩。

(1) Y-△启动。

(2) 用电压比为 $K = 2$ 的自耦变压器启动。

16. 试画出既能连续工作, 又能点动工作的三相异步电动机控制电路。

17. 图 8.45 所示为 A、B 两处独立控制一台电动机的电路, 试在此基础上画出一个在三处独立控制一台电动机的电路图。

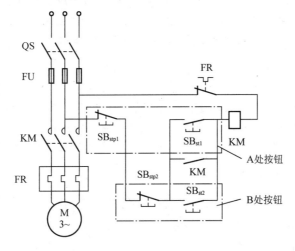

图 8.45　题 17 控制电路图

18. 试说明如图 8.46 所示的三相异步电动机控制电路具有什么控制功能, 并说明其工作原理。

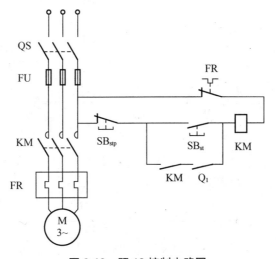

图 8.46　题 18 控制电路图

第9章 供配电及安全用电知识

【教学目标】

● 了解电力系统的基本概述、电力用户的等级及对供电质量的要求。
● 掌握安全用电的基本常识和电气火灾的预防知识。
● 学会预防触电的安全防护措施及触电的急救常识。
● 学会电气火灾的预防措施和扑救方法。

【工程应用导航】

本章主要介绍了电力系统的基本概况及电力用户的等级要求，供电系统对供电质量的要求；工业与民用供电系统供配电系统的结构及主要供配电设备；常用安全用电常识、电气火灾发生的原因；以及电气安全、电气火灾的防护措施等。

【引导问题】

(1) 你了解电力系统和电力网的基本知识及概念吗？
(2) 你知道电力负荷的等级和变、配电所的类型、作用和结构组成吗？
(3) 你了解触电事故的原因、预防措施及触电急救的知识吗？
(4) 电气火灾发生的主要原因是什么？电气火灾有哪些预防措施？电气火灾的特点及扑灭方法如何？

9.1 电力系统概述

由于电能便于大量储存，电能的生产、传输、分配和使用就必须在同一时间内完成。由各种电压的电力线路将一些发电厂、变电所和电力用户联系起来，形成一个发电、变电、输电、配电和用电的整体，称为电力系统。图 9.1 所示为电力系统结构示意图。

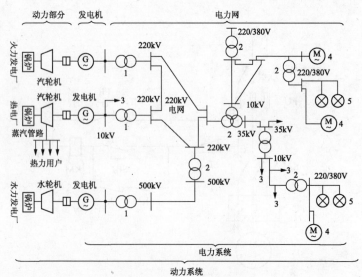

图 9.1 电力系统结构示意图

电力系统加上发电厂的动力设备及其热能系统和热能用户，就是动力系统。在动力系统中，除发电厂的锅炉、汽轮机、水轮机等动力设备外的所有电气设备都属于电力系统的范畴，主要包括发电机、变压器、电缆线路、配电装置和用电设备等。

9.1.1　发电厂

发电厂是生产电能的工厂，它把非电形式的能量转换成电能，它是电力系统的核心。根据所利用能源的不同，发电厂分为水力发电厂、火力发电厂、核能发电厂、风力发电厂、太阳能发电厂等类型。

(1) 水力发电厂，简称水电站，它是利用水流的位能来生产电能的。当控制水流的闸门打开时，强大的水流冲击水轮机，使水轮机转动，水轮机带动发电机旋转发电。其能量转换过程是：水流位能→机械能→电能。

(2) 火力发电厂，简称火电厂，它是利用燃料的化学能来生产电能的。通常的燃料是煤。煤被粉碎成煤粉，煤粉在锅炉内充分燃烧，将锅炉内的水加热成高温高压的蒸汽推动汽轮机转动，汽轮机带动发电机旋转发电。其能量转换过程是：化学能→热能→机械能→电能。

(3) 核能发电厂，通常称为核电站，它是利用原子核的裂变来生产电能的。其生产过程与火力发电厂基本相同，只是以核反应堆代替了燃煤锅炉。其能量转换过程是：核裂变能→热能→机械能→电能。

(4) 风力发电厂就是利用风力的动能来生产电能，它往往建在风力资源丰富的地方。

(5) 太阳能发电厂就是利用太阳光能来生产电能。

一般发电厂的发电机发出的电是三相对称正弦交流电(有效值相等，相位差分别相差120°)。在我国，发电厂发出的电压等级主要有 10.5kV、13.8kV、15.75kV、18kV 等，频率为 50Hz，此频率通称为"工频"。工频的频率偏差一般不得超过±0.5Hz。频率的调整主要依靠调节发电机的转速来实现。

9.1.2　电力网

在电力系统中，在发电厂、变电所和电力用户之间，用不同电压的电力线路将它们连接起来，这些不同电压的电力线路和变电所的组合称为电力网。电力网的任务是输送和分配电能，即把各发电厂发出的电能经过输电线路传送并分配给用户。

电能经过输电线路远距离传输时，各国普遍采用高压、超高压输电的途径。目前我国国家标准中规定的输电电压等级有 35kV、110kV、220kV、330kV、500kV 等多种。输送电能通常采用三相三线制交流输电方式。电力输电线路一般采用钢芯铝绞线，通过高架线路把电能送到远方的变电所。

变电所有升压变电所与降压变电所。升压变电所通常与大型发电厂结合在一起，把发电厂发出的电压升高，通过高压输电网络将电能输送到远方。降压变电所设在用电中心，将高压的电能适当降压后向该地区用户供电。根据供电范围不同，降压变电所可分为一次(枢纽)变电所和二次变电所。一次变电所是从 110kV 以上的输电网受电，将电压降到 35～110kV，向一个较大的区域供电；二次变电所从 35～110kV 输电网受电，将电压降到 6～

10kV，向较小范围供电。

"配电"就是电力的分配，从配电变电站到用户终端的线路称为配电线路。配电线路上的电压，简称配电电压。电力系统电压高低的划分有不同的方法，通常以 1kV 为界限。额定电压在 1kV 及以下的系统为低压系统；额定电压在 1kV 以上的系统为高压系统。常用的高压配电线的额定电压有 3kV、6kV 和 10kV 三种，常用的低压配电线的额定电压为 380V/220V。

9.1.3 电力用户

电力用户是指电力系统中的用电负荷，电能的生产和传输是便于用户的使用。不同的用户，对供电的可靠性要求不同，根据用户对供电可靠性的要求及中断供电造成的危害或影响的程度，可把用电负荷分为三级。

(1) 一级负荷：中断供电将造成人身伤亡或在政治、经济上造成重大损失的用电负荷。供电电源要求由两个以上的电源供电，当一个电源发生故障时，其他备用电源可继续保证重要负荷的连续供电。必要时，还应增设应急电源。

(2) 二级负荷：中断供电将造成主要设备损坏，大量产品报废，连续生产过程被打乱，需要较长时间才能恢复，从而在政治、经济上造成较大损失的用电负荷。一般由两个回路供电，两个回路的电源线应尽量引自不同的变压器。

(3) 三级负荷：不属于一级和二级负荷的一般负荷，即为三级负荷。供电无特殊要求，通常用单电源供电。

9.2 对供电系统的基本要求和电能质量

9.2.1 基本要求

1. 供电可靠性

用户要求供电系统有足够的可靠性，特别是连续供电。要求供电系统在任何时间都能满足用户用电的需要，即使在供电系统局部出现故障的情况下，也不能对某些重要用户的供电产生很大影响。因此，为了满足供电系统的供电可靠性，要求电力系统至少备有10%～15%的备用容量。

2. 供电安全性和合理性

供电系统能够安全、合理、经济地供电是供、用电双方共同的要求。为此，需要供用电双方共同加强管理，做好技术管理工作，同时还要求用户积极配合，提供必要的方便条件。如对负荷、电量的管理，电压、无功功率的管理等。

3. 供电调度的灵活性

供电需根据用户的用电要求需要进行电能分配。对于一个庞大的电力系统，需要做到灵活运行和合理调度，才能做好电能的分配和安全可靠的运行。只有灵活的调度才能在系统局部故障时进行及时检修，从而达到安全可靠和合理地运行。

9.2.2 电能的质量指标

1. 电压

1) 电压偏差率

用户用电设备的运行指标和额定寿命是对其额定电压而言的。当其端子上出现电压偏差时，其运行参数和寿命将受到影响。影响程度视偏差的大小、持续的时间和设备状况而异，而电压偏差计算式如下：

$$\Delta U\% = \frac{U_L - U_N}{U_N} \times 100\% \tag{9-1}$$

式中，U_L 为用户的受电端的实际电压；U_N 为供电额定电压。

我国《电能质量供电电压允许偏差》(GB12325—1990)中对电力系统在正常运行条件下用户受电端供电电压的允许偏差规定如下。

(1) 35kV 及以上电压供电，电压的正负偏差的绝对值之和不超过±10%。

(2) 10kV 及以下高压供电和低压三相用户，供电电压为额定电压的±7%。

(3) 220V 低压单相用户，供电电压为额定电压的 7%～10%。

2) 低电压对用户的危害

电力系统运行时，若用户的受电电压达不到额定电压，将会有以下危害。

(1) 发电供电设备的效率下降。

(2) 电力系统的稳定性下降，严重时可能导致电压崩溃，造成大面积停电。

(3) 电力网的线损增大，浪费电能。

(4) 电动机启动困难，甚至不能启动。

(5) 电动机转速下降，电流增大，温度升高，严重时烧毁电动机。

(6) 用电设备达不到额定功率。

(7) 电动机由于不能按额定转速工作，使产品产量、质量下降，甚至出现次品。

(8) 安装失压控制的设备，可能由于电压降低而致使失压控制动作，造成停电的损失。

(9) 荧光灯不能启动。

(10) 对广播、通信、电视的播放质量有严重的影响。

2. 频率

1) 频率偏差率

额定频率是指电力系统中的电气设备，特别是电感性、电容性设备能保证长期正常运行的工作频率。

电力系统是以三相正弦交流电向用户供电的，一个国家或地区电气设备的额定频率是统一的。目前世界上的通用频率为 50Hz 和 60Hz 两种。我国和大多数国家的额定频率为 50Hz，美国、加拿大、朝鲜、古巴等国家及日本中西部地区为 60Hz。

供电系统应保持额定频率运行，我国《电能质量电力系统频率允许偏差》(GB/T15945—1995)中规定：电力系统容量在 3×10^6kW 及以上的，要求频率偏差绝对值不大于 0.2Hz；电力系统容量在 3×10^6kW 及以下的，要求频率偏差绝对值不大于 0.5Hz。

2) 额定频率降低运行对用户的影响

电力系统应保证在额定频率状态下运行,若系统的频率低于额定频率,将会对用户和系统造成如下影响。

(1) 频率降低将会造成发电厂的汽轮机叶片共振面断裂,严重时造成发电机被迫停机,加剧供电效率的降低。

(2) 造成用户电动机转速下降,电动机不能在额定转速下运行。

(3) 当频率严重降低时,还会造成电力系统应对事故的能力减弱,易引起大范围停电。

(4) 增加损耗,使产品的能耗上升。

(5) 使生产的产品质量降低,甚至出现残次品等。

9.3 工业与民用供电系统

工业企业与民用供电系统一般由高压及低压两种配电线路、变电所(配电所)和用电设备组成。

常用的供电系统,按其用电性质和客观条件不同而采用不同类型的变、配电所供电。按其安装地点可分为室外变电所、室内变电所、地下变电所、移动变电所和箱式变电所等类型。

9.3.1 供电系统的组成

一般的工业企业、大型楼宇、生活小区等大容量用电单位,都是直接从电力网引入高压电源,经过变电和配电送给基层用户使用。

大型企业用电量大,进线电压为 35kV,需要两级变电:第一级在总变电所(中央变电所)进行,将 35kV 电压变为 6~10kV 电压;第二级变压在车间变电所进行,将 6~10kV 电压变为 400V 电压,如图 9.2 所示。但也有的工厂,进线 35kV 电压,只经过一次降压直接降为低压,供用电设备使用,这种供电方式叫做高压深入负荷中心的直配方式。

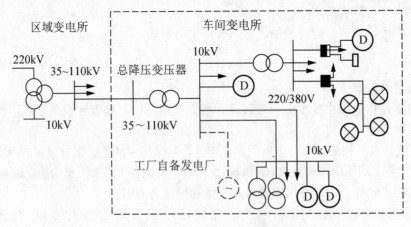

图 9.2　大中型工厂供电系统

中小型企业进线电压多为 6~10kV,只需一级变电。有些更小的企业,直接引进低电压，只要设置一个低压配电屏即可。如图 9.3 所示是一个比较典型的中型工厂供电系统的电气示意图。

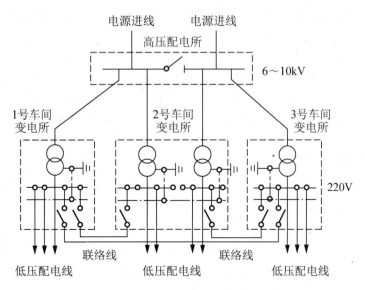

图 9.3　中小型工厂供电系统

由图 9.3 可以看出，这个工厂的高压配电所有两条 6～10kV 的电源进线，分别接在高压配电所的两端母线上，电源进线的另一端接在电力系统中的其他变电所，工厂通过这两条电源进线从电力系统获得供电。

高压配电所有四条高压配电线供电给三个车间变电所，车间变电所设有变压器，将 6～10kV 的电压变为低压，低压侧设有低压母线，低压母线将电源引出到低压配电线，送到低压用电设备。

对于小型工厂，一般只设一个简单的降压变压器。用电量在 100kW 以下的小型工厂，还可以采用低压供电，工厂只需一个车间变电所。

9.3.2　变、配电所的主要电气设备

变配电所装有大量的高、低压开关设备，变换设备如变压器、电流互感器、电压互感器，保护设备如熔断器，高、低压母线和成套设备等。常用的高压一次电气设备有高压断路器、高压隔离开关、高压负荷开关、高压熔断器、高压开关柜等。常用的低压一次电气设备有低压开关、低压负荷开关、低压自动开关、低压熔断器、低压配电屏等。通过这些设备可以进行输、配电时的升压、降压和保护。下面简要介绍几种常用的电气设备。

(1) 高压断路器又称高压开关，其作用是接通和切断高压负荷电流，同时也能切断过载电流和短路电流。

(2) 高压隔离开关的作用是用来隔离电源并造成明显的断开点，以保证电气设备安全进行检修。因为隔离开关没有专门灭弧装置，所以不允许带负荷断开和接入电路，必须等高压断路器切断电路后才能断开隔离开关，等隔离开关闭合后高压断路器才能接通电路。

(3) 高压负荷开关具有灭弧装置，其作用是用来切断和闭合负荷电流。但其灭弧能力不强，断流能力不大，故不能切断事故短路电流，它必须和高压熔断器配合使用，熔断器

起切断短路电流的作用。

(4) 高压熔断器是当电气设备过载或短路时起保护作用的电器，具有简单方便、价格便宜、体积小、重量轻等特点，在 6～10kW 供电系统中广泛应用于保护线路、变压器等电气设备。

(5) 低压配电柜一般是成套的低压配电系统，其设备主要包括计量柜、进线柜、联络柜、电容补偿柜、出线柜等。配电变压器将 10kV 电压降压为 380/220V，经过计量柜送至进线柜，再从出线柜分别送到各用户负载。在工业与民用建筑设施中的 6～10kW 供电系统中，当配电变压器停电或发生故障时，可以通过联络柜将备用电源投入使用。

9.3.3 低压配电线路

低压配电线路是指经配电变压器，将高压 10kV 降低到 380V/220V，从车间变电所(配电室)到用电设备的线路。通常一个低压配电线路的容量在几十千伏安到几百千伏安的范围，负责几十个用户的供电。为了合理分配电能，一般都采用分级供电的模式，即按照用户地域或空间分布，将用户划分成若干区域，通过干线、支线向区、片供电。图 9.4 所示为放射式配电线路，线路可靠性高，但投资费用高。图 9.5 所示为树干式配电线路，投资费用低、灵活性高，在现实中得以广泛应用。

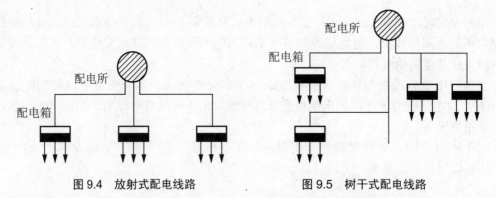

图 9.4　放射式配电线路　　　　图 9.5　树干式配电线路

图 9.6 所示是某学校实验楼树干式配电线路的示意图。

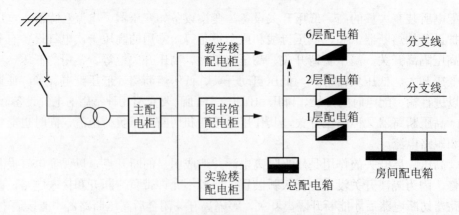

图 9.6　某学校实验楼树干式配电线路

9.4 安全用电常识

现代化生产和生活都离不开电能，电给人类带来了光明，推动了人类社会的进步。但如果使用不当、操作不慎，都会导致破坏性的严重后果。因此，我们应正确地使用电能，安全用电，保证人身、财产及设备的安全。

9.4.1 电流对人体的作用

触电一般是指人体触及带电体时电流对人体所造成的伤害。根据伤害的性质不同，电流对人体的伤害可分为电伤和电击。电伤是指由于电流的热效应、化学效应和机械效应对人体的外表造成的局部伤害，如电灼伤、电烙印、皮肤金属化等。

电击是指电流流过人体内部造成人体内部器官的伤害。当电流流过人体时，会造成人体内部器官，如呼吸系统、血液循环系统、中枢神经系统等发生变化，机能紊乱，严重时会导致休克甚至死亡。

电击致人死亡的原因有三个方面：第一是流过心脏的电流过大、持续时间过长，引起"心室纤维性颤动"而死亡；第二是因电流作用使人产生窒息而死亡；第三是因电流作用使心脏停止跳动而死亡。

电击是触电事故中后果最严重的一种，绝大部分触电死亡事故都是电击造成的。通常所说的触电事故，主要是指电击。电击伤害的严重程度与通过人体电流的大小、电压高低、持续时间、频率、通过的途径等有关。

1. 电流大小对人体的影响

通过人体的电流越大，人体的生理反应越明显，致命的危险性也越大。按照工频交流电通过人体时对人体产生的作用，可将电流划分为以下三级。

(1) 感知电流。引起人感觉的最小电流叫感知电流。成年男性平均感知电流的有效值大约为 1.1mA，女性为 0.7mA。感知电流一般不会对人体造成伤害。

(2) 摆脱电流。人触电后能自主摆脱电源的最大电流称为摆脱电流。男性的摆脱电流为 9mA，女性为 6mA，儿童较成人为小。摆脱电流的能力是随触电时间的延长而减弱的，触电后不能立即摆脱电源，后果是严重的。

(3) 致命电流。在较短时间内危及生命的电源称为致命电流。电击致命的主要原因是电流引起心室颤动。引起心室颤动的电流一般在数百毫安以上。

2. 通电时间对人体的影响

电流对人体的伤害与流过人体电流的持续时间有密切关系。电流持续时间越长，其对应的引起心室颤动的电流阈值越小，对人体的危害越严重。这是因为时间越长，体内积累的外能量越多，人体电阻因出汗及电流对人体组织的电解作用而变小，使伤害程度进一步增加；另外，人体的心脏每收缩、舒张一次，中间约有 0.1s 的间隙，在这 0.1s 的时间内，心脏对电流最敏感，若电流在这一瞬间通过心脏，即使电流很小(几十毫安)，也会引起心室颤动。显然，电流持续时间越长，重复这段危险期的几率越大，危险性越大。一般

认为，工频电流 15～20mA 以下及直流 50mA 以下对人体是安全的，但如果持续时间过长，即使小到 8～10mA，也可能使人致命。因此，一旦发生触电事故，要尽快使触电者脱离电源。

3．电流途径对人体的影响

电流通过心脏时会导致心室颤动，血液循环中断，危险性很大，较大的电流还会导致心脏停止跳动；电流通过头部会使人昏迷，严重的会使人死亡；电流通过脊髓会导致肢体瘫痪；电流通过中枢神经有关部分，会引起中枢神经系统强烈失调而致残。

4．人体的电阻

人体触电时流过人体的电流在电压一定时，是由人体的电阻决定的。人体电阻越大，流过的电流越小，受到的伤害越小。人体不同部分(如皮肤、血液、肌肉及关节等)对电流呈现出一定的阻抗，称为人体电阻。人体电阻的大小是变化的，其值取决于接触电压、电流途径、持续时间、接触面积、温度、压力、皮肤厚薄及完好程度、潮湿度和清洁程度等。不同条件下的人体电阻如表 9.1 所示。一般情况下，人体电阻可看成 1000～2000Ω，在安全要求较高的场合，人体电阻可按不受外界因素影响的体内电阻(500Ω)来考虑。

表 9.1　不同条件下的人体电阻

加于人体的 电压/V	人体电阻/Ω			
	皮肤干燥	皮肤潮湿	皮肤湿润	皮肤浸入水中
10	7000	3500	1200	600
25	5000	2500	1000	500
50	4000	2000	875	440
100	3000	1500	770	375
250	2000	1000	650	325

9.4.2　触电方式及触电产生的原因

1．触电方式

按照人体触及带电体的方式和电流通过人体的途径，触电可分为单相触电、两相触电和跨步触电三种情况。

1)　单相触电

单相触电是指在人体与大地之间互不绝缘的情况下，人体的某一部位触及三相电源线中的任意一根导线，电流从带电导线经过人体流入大地而造成的触电伤害，大部分触电事故是单相触电。单相触电又分为电源中性点接地和不接地两种情况，一般情况下接地电网比不接地电网的单相触电危险性大。如图 9.7 所示为电源中性点接地系统的单相触电示意图，这时人体承受相电压的作用，危险性较大。如图 9.8 所示为电源中性点不接地系统的单相触电示意图，通过人体的电流取决于人体电阻与输电线对地绝缘电阻的大小，若输电线绝缘良好，绝缘电阻大，这种触电对人体的危害比中性点接地时小。

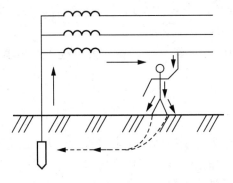

图 9.7　电源中性点接地的单相触电

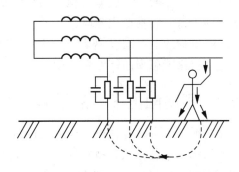

图 9.8　电源中性点不接地的单相触电

2)　两相触电

两相触电，也叫相间触电，是指在人体与大地绝缘的情况下，同时接触到两根不同的相线，或者人体同时触及电气设备的两个不同相的带电部分时，电流由一根相线经过人体流到另一根相线，形成闭合回路，如图 9.9 所示。由于人体承受两相线间的线电压，故其危险性比单相触电的危险性更大。

3)　跨步电压触电

当电气设备的绝缘损坏或线路的一相断线落地时，电流就会从落地点流入地中。这时电流在落地点周围土壤中产生电压降，落地点的电位即导线的电位，离落地点越远，电位越低，一般离开落地点 20m 处以外的地方，电位为零。人在落地点周围，两脚之间出现的电压即跨步电压，由此电压引起的触电事故叫跨步电压触电，如图 9.10 所示。高压故障落地处或有大电流流过的接地装置附近都可能出现较高的跨步电压。

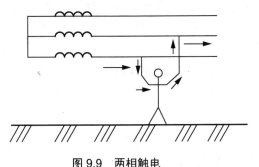

图 9.9　两相触电

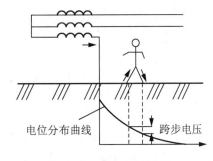

图 9.10　跨步电压触电

2．触电产生的原因

触电事故的发生有多方面的原因，同时也有一定规律，了解这些原因和规律有利于防止触电事故的发生，做到安全用电。引起触电的原因主要有以下几种。

(1) 缺乏电气安全常识。在日常生活中，有很多触电事故是由于缺乏电气安全常识而造成的，例如儿童玩耍带电导线，在高压线附近放风筝等。

(2) 违章操作。由于电气设备种类繁多和电工工种的特殊性，国家有关部门制定了各种具体的安全操作规程，但从业人员还会因为有违章操作而发生触电事故。例如违反"停电检修安全工作制度"，因误合闸造成维修人员触电；违反"带电检修安全操作规程"，使操作人员触及带电部分；带电乱拉临时照明线等。

(3) 设备不合格。因假冒伪劣设备使用劣质材料,生产工艺粗糙,使设备绝缘等级、抗老化能力低,容易造成触电。

(4) 维修不善。如大风刮断的低压电线和刮倒的电线杆未能得到及时处理;电器设备、电动机接线破损而使外壳长期带电等。

9.4.3 预防触电事故的措施

预防触电事故、保证电气工作安全的措施可分为组织措施和技术措施两个方面。保证安全的组织措施就是认真执行四项工作制度,即工作票制度、工作许可制度、工作监护制度和工作间断、转移和终结制度。保证安全的技术措施主要有停电、验电、挂接地线、挂告示牌及设遮栏等。为了防止偶然触及或过分接近带电体造成直接电击,可采取绝缘、屏护、间距等安全措施。为了防止触及正常不带电而意外带电的导电体造成电击,可采取接地、接零和应用漏电保护等安全措施。

1. 接地和接零

接地分为正常接地和故障接地。故障接地是指电气装置或电气线路的带电部分与地之间的意外连接。正常接地往往是人为接地,就是把电源或电气设备的某一部分,通常是其金属外壳,用接地装置与大地作电的紧密连接。接地装置由埋入地下的金属接地体和接地线组成。

正常接地又分为工作接地和安全接地。安全接地主要包括防触电的保护接地、防雷接地、防静电接地及屏蔽接地等。

1) 工作接地

在三相交流电力系统中,作为供电电源的变压器低压中性点接地称为工作接地,如图 9.11 所示。工作接地减轻了高压串入低压的危险性,同时也减轻了当低压一相接地时的触电危险。

我国运行的 380/220V 低压配电系统都采用了中性点直接接地的运行方式。工作接地是低压电网运行的主要安全措施,工作接地的接地电阻不大于 4Ω。

2) 保护接地

为了防止电气设备外露的不带电导体意外带电而造成危险,将该电气设备经保护接地线与深埋在地下的接地体紧密连接起来的做法叫保护接地。

由于绝缘破坏或其他原因可能出现危险电压的金属部分,都应采取保护接地措施。如电机、变压器及其他电气设备的金属外壳都应予以接地。一般低压系统中,保护接地电阻应小于 4Ω。图 9.12 所示是保护接地的示意图。保护接地是中性点不接地低压系统的主要安全措施。

当设备的绝缘损坏而使外壳带电时,在外壳未接地的情况下人体触及外壳就相当于单相触电;在外壳接地时人体触及外壳,由于人体电阻与接地电阻并联,通常接地电阻远小于人体电阻,所以通过人体的电流很小,不会产生危险。

3) 保护接零

保护接零就是在电源中性线接地的系统中,把电气设备在正常情况下不带电的金属部分与电网的零线(中性线)直接连接。应当注意的是在三相四线制的电力系统中,通常把电气设备的金属外壳同时接零、接地，这就是重复接地保护。

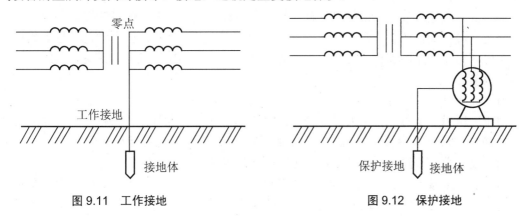

图 9.11　工作接地　　　　　　　　　　　　图 9.12　保护接地

　　如图 9.13 所示是中性点接地的三相四线制低压配电系统采取的最主要的安全保护，当电动机某一相绕组的绝缘损坏与外壳相接时，就形成相应相线的电源直接短路。短路电流使电路上的保护装置(如熔断器烧断、自动开关跳闸)迅速动作，从而切断电源。

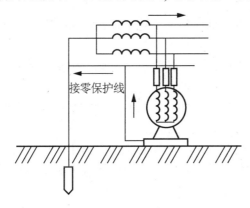

图 9.13　保护接零

2. 漏电保护

　　漏电保护是近年来推广采用的一种新的防止触电的保护装置。在电气设备中发生漏电或接地故障而人体尚未触及时，漏电保护装置就已经切断电源；或者在人体已触及带电体时，漏电保护装置能在非常短的时间内切断电源，减轻对人体的损害。

9.4.4　触电急救

　　人触电后，有些伤害程度较轻，神志清醒，有些则很严重，会出现神经麻痹、呼吸中断、心跳停止等症状。如果处理及时、正确，则因触电而假死的人就可能获救。因此触电急救一定要迅速、得当，才会取得良好的急救效果。

1. 摆脱电源

　　触电以后，如果流过人体的电流大于摆脱电流，则人体不能自行摆脱电源。所以使触电者尽快摆脱电源是救护的首要步骤。

1) 低压触电的脱离

对于低压触电事故，如果触电者触及低压带电设备，救护人员应设法迅速关闭电源开关或拉开电源插头，或者用带有绝缘柄的电工钳切断电源。当电线搭在触电者身上或被压在身下时，可用干燥的衣物、手套、木棒等绝缘物作为工具拉开触电者或挑开电线，使触电者脱离电源。

2) 高压触电的脱离

对于高压触电事故，救护人员应带上绝缘手套，穿上绝缘靴，使用相应电压等级的绝缘工具拉开电源开关；或者抛掷金属线使线路短路、接地，迫使保护装置动作，切断电源。对于没有救护条件的，应该立即电话通知有关部门停电。

救人者既要救人，也要保护自己。在触电者未脱离电源之前，不得直接用手触及触电者，也不能抓他的鞋，而且最好用一只手救护。

2. 急救处理

当触电者脱离电源后，必须迅速判断触电程度，立即对症救治，同时通知医生前来抢救。

(1) 若触电者神志清醒，则应使之就地平躺，严密观察，暂时不要站立或走动，同时也要注意保暖和保持空气新鲜。

(2) 若触电者已神志不清，则应使之就地平躺，确保气道通畅，特别要注意呼吸、心跳状况。注意不要摇动伤者头部呼叫伤者。

(3) 若触电者失去知觉，停止呼吸，但心脏微有跳动，应在通畅气道后立即施行口对口(或鼻)人工呼吸急救法。

(4) 若触电者伤势非常严重，呼吸和心跳都已停止，通常对触电者立即就地采用口对口人工呼吸法和胸外心脏挤压法进行抢救，有时应根据具体情况采用摇臂压胸呼吸法或俯卧压背呼吸法进行抢救。

附　　录

附录 A　电工速算口诀

口诀一：各种绝缘导线的安全电流估算

二点五下乘以九，往上减一顺号走。

三十五乘三点五，双双成组减点五。

条件有变加折算，高温九折铜升级。

穿管根数二三四，八七六折满载流。

说明

各种绝缘线(包括橡皮绝缘线和塑料绝缘线)的载流量(安全电流)，可以导线截面乘上一定的倍数而形成口诀简便估算。

(1) "二点五下乘以九，往上减一顺号走"即 2.5mm² 及以下的各种截面铝芯绝缘线，其载流量约为截面积的 9 倍。如 2.5mm² 导线的载流量为 2.5×9＝22.5A。4mm² 及以上导线的载流量和截面的倍数关系是顺着线号往上排，倍数逐次减1。

(2) "三十五乘三点五，双双成组减点五"即 35mm² 导线的载流量为截面数的 3.5 倍，即 35×3.5＝122.5A。50mm² 及以上的导线，其载流量与截面数之间的倍数关系变为两个线号成一组，倍数依次减 0.5。即 50mm²、70mm² 导线的载流量为截面数的 3 倍；95mm²、120mm² 导线的载流量是其截面数的 2.5 倍，依此类推。

(3) "条件有变加折算，高温九折铜升级"。上述口诀是铝芯绝缘线明敷在环境温度 25℃的条件下而定的。若铝芯绝缘线明敷在环境温度长期高于 25℃的地区，导线载流量可按上述口诀计算出，然后再打九折即可；当使用的不是铝线而是铜芯绝缘线时，其载流量要比同规格的铝线略大一些，可仍按口诀方法算出，但比铝线加大一个线号的载流量。如 16mm² 铜线的载流量，可按 25mm² 铝线计算。

(4) "穿管根数二三四，八七六折满载流"，是指若绝缘导线不是明敷，而是穿管配线时，随着管内导线根数的增加，导线的载流量减小。具体计算时，按穿管根数打一个折扣。如管内穿两根导线时，按明线用口诀计算后再乘以 0.8。

综上，铝芯绝缘导线的截面与载流量的关系如表 A.1 所示。

表 A.1　导线截面与载流量关系表

导线截面/mm²	1	1.5	2.5	4	6	10	16	25	35	50	70	95	120
载流量与截面的倍数		9			8	7	6	5	4	3.5		3		2.5
载流量/A	9	14	23	32	42	60	80	100	123	150	210	238	300

口诀二：10(6)/0.4kV 三相变压器一、二次额定电流的估算

容量算电流，系数相乘求。

六千零点一，十千点零六。

低压流好算，容量一倍半。

说明

已知变压器的额定容量，可以采用容量乘以系数的方法快速估算变压器一、二次侧的额定电流。

"六千零点一，十千点零六"即一次侧电压为 6kV 的三相变压器，其一次侧额定电流为该变压器的额定容量×0.1，即千伏安×0.1；若一次电压为 10kV 的三相变压器，其一次侧额定电流为该变压器的额定容量×0.06，即千伏安×0.06。

"低压流好算，容量一倍半"即二次侧额定电流均为额定容量×1.5。

口诀三：10(6)/0.4kV 三相变压器一、二次熔丝额定电流的估算

低压熔丝即额流，高压二倍来相求。

说明

本口诀给出了经常用到的 10(6)/0.4kV 三相变压器用熔断器作保护时，在算出一、二次额定电流的基础上，选择熔丝额定电流的估算方法。

"低压熔丝即额流"即低压侧熔丝额定电流的大小，可以根据低压侧额定电流的大小来选择。"高压二倍来相求"即高压侧熔丝的额定电流大小约为高压侧额定电流的两倍。

口诀四：直接启动电动机控制开关及熔丝的选择

容量三倍供电流，七千瓦电机直接投。

六倍千瓦选开关，四倍千瓦熔丝流。

说明

"容量三倍供电流，七千瓦电机直接投。"该口诀适合 380V 鼠笼式电动机，一般当供电电路(或供电变压器)容量不小于电动机容量的 3 倍时，才允许直接启动；电动机启动电流较大，一般是额定电流的 4~7 倍，通常 7kW 及以下小容量电动机，才允许直接启动。

"六倍千瓦选开关，四倍千瓦熔丝流。"即直接启动时常使用的开关，如三相胶盖闸刀开关、铁壳开关等，其额定电流可按电动机容量的 6 倍选择；作为短路保护的熔丝电流，可按电动机容量的 4 倍选择。如 4.5kW 电动机用铁壳开关直接启动时，其开关的额定电流为 4.5×6=27A，故选 30A；若用闸刀开关，则熔丝额定电流为 4.5×4=18A，故熔丝选20A。

口诀五：电动机供电导线截面的估算

多大导线配电机，截面系数相加知。

二点五加三，四加四，六上加五记仔细。

一百二反配整一百，顺号依次往下推。

说明

本口诀主要估算不同截面的导线所供电动机容量的范围。即用该导线的截面数再加上一个系数，就是它所能配的电动机的最大 kW 数。

"二点五加三，四加四，六上加五记仔细"即 2.5mm² 铜芯线，三根穿管敷设，可配 2.5+3=5.5kW 及以下的电动机；4mm² 铜芯线，三根穿管敷设，可配 4+4=8kW 及以下的电动机；10mm² 铜芯线，三根穿管敷设，可配 10+5=15kW 的电动机。

"一百二反配整一百，顺号依次往下推"即当电动机容量达到 100kW 以上时，不再适用截面加系数的估算方法，而是反过来 120mm² 铜芯绝缘导线能配 100kW 电动机，顺着导线截面的规格号和电动机容量顺序排列，依此类推，如 150mm² 铜芯绝缘导线能配 1250kW 电动机。

口诀六：电焊机支路配电电流的估算

电焊支路要配电，容量降低把流算。

电弧八折电阻半，二点五倍即可得。

说明

电焊机属于反复短时工作负荷，决定了电焊机支路配电导线可以比正常持续负荷小一些。电焊通常分为电弧焊和电阻焊两类。电弧焊是利用电弧发出的热量，使被焊零件局部加热达到熔化状态而达到焊接的目的；电阻焊则是将被焊的零件接在焊接机的线路里，通过电流，达到焊接温度时，把被焊的地方压缩而达到焊接的目的，电阻焊可分为点焊、缝焊和对接焊，用电的时间更短些。所以，利用电焊机的容量计算其支路配电电流时，可先把容量降低来计算。一般电弧焊按焊机容量八折计算，电阻焊按五折计算，即"电弧八折电阻半"。然后，再按改变的容量乘于 2.5 倍即为该支路电流。该口诀适用于电焊机接 380V 单相电源的情况。

附录 B　低压断路器、熔断器及导线的计数参数

表 B.1　低压断路器基本技术参数

型　号	触头额定电流/A	额定电压/V	脱扣器类别	辅助触头类别	脱扣器额定电流	最大分断电流/A(有效值)
DZ5-10	10	～220	复式	无	0.5，1，1.5，2，3，4，6，10	1000
DZ5-25	25	～380 直流110	复式	无	0.5，1，1.6，2.5，4，6，10，15，20，25	2000
DZ5B-50-100	50，100	～380	液压式或电磁式	无辅助触头或具有公共动触头的一常开、一常闭辅助触头	1.6，2.5，4，6，10，15，20，30，40，50，70，100	2000

续表

型 号	触头额定电流/A	额定电压/V	脱扣器类别	辅助触头类别	脱扣器额定电流	最大分断电流/A(有效值)
DZ10-100	100	～500 直流220	复式或电磁式、热(无)脱扣	一常开 一常闭	20，25，30，40，50，60，80，100，150	7000～12000 (～380V 时)
DZ10-250	250	～500 直流20		二常开 二常闭	100，120，140，170，200，250	30000 (～380V 时)
DZ10-600	600	～500 直流220		二常开 二常闭	200，250，300，350，400，500，600	50000 (～380V 时)
DW5-400	400	～380 直流440	过电流、失压、分励	二常开 二常闭	100～800	10，200(kA)
DW5-1000-1500	1000～1500			四常开 四常闭	100～1500	20，400(kA)
DW10-200	200			三常开 三常闭 或更多	60，100，150，200	10(kA)
DW10-400	400				100，150，200，250，300，350，400	15(kA)
DW10-600	600				500，600	15(kA)
DW10-1000	1000				400，500，600，800，1000	20(kA)
DW10-1500	1500				1500	20(kA)
DW10-2500	2500				1000，1500，2000，2500	30(kA)
DW10-4000	4000				2000，2500，3000，4000	40(kA)

表 B.2　各种型号熔断器的技术规格

名 称	主要用途	型 号	熔管额定电压/V	熔管额定电流/A	熔体额定电流等级/A	最大分断能力/kA	备注
有填料封闭管式熔断器	用于大短路电流网路，作为过载和短路保护	RTO-100	～380 直流400	100	30，40，50，60，80，100	50	括号内的等级尽量不选用
		RTO-200		200	(80)，(100)，120，150，200		
		RTO-400		400	(150)，200，250，300，350，400		
		RTO-600		600	(350)，(400)，450，500，550，600		
		RTO-1000		1000	700，800，900，1000		

名 称	主要用途	型 号	熔管额定电压/V	熔管额定电流/A	熔体额定电流等级/A	最大分断能力/kA	备注
无填料封闭管式熔断器	用于电力网路，作为过载和短路保护	RM-10-15	～220 ～380 ～500 直流 220 400	15	6，10，15	1.2	全国统一设计，可取代 RM1、RM3 老产品
		RM10-60		60	15，20，25，35，45，60	3.5	
		RM10-100		100	60，80，100	10	
		RM10-200		200	100，125，160，200		
		RM10-350		350	200，225，260，300，350		
		RM10-600		600	350，430，500，600		
		RM7-15	～380 直流 440	15	6，10，15	2	可取代 RM1、RM3、RM10
		RM7-60		60	15，20，25，30，40，50，60	5	
		RM7-100		100	60，80，100	20	
		RM7-200		200	100，125，160，200		
		RM7-400		400	200，240，260，300，350，400		
		RM7-600		600	400，450，500，560，600		
螺旋式熔断器		RL1-15	～500	15	2，4，5，6，10，15	6	
		RL1-60		60	20，25，30，35，40，50，60	6	
		RL1-100		100	60，80，100	20	
		RL1-200		200	100，125，160，200	50	
螺旋式熔断器	用于机床配电，作过载或短路保护	RL2-25	～500	25	2，4，5，6，10，15，20	1	有熔断指示器
		RL2-60		60	25，30，50，60	2	
		RL2-100		100	80，100	3.5	

续表

名　称	主要用途	型　号	熔管额定电压/V	熔管额定电流/A	熔体额定电流等级/A	最大分断能力/kA	备注
磁插式熔断器	用于交流分支线路的过载和短路保护	RC1A-5	～380	5	2，4	0.3	可取代RC1，外形尺寸与RC1相同
		RC1A-10		10	2，4，6，10	0.5	
		RC1A-15		15	6，10，15	0.5	
		RC1A-30		30	15，20，25，30	1.5	
		RC1A-60		60	30，40，50，60	3	
		RC1A-100		100	60，80，100	3	
		RC1A-200		200	100，120，150，200	3	
螺旋式快速熔断器	用于硅整流过载保护	RLS-10	～500	10	3，5，10	40	结构同RL1
		RLS-50		50	15，20，25，30，40，50	40	
		RLS-100		100	60，80，100		

表 B.3　BBLX、BBX、BLV、BV 型橡皮和塑料绝缘导线明敷时载流量(A)T+60℃

导线截面积/mm²		1	1.5	2.5	4	6	10	16	25	35	50	70	
BBLX	25℃	—	—	25	33	42	60	80	105	130	165	205	95～185 mm² 的导线请查有关资料
	30℃	—	—	23	31	39	56	74	98	121	153	191	
	35℃	—	—	21	28	36	51	68	89	110	140	174	
	40℃	—	—	19	25	32	46	61	80	99	125	156	
BBX	25℃	20	25	33	43	55	80	105	140	170	215	265	
	30℃	19	23	31	40	51	74	98	130	158	200	246	
	35℃	17	21	28	37	47	68	89	119	144	183	225	
	40℃	15	19	25	33	42	61	80	106	129	163	201	
BLV	25℃	—	—	26	30	39	55	75	100	125	155	200	
	30℃	—	—	21	26	36	51	70	93	116	144	186	
	35℃	—	—	20	25	33	47	64	85	106	132	170	
	40℃	—	—	17	23	30	42	57	76	95	113	152	
BV	25℃	18	22	30	40	50	75	100	130	160	200	255	
	30℃	17	20	28	37	47	70	93	121	149	180	237	
	35℃	15	19	25	34	43	64	85	110	136	170	216	
	40℃	14	17	23	30	38	57	76	99	122	152	194	

注：按原一机部电缆研究所推荐数据(1968.3)。

新世纪高职高专课程与实训系列教材

表 B.4　BBX、BX 型铜芯导线套硬塑料管时载流量(A)T+60℃

导线截面积/mm²		1	1.5	2.5	4	6	10	16	25	35	50	70	
二根单芯	25℃	12	14	21	31	37	56	69	96	113	147	182	95~185mm²的导线请查有关资料
	30℃	11	13	19	28	34	54	64	89	105	136	169	
	35℃	10	11	17	26	31	49	58	81	96	125	154	
	40℃	9	10	16	23	28	44	52	73	86	112	138	
管径/mm		15	15	15	15	20	25	25	32	40	40	40	
三根单芯	25℃	11	13	20	27	35	48	62	88	99	128	164	
	30℃	10	12	18	25	32	44	57	82	92	119	152	
	35℃	9	11	17	23	29	40	52	74	84	109	139	
	40℃	8	9	15	20	26	36	47	67	75	97	124	
管径/mm		15	15	20	20	20	25	32	40	40	50	50	
四根单芯	25℃	10	12	18	25	31	42	55	75	97	104	145	
	30℃	9	11	16	24	28	39	51	69	90	96	135	
	35℃	8	10	15	21	26	35	46	63	82	88	123	
	40℃	7	9	13	19	23	31	41	57	73	79	110	
管径/mm		15	15	20	25	25	32	32	40	50	50	50	

注：① 载流量按原一机部电缆研究所推荐数据(1969.8)。

　　② 四根单芯线如其中一根仅供接地或接零保护用时，仍按三根单芯的数据。

表 B.5　BBX、BV 型铜芯导线套钢管时载流量(A)T+60℃

导线截面积/mm²		1	1.5	2.5	4	6	10	16	25	35	50	70	
二根单芯	25℃	15	18	26	38	44	68	80	109	125	163	202	95~185mm²的导线请查有关资料
	30℃	14	17	24	35	41	63	74	101	116	152	188	
	35℃	13	15	22	32	37	58	68	93	106	139	172	
	40℃	11	14	20	29	33	52	61	83	95	124	154	
管径/mm	G	15	15	15	15	20	20	25	32	32	40	50	
	DG	20	20	20	20	20	25	32	32	40	—	—	
三根单芯	25℃	14	16	25	33	41	56	72	100	110	142	182	
	30℃	13	15	23	31	38	52	67	93	102	132	169	
	35℃	12	14	21	28	35	48	61	85	94	121	155	
	40℃	11	12	19	25	31	43	55	76	84	108	138	
管径/mm	G	15	15	15	20	20	25	25	32	40	50	50	
	DG	20	20	20	20	25	32	32	40	40	—	—	
四根单芯	25℃	13	15	23	30	37	49	64	85	107	116	161	
	30℃	12	14	21	28	34	46	60	79	100	108	150	
	35℃	11	13	20	26	31	42	54	72	91	99	137	
	40℃	10	11	17	23	28	37	49	65	81	88	122	
管径/mm	G	15	20	20	20	20	25	32	40	50	50	70	
	DG	20	20	25	25	25	32	40	—	—	—	—	

注：① 按原一机部电缆研究所推荐数据(1968.3)

　　② G 为焊接钢管(按内径计算)；DG 为电线管(按外径计算)。

习题参考答案

第1章

1. 电源，负载，中间环节；电源，负载；中间环节，电源，负载
2. 正，负
3. 向右，向上，向左
4. 从下到上，从下到上，从左到右
5. C，C
6. *b*
7. −22V
8. 吸收功率，10W；吸收功率，10W；输出功率，10W；输出功率，10W
9. 不会影响，不会影响
10. 24V，向下；U_{S2}吸收功率，U_{S1}输出功率
11. −20W，20W，电流源输出功率，电压源吸收功率
12. 1.64mA，4.74V，7.2V
13. 2.31Ω

第2章

1. 外电路，不能
2. U_S/R_0，R_0
3. 2，3，5
4. 多个，线性
5. 电压，电流，功率
6. 2A 向上，3Ω；3A 向下，2Ω；5/3A 向下，6Ω
7. 20V 上端为正，2Ω；10V 下端为正，2Ω；4V 上端为正，3Ω
8. 3.75V 上端为正，2.92Ω
9. 0.5V 下端为正，2Ω
10. −8.32A，4.4A，5.28A；−16.64V，26.4V
11. 2A，3A，0.5A
12. 2A
13. 9.33A
14. −1A

第 3 章

1. 100V，70.72V，1Hz，1s，2π，$\pi/2$

2. $i = 10\sqrt{2}\sin(\omega t + 23°)$

3. $\dot{U}_A = 220\angle 0°\,\text{V}$，$\dot{U}_B = 220\angle -120°\,\text{V}$，$\dot{U}_C = 220\angle 120°\,\text{V}$，

   $\dot{U}_A = 220\cos 0° + \text{j}220\sin 0°\,\text{V}$，$\dot{U}_B = 220\cos(-120°) + \text{j}220\sin(-120°)\text{V}$；

   $\dot{U}_C = 220\cos 120° + \text{j}220\sin 220°\,\text{V}$

4. 0.19Ω，376.8Ω

5. 7.01A，1541.4var

6. 0.325A，71.4var

7. 15Ω，13.23Ω

8. 37.6Ω，0.073H

9. 电阻和电感元件组成，$R = 35.355Ω$，$L = 0.192\text{H}$

10. $\cos\varphi = 0.545$，$R = 6Ω$，$X \approx 9.22Ω$

11. $C \approx 175\mu\text{F}$

12. (1) $X_L \approx 40Ω$，$X_C \approx 79.62Ω$，$|Z| \approx 50Ω$；(2) $U_R = 132\text{V}$，$U_L = 176\text{V}$，

    $U_C \approx 350.3\text{V}$，$u = 220\sqrt{2}\sin(314t - 53°)\text{V}$；(3) $P = 580.8\text{W}$，$Q \approx 774.4\,\text{var}$，

    $S \approx 1541.3\text{VA}$

13. $I_m \approx 113\text{A}$，保险丝选 150A，132°

14. (1) $I = 0.386\text{A}$；(2) $U_{R1} \approx 116\text{V}$，$U_{LR} \approx 182\text{V}$；(3) $P \approx 47.68\text{W}$，

    $Q \approx 70.25\,\text{var}$；(4) $\cos\varphi \approx 0.562$；(5) $C \approx 11.97\mu\text{F}$

第 4 章

1. 电容性，电感性，电阻性

2. $C = 0.1\mu\text{F}$，$i = 0.2\sqrt{2}\cos 5000t\,\text{A}$，$u_R = \sqrt{2}\sin(5000t + \pi/2)\text{V}$，

   $u_L = 400\sqrt{2}\sin(5000t + \pi)\text{V}$，$u_C = 400\sqrt{2}\sin 5000t\,\text{V}$

3. 528V，542V

4. $\omega_0 = 10^5\,\text{rad/s}$，$Q = 10^2$，$BW = 10^3\,\text{rad/s}$

5. (1) 10Ω，$159\mu\text{H}$，$159\,\text{pF}$；(2) 100

6. $L = 50\text{mH}$

7. (1) $f_0 = 178\text{Hz}$，$Q = 8.94$；(2) $I_{L0} = I_{C0} = 89.4\text{A}$；(3) $\Delta f = 19.9\text{Hz}$

8. $f_0 \approx 26\text{kHz}$，$I = 0.5\mu\text{A}$，$U_C \approx 1.28\text{mV}$

9. $R = 50Ω$，$L = 0.5\text{H}$，$C = 2\mu\text{F}$

10. $C \approx 199.3\text{pF}$

第5章

1. 相等，相同，120°，星形(Y)，三角形(△)

2. 30°，$U_l = \sqrt{3}U_p$

3. 星形(Y)，三角形(△)

4. $P = \sqrt{3}U_l I_l \cos\varphi$，$Q = \sqrt{3}U_l I_l \sin\varphi$

5. $u_{AB} = 380\sqrt{2}\sin\omega t\,\text{V}$，$u_{BC} = 380\sqrt{2}\sin(\omega t - 120°)\text{V}$，$u_{CA} = 380\sqrt{2}\sin(\omega t - 240°)\text{V}$

6. $I_p = 5.77\text{A}$

7. $I_p = 22\text{A}$

8. $I_p = 15.2\text{A}$

9. $\lambda = 0.555$，$P = 4.457\text{kW}$

10. $I_L = 200\text{A}$，$S = 3750\text{kW}$，$Q = 2250\text{kW}$

11. $|Z| = 3.85\Omega$

12. $\lambda = 0.819$，$P = 2.695\,\text{kW}$

13. $P_Y = 17.4\text{kW}$，$P_\triangle = 52\text{kW}$

第6章

1. 一种稳定状态，另一种稳定状态，过渡过程

2. 电流，电压，$f(0_+) = f(0_-)$

3. 变量的初始值 $f(0_+)$，变量稳态值 $f(\infty)$，时间常数 τ，

$$f(t) = f(\infty) + [f(0_+) - f(\infty)]\, e^{-\frac{t}{\tau}} \quad (t \geqslant 0_+)。$$

4. $u_o = iR = RC\dfrac{\mathrm{d}u_C}{\mathrm{d}t} \approx RC\dfrac{\mathrm{d}u_i}{\mathrm{d}t}$

5. $u_o = u_C = \dfrac{1}{C}\displaystyle\int i\,\mathrm{d}t \approx \dfrac{1}{RC}\displaystyle\int u_i\,\mathrm{d}t$

6. $u_C(0_+) = 20\text{V}$

7. $u_L(0_+) = 3\text{V}$，$i_L(0_+) = 0\text{A}$

8. $u_C(0_+) = 6\text{V}$，$i_C(0_+) = -3\text{A}$

9. $u_C(t) = 10 - 4 \cdot e^{-500t}\,\text{V}$

10. $u_L(t) = -4 \cdot e^{-2t}\,\text{V}$

第7章

1. 不变，增大；不变，增大；减小，减小

2. 硅钢片，涡流，铁损过大

3. 电磁感应，不能，电流过大

4. $\Phi_m = 9 \times 10^{-4} \text{Wb}$，$B_m = 0.45\text{T}$；40V

5. $\Delta P_{Fe} = 64\text{W}$

6. $I_{1N} = 2.5\text{A}$，$I_{2N} = 10\text{A}$

7. 0.53V

8. 150Ω

9. 16 盏

10. $I_1 = 2.5\text{A}$，$\Delta P = 1200\text{W}$，$\Delta U = 4\%$

第 8 章

1. 定子，转子，磁路，内槽，120°

2. 旋转，不能

3. 减小，下降，增加，增大

4. 0，1，增大，过热损坏

5. 增大，轻载，过低

6. 磁极对数 p，电源频率 f_1，转差率 s，变极，变频

7. 触点，灵敏性

8. 电磁冲击，过热，降低

10. $p = 3$，$s = 0.025$，$f = 1.25\text{Hz}$

11. (1) $I_N = 84.18\text{A}$；(2) $S_N = 0.0133$；(3) $T_N \approx 290.4\text{N} \cdot \text{m}$；(4) $T_{st} = 551.8\text{N} \cdot \text{m}$；
(5) $T_m = 638.9\text{N} \cdot \text{m}$

12. $n_1 = 1000\text{r/min}$，$s_N = 0.03$，$I_N = 24.6\text{A}$，$T_N = 108.3\text{N} \cdot \text{m}$，$P_{1N} = 12.64\text{kW}$，
$T_m = 216.6\text{N} \cdot \text{m}$，$T_{st} = 216.6\text{N} \cdot \text{m}$，$I_{st} = 159.9\text{A}$

13. (1) $P_{1N} = 4.65\text{kW}$；(2) $I_{YN} = 8.3\text{A}$，$I_{\triangle N} = 14.4\text{A}$；(3) $T_N = 26.3\text{N} \cdot \text{m}$

14. $U > 228\text{V}$，不能

15. (1) $I_{stY} \approx 6.95\text{A}$，$T_{stY} \approx 8.8\text{N} \cdot \text{m}$；(2) $I'_{st} = 5.21\text{A}$，$T'_{st} \approx 6.6\text{N} \cdot \text{m}$

参 考 文 献

[1] 唐介. 电工学[M]. 2 版. 北京：高等教育出版社，2005.

[2] 秦曾煌. 电工学[M]. 6 版. 北京：高等教育出版社，2003.

[3] 邱关源. 电路[M]. 5 版. 北京：高等教育出版社，2006.

[4] 黄学良. 电路基础[M]. 北京：机械工业出版社，2007.

[5] 汪建. 电路原路(上册)[M]. 北京：清华大学出版社，2007.

[6] 潘双来，邢丽冬，龚余才. 电路理论基础[M]. 北京：清华大学出版社，2007.

[7] 魏佩瑜. 电工学(电工技术)[M]. 北京：机械工业出版社，2007.

[8] 唐庆玉. 电工技术与电子技术(上、下册)[M]. 北京：清华大学出版社，2007.

[9] 申永山，李忠波. 现代电工电子技术[M]. 北京：机械工业出版社，2007.

[10] 席时达. 电工技术[M]. 2 版. 北京：高等教育出版社，2000.

[11] 张立生，刘陆平. 电工技术基础[M]. 北京：清华大学出版社，2005.

[12] 孙梅. 电工学[M]. 北京：清华大学出版社，2006.

[13] 林平勇，高嵩. 电工电子技术[M]. 2 版. 北京：高等教育出版社，2004.

[14] 路松行. 电工与电子技术[M]. 西安：西安电子科技大学出版社，2002.

[15] 江甦. 电工与工业电子学[M]. 西安：西安电子科技大学出版社，2002.

[16] 李源生. 实用电工学[M]. 北京：机械工业出版社，2005.

[17] 牛金生. 电路基础[M]. 合肥：安徽大学出版社，2005.

[18] 张秀娟，陈新华. EDA 设计与仿真实践[M]. 北京：机械工业出版社，2002.

[19] 张永娟. 电工电子技术[M]. 天津：天津大学出版社，2008.

[20] 张仁醒. 电工技能实训基础[M]. 西安：西安电子科技大学出版社，2006.